Guante Rojo

HOLLY BLACK

Guante Rojo

LIBRO DOS DE LOS OBRADORES DE MALEFICIOS

Traducción de Carlos Loscertales Martínez

☾ UMBRIEL

Argentina · Chile · Colombia · España
Estados Unidos · México · Perú · Uruguay

Título original: *The Curse Workers: Red Glove*
Editor original: Margaret K. McElderry Books
Traducción: Carlos Loscertales Martínez

1.ª edición: mayo 2022

© 2011 *by* Holly Black
Publicado en virtud de un acuerdo con el autor,
a través de BAROR INTERNATIONAL, INC., Armonk, New York, U.S.A.
All Rights Reserved
© de la traducción 2022 *by* Carlos Loscertales Martínez
© 2022 *by* Ediciones Urano, S.A.U.
  Plaza de los Reyes Magos, 8, piso 1.º C y D – 28007 Madrid
  www.umbrieleditores.com

ISBN: 978-84-16517-78-7
E-ISBN: 978-84-19029-58-4
Depósito legal: B-6.746-2022

Fotocomposición: Ediciones Urano, S.A.U.
Impreso por: Romanyà-Valls – Verdaguer, 1 – 08786 Capellades (Barcelona)

Impreso en España – *Printed in Spain*

A la gatita blanca que se presentó en nuestra puerta
poco después de que empezara esta trilogía.
Vivió poco tiempo y se la echa mucho de menos.

Capítulo uno

No tengo claro si es de día o de noche cuando la chica se levanta para marcharse. Mientras se dirige a la puerta de la habitación del hotel, su vestido plateado le va rozando los muslos; el sonido es el mismo que hacen las guirnaldas de Navidad cuando las frotas.

¿Cómo dijo que se llamaba?

—Bueno, ¿llamarás a tu padre al consulado para hablarle de mí? —me pregunta antes de irse. Se le ha corrido el pintalabios por la mejilla. Debería decírselo, pero en estos momentos me odio tanto a mí mismo que también la odio a ella.

—Claro que sí —contesto.

Mi padre no trabaja en ningún consulado. No está organizando un viaje benéfico por toda Europa ni contratando azafatas por cien mil dólares. No soy un cazatalentos de *America's Next Top Model*. Mi tío no es el mánager de U2. No soy el heredero de una cadena hotelera. Mi familia no posee terrenos con minas de diamantes en Tanzania. No he estado en Tanzania en toda mi vida. Estos y muchos más son los cuentos que mi madre lleva todo el verano inventándose para enviarme un desfile de rubias que me hagan olvidar a Lila.

Pero no pueden.

Levanto la vista y me quedo mirando el techo hasta que oigo a mi madre en la habitación contigua.

Mamá salió de la cárcel hace un par de meses. Cuando terminé el curso, los dos nos fuimos a Atlantic City, y desde entonces nos hemos ido trasladando de hotel en hotel sin pagar un centavo, cargando toda la comida y las bebidas a la cuenta de la habitación. Cuando los empleados de un hotel empiezan a ponerse pesados, pasamos al siguiente. Una obradora de las emociones como mi madre nunca necesita dejar su tarjeta de crédito en el mostrador.

Justo entonces se abre la puerta interior que conecta nuestras habitaciones.

—Cielo —me dice, como si fuera totalmente normal encontrarme tumbado en el suelo en calzoncillos. Lleva el cabello negro recogido con horquillas y envuelto en un pañuelo de seda, como hace siempre que duerme. Lleva puesto el albornoz del hotel anterior, bien ceñido en torno a su ancha cintura—. ¿Desayunamos?

—Solo quiero un café. Ya lo hago yo.

Me levanto y camino sin prisa hacia la cafetera de la habitación. En una bandejita de plástico hay una bolsa de café molido, azúcar y leche en polvo.

—Cassel, ¿cuántas veces tengo que decirte que es peligroso beber de estos artefactos? ¿Y si lo han usado para fabricar metanfetaminas? —Frunce el ceño. A mi madre siempre le dan miedo cosas rarísimas. Las cafeteras de los hoteles. Los teléfonos móviles. Nunca le inquietan las cosas corrientes, como la policía—. Voy a pedir que nos suban café de la cocina del hotel.

—Ahí también se pueden fabricar metanfetaminas —contesto, pero me ignora y vuelve a su habitación.

La oigo llamar por teléfono y enseguida regresa al umbral.

—Te he pedido unas tostadas con huevos revueltos. Y un zumo. Ya sé que has dicho que no tienes hambre, pero hoy necesitas energía. He encontrado a una nueva víctima. —Su sonrisa es tan amplia que casi me apetece sonreír a mí también.

Así es mi madre.

Lo creáis o no, existen revistas que se llaman *Vidas millonarias*, *Millonarios de Nueva Jersey* o cosas por el estilo, que se dedican a publicar reportajes sobre carcamales que presumen de todas las cosas que tienen en sus mansiones. No sé quién más las comprará, pero a mi madre le vienen al pelo. Yo creo que las considera un catálogo para cazafortunas.

Es en una de esas revistas donde ha encontrado a Clyde Austin. Aparece justo después de una entrevista al gobernador Patton (el que no soporta a los obradores) en su mansión, Drumthwacket. Según la revista, a pesar de su reciente divorcio Austin sigue disfrutando de un alto tren de vida que incluye avión privado, piscina infinita climatizada y dos galgos rusos que lo acompañan a todas partes. Tiene una casa en Atlantic City y, cuando consigue escaparse del despacho, le gusta ir a cenar al Morton's y jugar al *blackjack*. En la foto sale un individuo bajito y rechoncho con unos injertos capilares muy evidentes.

—Ponte algo roñoso —me dice mi madre. Está sentada en el escritorio de su habitación, trucando un par de guantes nuevos de color azul claro. Pincha las puntas de los dedos para llenarlas de diminutos orificios, lo bastante pequeños para que no se noten y lo bastante grandes para que su piel toque la de la víctima.

—¿Roñoso? —pregunto desde el sofá de su *suite*. Voy por la tercera taza de café hasta arriba de leche. También me he zampado las tostadas.

—Arrugado. Necesito que tengas pinta de indigente desesperado. —Empieza a quitarse los rulos del pelo, uno tras otro. Luego se pondrá a embadurnarse la piel con maquillaje y a rizarse las pestañas. Siempre tarda horas en prepararse.

—¿Cuál es el plan?

—El otro día llamé al Morton's haciéndome pasar por su secretaria para que me recordaran cuándo había hecho la reserva. ¿No es genial que la revista te diga directamente dónde encontrarlo? Ha salido a pedir de boca. Irá a cenar hoy a las ocho de la noche.

—¿Desde cuándo lo sabes?

—Desde hace un par de días. —Se encoge de hombros mientras se dibuja cuidadosamente una línea negra sobre los ojos. Vete a saber si dice la verdad—. Ah, ve a por la bolsa de plástico que hay al lado de mi maleta.

Apuro el café y me levanto. La bolsa contiene un par de medias. Las dejo en su mesa.

—Son para ti —dice mi madre.

—¿Quieres que tenga pinta de indigente desesperado, pero con un toque glamuroso?

—Son para la cabeza. —Se vuelve hacia mí y hace el gesto de meterse las medias por la cabeza, como si yo fuera imbécil y tuviera que explicármelo—. Si lo de Clyde sale bien, quiero poder presentarle a mi hijo después.

—Me da la impresión de que ya tienes un plan muy bien pensado.

—No seas así. Vuelves al colegio en menos de una semana. ¿No te apetece divertirte un poco?

Horas después, mi madre avanza por el paseo marítimo detrás de mí. Sus tacones con plataforma repiquetean contra el suelo y la brisa veraniega agita su vestido blanco, con un escote tan pronunciado que me da miedo que se le salga una teta si se mueve demasiado rápido. Sé que no está bien que un hijo se fije en eso, pero no estoy ciego.

—Sabes lo que tienes que hacer, ¿verdad? —me pregunta.

Espero a que me dé alcance. Lleva unos guantes de lamé y un bolsito dorados. Por lo visto al final no se ha decantado por el azul. El conjunto es bastante resultón.

—No, ¿qué tal si me lo explicas por millonésima vez? —Una expresión de furia recorre su rostro como una tormenta, endureciendo su mirada—. Está todo controlado, mamá —me apresuro a añadir en tono apaciguador—. Ve delante. No deberían vernos hablando.

Ella sigue caminando hacia el restaurante mientras yo me acerco a la barandilla y contemplo el mar. Es el mismo paisaje que se veía desde el ático que tiene Zacharov en Atlantic City. Pienso en Lila dándome la espalda mientras observaba las aguas oscuras.

Debería haberle dicho que la quería en ese momento. Cuando todavía significaba algo.

La espera es la parte más difícil de cualquier timo. Los segundos van pasando y te empiezan a sudar las manos al pensar en lo que va a ocurrir. Tu mente comienza a divagar. La adrenalina te pone hiperactivo, pero no tienes nada que hacer aparte de esperar.

La distracción conduce al desastre. Es la máxima de mi madre.

Me giro hacia el restaurante, me meto la mano enguantada en el bolsillo y palpo el trozo de media arrugada. Antes he cortado la parte que cubre el pie con un cuchillo del servicio de habitaciones del hotel.

Me concentro en observar a la multitud y a mi madre, que camina increíblemente despacio. Esto podría llevarnos un buen rato. Y sinceramente, es posible que el plan ni siquiera funcione. Es otra cosa que tienen los timos: hace falta acechar a varias víctimas hasta que encuentras a la perfecta. A la que puedes desplumar de verdad.

Esperamos veinte minutos, separados casi por una manzana. Mi madre ya ha hecho todos los gestos inocentes que hace cualquiera durante un paseo nocturno: fumarse un cigarrillo, retocarse el pintalabios, fingir que llama con el teléfono móvil que le he prestado. Yo, por mi parte, me he puesto a mendigar. Ya he conseguido tres dólares y medio. Justo cuando estoy a punto de agenciarme otra moneda, Clyde Austin sale de pronto del Morton's.

Mi madre se pone en marcha.

Me levanto de un brinco y corro hacia ella mientras me pongo la media en la cara. Aminoro el paso sin poder evitarlo. ¿Cómo es posible que digan que estas medias son «transparentes»? No veo un pimiento.

La gente se pone a gritar. Claro, porque un tío con una media en la cara no puede ser el bueno de la película. De hecho, es el estereotipo (el arquetipo, incluso) del malo.

Sigo corriendo y, al pasar junto a mi madre, le arranco el bolso dorado de la mano.

Sus gritos se suman al coro de transeúntes:

—¡Al ladrón! —chilla—. ¡Socorro! ¡Socorrooooo!

Ahora viene lo difícil. Tengo que seguir corriendo, pero a la velocidad adecuada para que un tipo beodo, en baja forma y con un par de martinis en la panza se crea que puede atraparme.

—¡Que alguien me ayude, por favor! —aúlla mi madre—. ¡Se está llevando todo mi dinero!

Me cuesta no partirme de risa.

Para ponérselo más fácil a Clyde, prácticamente me choco con él. Pero admito que mi madre tiene razón cuando dice que todos los hombres quieren ser caballeros andantes. Clyde me agarra del brazo.

Me tiro al suelo.

La caída es aparatosa. No sé si es por la media en la cara o porque pierdo el equilibrio; el caso es que me estampo contra el asfalto y me llevo un buen raspón en la mano que me desgarra el guante. Seguro que también me he pelado las rodillas, pero ahora mismo no las siento.

Suelto el bolso.

Clyde consigue pegarme un coscorrón antes de que pueda ponerme de pie. Duele bastante. Más vale que mi madre valore lo que estoy haciendo. Me levanto y echo a correr a toda velocidad. Me arranco la mierda esta de la cara y me desvanezco en la noche lo más deprisa que puedo.

Lejos de Clyde Austin, para que pueda hacerse el héroe y devolverle a la damisela en apuros su bolsito dorado.

Para que pueda fijarse en lo guapa que está cuando lo mira con lágrimas de gratitud.

Y para que pueda verle bien la delantera.

Mi madre está eufórica. Saca la botella de prosecco del minibar mientras yo me curo la mano con agua oxigenada. Cómo escuece.

—Quiere quedar para tomar algo mañana por la noche. Le he dicho que lo mínimo que podía hacer era invitarlo, pero él ha respondido que, después del mal trago que he pasado, pagaría él «y punto». ¿A que suena prometedor?

—Y tanto.

—Me recogerá aquí. A las seis. ¿Crees que debería estar lista para cuando llegue? ¿O es mejor que lo invite a tomar una copa mientras termino de arreglarme? Si le abro la puerta en albornoz…

Hago una mueca.

—Ni idea.

—Deja de pensar así. Esto es un trabajo. Necesitamos a alguien que nos mantenga. Que pague ese colegio tan caro al que vas tú y los préstamos universitarios de Barron. Sobre todo ahora que Philip no sabe por cuánto tiempo conservará su trabajo.

Me lanza una mirada severa, como si creyera que se me ha olvidado que es culpa mía que un jefe mafioso se la tenga jurada a Philip. Como si con eso pudiera conseguir que me sintiera mal. Ellos me han hecho cosas mucho peores.

—Prométeme que no vas a obrar a Clyde —le digo en voz baja—. No te hace falta. Lo encandilarás siendo tú misma.

Se echa a reír y se sirve prosecco en un vaso de agua. El líquido burbujea igual que el agua oxigenada.

—De tal palo, tal astilla. Los dos podemos ser encantadores cuando queremos algo, ¿verdad, Cassel?

—Lo que quiero es que no vuelvas a la cárcel. ¿Qué pasa? ¿Crees que es un secreto?

Suena el timbre de la habitación.

—¿Qué has pedido? —le pregunto mientras voy a abrir.

Mamá suelta un grito de alarma, pero llega tarde.

Clyde Austin está en el pasillo, con un botella de Jack Daniel's en la mano.

—Oh —dice, abochornado—. Creo que me he equivocado de habitación. Pensaba que...

Entonces se fija en mí, en los vaqueros ensangrentados y la mano raspada. Ve a mi madre sentada en la cama. Y lo entiende todo. Tuerce el gesto.

—Era una encerrona. Queríais jugármela. Tú... y ella. —Por su forma de pronunciar la palabra «ella», está claro lo que piensa de nosotros.

Me dispongo a explicarme, pero entonces Clyde blande la botella para pegarme en la cabeza. La veo acercarse, pero soy demasiado torpe y lento. Me golpea en plena sien con un espantoso ruido sordo.

Aturdido, me desplomo sobre la alfombra. El dolor es tal que me produce náuseas. Esto me pasa por subestimarlo. Ruedo por el suelo justo a tiempo para ver que se cierne sobre mí, enarbolando la botella de Jack Daniel's para arrearme otra vez.

Con un chillido, mi madre le echa las manos al cuello y lo araña.

Él se gira violentamente, haciendo aspavientos. Le da un codazo y mi madre se estrella contra la mesa. Su espejo de aumento se rompe contra la pared y llueven esquirlas como si fueran confeti.

Levanto la mano desnuda. Puedo zanjar esto con solo tocarlo.

Puedo transformarlo en una cucaracha.

O en un charquito de grasa.

Me muero de ganas.

Pero Clyde se ha quedado quieto y mira a su alrededor como si no supiera dónde está.

—¿Shandra? —dice con ternura mientras se acerca a mi madre—. Lo siento muchísimo. ¿Te he hecho daño?

—No pasa nada —lo tranquiliza ella, levantándose despacio con una mueca de dolor. Tiene el labio ensangrentado—. Has venido para que tomáramos una copa, ¿verdad? Y entonces has visto a mi hijo. Puede que lo hayas confundido con otra persona.

—Puede ser —dice Clyde—. Nos caímos tan bien hoy que pensé que no valía la pena esperar a mañana por la noche. Y luego… no me negarás que se parece mucho al ladrón.

Mi madre es obradora de las emociones. No puede alterar los recuerdos de Clyde Austin; mi hermano Barron sí podría, pero ahora no está aquí. Sin embargo, lo que sí puede hacer mi madre, con un solo roce de su mano desnuda, es conseguir que Clyde se sienta tan atraído por ella que esté dispuesto a concederle el beneficio de la duda. En cualquier situación. Incluso ahora.

Cada vez estoy más mareado.

—Es verdad, cariño —dice mi madre—. Se parece un poquito al ladrón. Ha sido un malentendido sin importancia. Te acompaño a la puerta.

Le pone la mano en el cuello; cualquier otro se espantaría si alguien lo tocara sin guantes, pero a Clyde no le incomoda en absoluto. Deja que mi madre lo guíe.

—Siento mucho lo que ha pasado. No sé por qué me he puesto así.

—Lo entiendo —le asegura mi madre—. Y te perdono, pero me parece que es mejor que no quedemos mañana por la noche. Lo entiendes, ¿verdad?

A Clyde se le enciende el rostro de vergüenza.

—Por supuesto.

Se me nubla la visión. Mi madre sigue hablando en tono tranquilizador, pero no es a mí.

Nos vamos del hotel por la mañana. La luz del sol hace que el cerebro me palpite dentro del cráneo. Noto la piel sudorosa, pero es un sudor raro, ese que produce tu cuerpo cuando te has hecho daño. Cada movimiento me marea tanto como si montara en mil montañas rusas a la vez. Mientras esperamos a que el aparcacoches traiga mi coche, rebusco en la mochila hasta que encuentro las gafas de sol y procuro no mirar el gran moratón que tiene mi madre en el hombro.

Mamá no ha dicho ni una sola palabra desde que anunció que nos íbamos, ni siquiera mientras hacíamos las maletas o bajábamos en el ascensor. Es evidente que está furiosa.

Y yo me encuentro tan mal que no sé cómo remediarlo.

Finalmente, mi viejo y herrumbroso Benz se detiene delante del hotel. Mamá le da propina al aparcacoches, que le entrega las llaves mientras yo me acomodo en el asiento del copiloto. Noto el calor del asiento en las pantorrillas a través de los vaqueros.

—¿Cómo se te ocurre abrir la puerta así? —me grita en cuanto arrancamos—. Sin echar un vistazo por la mirilla. Sin preguntar quién es. —Me encojo al oír su voz de enfado—. ¿Eres imbécil, Cassel? ¿Eso es lo que te he enseñado?

Tiene razón. Ha sido una imprudencia. Una imbecilidad. El colegio privado me ha vuelto descuidado. Esta es justamente la clase de errores tontos que distinguen a un timador decente de un aficionado. Aparte de eso, la reacción del maleficio emocional que ha obrado antes la vuelve inestable. Por lo general ya es una persona voluble, pero la reacción lo agrava. Y el cabreo que lleva encima también. No me queda otra que aguantar el temporal.

Cuando era pequeño, terminé acostumbrándome a verla así. Pero ha estado tanto tiempo en la cárcel que se me había olvidado lo agresiva que puede llegar a ponerse.

—¿¡Eres imbécil!? —aúlla—. ¡Que me respondas!

—Para ya. —Apoyo la cabeza en la ventanilla y cierro los ojos—. Para, por favor. Lo siento, ¿vale?

—No —insiste con voz cruel y certera—. No se puede ser tan patético. ¡Lo has hecho a propósito! Querías fastidiarme.

—Oh, venga ya. Lo he hecho sin pensar. Ya te he pedido perdón. Mira, el que tiene un chichón en la cabeza soy yo. ¿Tan grave es que tengamos que irnos de Atlantic City? De todas maneras íbamos a marcharnos dentro de una semana, cuando empezara el curso.

—Esto ha sido por lo de Lila. —Mi madre mira la carretera, pero los ojos le brillan de furia—. Lo has hecho porque sigues enfadado conmigo.

Lila. Mi mejor amiga, a la que creía haber matado.

—No pienso hablar de ella contigo —le espeto.

Pienso en la boca grande y expresiva de Lila, en cómo inclina las comisuras al sonreír. Pienso en ella tendida en mi cama, alargando el brazo hacia mí.

Con un solo toque, mi madre obligó a Lila a que me amara. Y al hacerlo se aseguró de que yo no pudiera tenerla nunca. Jamás.

—¿He metido el dedo en la llaga? —dice con tono sádico y complacido—. No me puedo creer que de verdad pensaras que eras digno de la hija de Zacharov.

—Cállate.

—Lila te estaba utilizando, gilipollas. Cuando ya no te necesitara, esa chica no te habría dado ni la hora, Cassel. Solo le habrías recordado a Barron y lo que le hizo.

—No me importa. —Me tiemblan las manos—. Eso habría sido mejor que… —Que tener que evitarla hasta que el maleficio se disipase. Que tener que ver cómo me mirará a partir de entonces.

El deseo que siente Lila por mí es una perversión del amor. Una parodia.

Y yo la quería tanto que casi me dio lo mismo.

—Te hice un favor —continúa mi madre—. Deberías darme las gracias. Te puse a Lila en bandeja de plata, algo que tú nunca habrías podido hacer en toda tu vida.

Suelto una carcajada.

—¿Que te dé las gracias? ¿Qué tal si aguantas la respiración hasta que lo haga?

—¡A mí no me hables así! —ruge mi madre. Me da un bofetón.

Me pega tan fuerte que mi maltrecha cabeza se estampa contra la ventanilla. Veo las estrellas, explosiones de luz detrás de las gafas de sol. Detrás de los párpados.

—Para el coche. —Ahora las náuseas son incontenibles.

—Lo siento. —Vuelve a adoptar un tono cariñoso—. No quería hacerte daño. ¿Estás bien?

Todo me da vueltas.

—Para el coche ya.

—Ya sé que ahora mismo preferirías ir andando antes que hablar conmigo, pero si te duele de verdad, es mejor que…

—¡Que pares!

Mi tono apremiante la convence por fin. Da un volantazo hacia la cuneta y pisa el freno. Me bajo del coche sin esperar a que se detenga por completo.

Justo a tiempo para vomitar en la hierba.

Espero sinceramente que ningún profesor de Wallingford me pida una redacción sobre mis vacaciones de verano.

Capítulo dos

Dejo el Benz en el aparcamiento reservado a los alumnos de último curso; está mucho más cerca de las residencias que la zona donde tienen que dejar sus coches los alumnos más jóvenes. Empiezo a venirme arriba, pero cuando apago el motor el coche suelta una extraña tos metálica, como si acabara de pasar a mejor vida. Me bajo y le doy una patadita al neumático delantero, con poca convicción. Tenía pensado arreglar el coche, pero no he encontrado el momento desde que volvió mi madre.

Dejo el equipaje en el maletero y cruzo el campus en dirección al centro académico Finke. Encima de la puerta del gran edificio de ladrillo han colgado una pancarta escrita a mano que da la bienvenida a los alumnos de primer curso. Una suave brisa agita los árboles. Empiezo a echar de menos algo que todavía no he perdido.

Cuando entro veo a la señora Noyes junto a una mesa, hurgando en una caja llena de tarjetas y repartiendo los packs de bienvenida. Un grupo de alumnos de segundo que solo conozco de vista gritan y se abrazan. Al verme, bajan la voz y siguen hablando entre susurros. Distingo las palabras «suicidarse», «en calzoncillos» y «guapo». Aprieto el paso.

En la recepción, una alumna temblorosa y sonrojada, acompañada por su padre, está recogiendo las llaves de su habitación. La chica se aferra a la mano de su padre como si pudiera perderse si la suelta. Está claro que es la primera vez que se va de casa. Siento lástima y al mismo tiempo envidia.

—Hola, señora Noyes —la saludo cuando me llega mi turno—. ¿Qué tal todo?

Ella levanta la mirada y sonríe.

—¡Cassel Sharpe! Cómo me alegro de que también te quedes en el campus este curso. —Me entrega mi carpeta amarilla y la información del cuarto que me han asignado. Además de un aparcamiento exclusivo y, por extraño que resulte, una parcela de césped propia (va en serio, la llaman «el césped de los mayores»), los de último curso también disfrutamos de las mejores habitaciones. Al parecer la mía está en la planta baja. Supongo que no querían arriesgarse a darme una habitación alta después del numerito del tejado.

—Y yo. —Es verdad que me alegro de volver. Me alegro un montón—. ¿Ya ha llegado Sam Yu?

La señora Noyes revisa las tarjetas.

—No, todavía no.

Comparto habitación con Sam desde que íbamos a segundo, pero no nos hicimos amigos hasta finales del curso pasado. Lo de tener amigos sigue sin ser mi fuerte, pero hago lo que puedo.

—Gracias. Nos vemos más tarde.

Siempre se celebra una reunión la víspera del primer día de clase. La directora Northcutt y el decano Wharton nos explicarán lo inteligentes y aptos que somos para, acto seguido, asegurarnos que las normas del colegio están hechas para protegernos de nosotros mismos. Tiene gracia.

—Procura no meterte en líos —me dice Noyes con una sonrisa. Su tono es alegre, pero detecto cierto dejo de firmeza que me hace pensar que no les dice lo mismo a todos los estudiantes que llegan.

—Descuide.

Vuelvo al aparcamiento y empiezo a descargar el coche. He traído bastantes cosas. Mi madre se pasó el fin de semana del Día del Trabajo fingiendo que no nos habíamos peleado y comprándome regalos extravagantes para compensarme esa pelea que no habíamos tenido. Ahora soy propietario de un iPod, una cazadora de cuero y un ordenador portátil. Estoy casi seguro de que la vi pagar el portátil con la tarjeta de crédito de Clyde Austin, pero disimulé. También fue mi madre la que se encargó de hacerme el equipaje; tiene la teoría de que, sin importar lo que diga yo, ella es la única que sabe lo que necesito de verdad. En cuanto salió del cuarto, deshice las maletas y volví a organizarlas a mi manera.

«Sabes que te quiero, ¿verdad, cielo?», me dijo esta mañana mientras me iba.

Y lo más raro de todo es que sí que lo sé.

Cuando llego a mi nueva habitación (es más grande que la del año pasado, y al estar en la planta baja no me hace falta subir un millón de escaleras cargado con mis trastos), lo dejo todo en el suelo y suspiro.

Me pregunto dónde estará Lila ahora mismo. ¿Su padre la habrá enviado a algún internado suizo para hijos de obradores mafiosos, con guardias armados y una gran verja? ¿Le gustará? O quizás el maleficio ya se haya disipado y Lila esté pasando el rato, tomándose un chocolate caliente mientras se liga a algún monitor de esquí. No creo que pasara nada por llamarla, por hablar con ella unos minutos. Solo para oír su voz.

Tengo tantas ganas que me obligo a llamar a mi hermano Barron en su lugar; debo recordarme lo que es real y lo que no. Además, Barron me dijo que lo llamara cuando me hubiera instalado. Supongo que esto cuenta.

—Hola —me saluda antes del segundo tono—. ¿Cómo está mi hermano preferido?

Cada vez que oigo su voz se me forma el mismo nudo en el estómago. Barron me convirtió en un asesino. Me utilizó, pero no se acuerda. Cree que somos uña y carne, mano y guante. Cree todo lo que yo le hice creer.

La reacción ha carcomido tanto su memoria que ahora confía en los recuerdos falsos que introduje cuidadosamente en sus cuadernos, como el recuerdo de que nos llevamos genial. Y por eso mismo,

Barron es la única persona en la que sé que puedo confiar a ciencia cierta. Patético, ¿verdad?

—Me preocupa mucho mamá —le digo—. Cada vez está peor. Más imprudente. No podemos permitir que la pillen otra vez. La encerrarían de por vida.

No sé si Barron podrá hacer algo; tampoco es que yo haya conseguido evitar que nuestra madre se metiera en líos en Atlantic City.

—Bah, ¿qué dices? —Parece aburrido y un poco borracho. Oigo música suave de fondo. Aún no es mediodía—. Todos los jurados la adoran.

Yo creo que no me está entendiendo.

—Mira… Está siendo descuidada. A lo mejor a ti te hace caso. Tú ibas a ser su abogado…

—Está un poco mayor —me interrumpe Barron—. Y se ha pasado años entre rejas. Deja que se divierta un poco. Necesita liberar estrés. Seducir a unos cuantos vejestorios. Perder dinero jugando al tute.

No puedo evitar reírme.

—Tú échale un ojo antes de que desplume a esos vejestorios.

—Oído, chef. Misión confirmada. —Me deja un poco más tranquilo. Barron suspira—. ¿Has hablado con Philip últimamente?

—Ya sabes que no. Cada vez que lo llamo, me cuelga. No puedo hacer… —El picaporte empieza a girar—. Te llamo luego —me apresuro a decir.

Sería demasiado raro seguir hablando con Barron como si tal cosa delante de mi compañero de cuarto, que sabe lo que hizo Barron. Que no entendería por qué intento llamar a Philip. Que no comprende lo que es tener una familia tan chunga como la mía.

—Paz, hermanito —se despide Barron antes de colgar.

Sam entra con una bolsa de deporte al hombro.

—Hola —me saluda con una sonrisa tímida—. Cuánto tiempo. ¿Qué tal por Toronto?

—Decían que había un castillo de hielo, pero se había derretido.

Sí, le he mentido a Sam sobre mis vacaciones de verano. No hacía ninguna falta, no había ningún motivo especial para no contarle que he estado en Atlantic City, salvo que no me parecía un sitio al que la gente normal va con su madre. Ya os he dicho que lo de tener amigos no es mi fuerte.

—Qué mal. —Sam coloca una caja de herramientas de aluminio encima del viejo armario de madera. Es un chico corpulento, alto y grueso. Da la impresión de que siempre se mueve con mucho cuidado, como si no quisiera ocupar más espacio de la cuenta—. Oye, tengo un par de cosas nuevas que te van a encantar.

—¿Ah, sí? —Deshago mi equipaje como suelo hacer: lo meto todo a empujones bajo la cama hasta que toque inspección de habitaciones. Es lo que tiene criarse en una casa llena de basura: te sientes más a gusto con un poco de mugre a tu alrededor.

—Tengo un kit para sacar moldes de los dientes y fabricar unos colmillos perfectos. Pero perfectos de verdad. Encajan como un guante en la dentadura. —Creo que nunca lo había visto tan feliz—. Daneca y yo estuvimos en Nueva York, en una tienda de efectos especiales, y nos llevamos hasta las estanterías. Resina, elastómero, poliuretano… Creo que ahora hasta podríamos fingir que prendemos fuego a una persona. —Enarco las cejas—. No me mires así. Después de lo del curso pasado, creo que es mejor estar preparados.

Cada año, todos los alumnos se reúnen en el auditorio Carter Thompson Memorial para que les repitan las normas a los que son demasiado perezosos para leerse la guía. «Los alumnos llevarán la chaqueta y la corbata de Wallingford, un pantalón de vestir negro y una camisa blanca. Las alumnas llevarán la chaqueta de Wallingford, una falda o un pantalón de vestir negro y una camisa blanca. Los zapatos negros son obligatorios para ambos sexos. Están prohibidas las zapatillas deportivas y los pantalones vaqueros». Cosas verdaderamente fascinantes.

Sam y yo intentamos sentarnos en la parte trasera, pero la señora Logan, la secretaria del colegio, nos ve y señala una de las filas delanteras vacías.

—Chicos, ahora que estáis en el último curso, querréis dar ejemplo a los nuevos alumnos, ¿verdad?

—¿También vale si les damos mal ejemplo? —pregunta Sam. Se me escapa un resoplido de risa.

—Señor Yu —dice la señora Logan, apretando los labios—. Me preocupa que muestre síntomas graves de «ultimocursitis» nada más empezar el año. Puede ser una enfermedad letal. Señor Sharpe, preferiría que no le riera la gracia.

Vamos a nuestros nuevos asientos.

El decano Wharton y la directora Northcutt ya están frente al atril. Northcutt empieza con una vehemente charla motivacional: en Wallingford somos una gran familia, nos apoyamos en los momentos duros y algún día recordaremos los años que pasamos aquí como los mejores de nuestra vida.

Me giro hacia Sam para soltar alguna payasada, pero me doy cuenta de que está deslizando la mirada por todo el auditorio, con expresión nerviosa.

El problema de ser un timador es que cuesta mucho desconectar esa parte del cerebro que siempre está evaluando la situación y buscando una víctima, un primo al que sacarle algo. Intentas deducir qué es lo que busca esa víctima, cuál es la mejor manera de convencerle de que se desprenda de su dinero.

Yo no quiero timar a Sam, que quede claro. Pero aun así mi cabeza me dice qué es lo que está buscando, por si acaso me resulta útil.

—¿Va todo bien con Daneca?

Sam se encoge de hombros.

—No soporta las pelis de terror.

—Ah. —Procuro mantener un tono neutro.

—Quiero decir… a ella le interesan cosas muy serias. Temas políticos. El calentamiento global, los derechos de los obradores y de los homosexuales… Y tengo la impresión de que piensa que a mí me interesan cosas de críos.

—No todo el mundo es como Daneca.

—Nadie es como Daneca. —Sam tiene la expresión ligeramente ofuscada de un enamorado—. Creo que lo pasa mal, ¿sabes? Todas esas cosas le importan muchísimo, pero a casi todo el mundo le traen sin cuidado. Incluso a mí, supongo.

Antes, todas las chorradas humanitarias de Daneca me tocaban las narices. Para mí no tenía sentido intentar cambiar un mundo que no quería cambiar. Pero no creo que Sam quiera que se lo diga ahora. Y ya no sé si sigo pensando igual.

—A lo mejor puedes hacer que cambie de opinión sobre el género de terror —le digo—. No sé, enséñale los clásicos. Alquila *Frankenstein*. Hazle una lectura dramática de «El cuervo». A las tías les flipa eso de «¡Vuelve a la tempestad, a la ribera de la noche plutónica! ¡No dejes plumas negras como prendas de la mentira que profiere tu ánima!». ¿Cómo va a resistirse? —Sam ni siquiera sonríe—. Vale, vale. —Levanto las manos, un gesto universal de rendición—. Ya me callo.

—No, si tiene su gracia. No es por ti. Es que no…

—¡Señor Yu! ¡Señor Sharpe! —exclama la señora Logan, avanzando por el pasillo central y sentándose justo detrás de nosotros. Se lleva un dedo a los labios—. No me obliguen a que los separe.

La idea es tan humillante que guardamos silencio mientras el decano Wharton repasa la larga lista de cosas por las que pueden castigarnos, una lista que incluye el alcohol, las drogas, entrar en la habitación de alguien del sexo opuesto, saltarse las clases, salir de nuestra habitación después del toque de queda o llevar pintalabios negro. La triste realidad es que posiblemente en cada promoción haya habido al menos una persona que consiguió infringir todas las normas en una sola noche loca. Espero de verdad que este curso no me toque a mí.

El pintalabios me queda fatal.

Nos encontramos a Daneca de camino a la cena. Lleva el cabello castaño y rizado dividido en siete gruesas trenzas, todas rematadas por una cuenta de madera. Bajo el cuello abierto de su camisa blanca asoman siete amuletos de jade que la protegen contra los siete tipos de maleficios. Suerte. Sueños. Físicos. Emociones. Memoria. Muerte. Transformación. Se los regalé yo por su último cumpleaños, justo antes de que acabara el curso pasado.

Para crear un amuleto contra un tipo de maleficio determinado, necesitas a un obrador de ese mismo maleficio. Al parecer la piedra es el único material capaz de absorber magia, y los amuletos son de un solo uso. Una piedra gastada, que ha evitado que un maleficio afectase a su portador, se rompe al instante. Y como hay muy pocos obradores de la transformación en el mundo (alrededor de uno por década), los amuletos de la transformación auténticos son muy escasos. Pero el de Daneca es de verdad. Lo sé muy bien porque se lo hice yo mismo.

Y ella no lo sabe.

—Hola —nos saluda, dándole un empujón con el hombro a Sam, que la rodea con un brazo.

Entramos así en la cafetería.

Es nuestra primera noche, así que han puesto manteles y un jarroncito con flores (gisófilas y una rosa) en todas las mesas. Unos cuantos padres de alumnos nuevos merodean por allí, admirando los techos altos, el sobrio retrato del coronel Wallingford que preside la sala y nuestra habilidad para comer sin ponernos perdidos.

Hoy toca salmón *teriyaki* con arroz integral y zanahorias. De postre, *crumble* de cereza. Me pongo a juguetear con las zanahorias de mi plato. Daneca empieza por el postre.

—No está mal —declara. Y sin previo aviso, se lanza a explicar que este curso va a ser muy importante para que HEX corra la voz sobre la propuesta 2. Que la semana que viene habrá una manifestación.

Que la propuesta 2 es el comienzo de una mayor intromisión gubernamental. Sigue hablando, pero yo desconecto.

Miro a Sam para intercambiar con él una mirada cómplice, pero mi amigo parece pendiente de todas sus palabras.

—Cassel —me dice Daneca—. Ya sé que no me estás escuchando. La votación es en noviembre. De este año. Si la propuesta 2 sale adelante, empezarán a hacerles la prueba a los obradores. A todo el mundo. Y por mucho que el gobierno de Nueva Jersey diga que esa información será totalmente anónima, no es verdad. Dentro de poco a los obradores les negarán el empleo y la vivienda. Los encarcelarán por el delito de haber nacido con un poder involuntario.

—Lo sé. Todo eso ya lo sé. ¿Te importaría ser un poco menos condescendiente? Eso ya lo sé.

Ahora parece más molesta, si cabe.

—Estamos hablando de tu vida.

Pienso en mi madre y en Clyde Austin. Pienso en Barron. En mí y en todo el daño que he hecho.

—Quizá los obradores estaríamos mejor encerrados —digo—. Tal vez el gobernador Patton tenga razón.

Sam frunce el ceño.

Engullo un buen trozo de salmón para dejar de hablar.

—Qué ridiculez —dice Daneca cuando se recupera de la impresión.

Me pongo a masticar.

Tiene razón, por supuesto. Daneca siempre tiene razón. Pienso en su madre (una activista incansable, cofundadora de HEX, la organización juvenil por los derechos de los obradores) y también en Chris, el pobre chaval que ahora vive en su casa porque no tiene ningún otro sitio al que ir. Quizá hasta sea ilegal que viva con ellas. Sus padres lo echaron de casa porque pensaban que todos los obradores eran como yo. Hay obradores que no son timadores, que no quieren tener nada que ver con el crimen organizado. Cuando Daneca piensa en los obradores, piensa en su madre. Cuando lo hago yo, pienso en la mía.

—En fin —continúa Daneca—, hay una manifestación el próximo jueves y quiero que vaya el club HEX al completo. Le he pedido a la señora Ramírez, nuestra asesora, que solicite autobuses y todo lo demás. Será una actividad escolar.

—¿En serio? —dice Sam—. Genial.

—Bueno... —Daneca suspira—. Todavía no tenemos permiso. Ramírez me dijo que Wharton o Northcutt tendrían que dar el visto bueno a la solicitud. Y hace falta que se apunten suficientes miembros de HEX. ¿Cuento con vosotros?

—Pues claro que sí —contesta Sam. Le lanzo una mirada.

—Para el carro —digo, levantando la mano—. Necesito más detalles. Por ejemplo: ¿tendremos que hacernos nuestras propias pancartas? ¿Qué tal «Derechos para todos menos para los que no los necesitan»? ¿O «¡Maleficios mortales legales! ¡No más superpoblación!»?

Sam esboza una sonrisa. Lo de hacer el payaso me puede, pero por lo menos alguien se lo pasa bien.

Daneca se dispone a decir algo más cuando Kevin LaCroix viene a nuestra mesa. Lo miro con alivio indisimulado. Kevin deja caer un sobre dentro de mi bandolera.

—El porreta de Jace dice que se lio con una tía este verano —me susurra Kevin—. Pero me han dicho que todas las fotos que está enseñando por ahí son de su hermanastra. Cincuenta pavos a que esa novia suya no existe.

—Búscate a alguien que apueste a favor de que se lio con ella o de que tiene novia y te daré las probabilidades —le contesto—. La casa nunca apuesta.

Kevin asiente y regresa a su mesa con expresión decepcionada.

Me convertí en el corredor de apuestas del colegio cuando mi madre estaba en la cárcel y me faltaba pasta para todas las cosas que no están incluidas en el precio de la matrícula. Un segundo uniforme para poder lavar el primero más de una vez por semana. Dinero para salir a cenar pizza con los colegas. Y para poder tener zapatillas, libros y música sin necesidad de que se caigan de un camión o tenga que robarlos de una tienda. Vivir con los ricos sale caro.

Cuando Kevin LaCroix se marcha, el siguiente en venir es Emmanuel Domenech. Viene y va tanta gente que Sam y Daneca no tienen oportunidad de decirme lo borde que he sido antes. Se dedican a pasarse notitas en el cuaderno de Daneca mientras los alumnos me van dejando disimuladamente un sobre tras otro… cada uno es un ladrillo que va reconstruyendo mi diminuto imperio criminal.

—Apuesto a que a Sharone Nagel se le atascará el disfraz de mascota durante el partido de fútbol.

—Apuesto a que el club de latín sacrificará a uno de sus miembros en el baile de primavera.

—Apuesto a que Chaiyawat Terweil será el primero al que manden al despacho de la directora Northcutt.

—Apuesto a que a la nueva acaban de soltarla del manicomio.

—Apuesto a que la nueva acaba de fugarse de una cárcel moscovita.

—Apuesto a que al señor Lewis le dará un ataque de nervios antes de Navidad.

Apunto todas las apuestas a favor y en contra mediante un código de mi invención. Esta noche Sam y yo prepararemos la primera lista maestra de probabilidades. Irán cambiando a medida que lleguen más apuestas, claro, pero así mañana tendremos algo que decirles a los demás durante el desayuno, cuando nos pregunten a qué se puede apostar. Es increíble lo nerviosos que se ponen los niños pijos cuando no pueden gastar dinero lo bastante deprisa.

Igual que los delincuentes cuando vemos oportunidades de sacar tajada desaprovechadas.

Mientras nos levantamos para volver a las habitaciones, Daneca me da un puñetazo en el brazo.

—Bueno, ¿nos vas a contar por qué estás tan capullo hoy?

Me encojo de hombros.

—Lo siento. Es el cansancio. Y la estupidez.

Daneca me echa las manos enguantadas al cuello y finge que me estrangula. Le sigo la corriente: me dejo caer al suelo y simulo que me muero hasta que consigo que se ría.

Perdonado.

—Ya sabía yo que debería haber traído una bolsa de sangre —dice Sam, sacudiendo la cabeza como si lo estuviéramos humillando.

Justo entonces entra Audrey, de la mano de Greg Harmsford. Audrey, mi exnovia. La que cortó conmigo. La que cuando salíamos me hacía sentir como una persona normal. La que quizá tuve la oportunidad de recuperar. La que ahora ni siquiera me mira al pasar a nuestro lado.

Greg, por el contrario, entorna los ojos y me sonríe, como retándome a hacer algo.

Me encantaría borrarle esa expresión arrogante de la cara. Pero para eso primero tendría que levantarme del suelo.

No puedo pasarme el resto de la noche guardando el equipaje o de cachondeo en la sala común, como tenía planeado, porque nuestro nuevo supervisor, el señor Pascoli, nos anuncia que todos los alumnos de último curso tienen que reunirse con sus orientadores.

Desde que estoy en Wallingford, he visto a la señora Vanderveer exactamente una vez al año. Parece bastante maja, siempre equipada con una lista de las clases y las actividades que me permitirán entrar en una buena universidad, siempre sugiriéndome que a los comités de admisión les encantan las actividades de voluntariado. La verdad es que no siento ninguna necesidad de hablar con ella, pero Sam, un grupo de estudiantes de último año y yo echamos a andar por el jardín en dirección a la biblioteca Lainhart.

Una vez allí nos toca escuchar otro discursito: el último curso no es momento para holgazanear, y si creemos que los estudios son duros ahora, nos vamos a enterar cuando lleguemos a la universidad. En serio, este tío (supongo que es uno de los orientadores) te hace pensar que en la uni redactas los trabajos con sangre, tus compañeros de laboratorio te apuñalan si les bajan la media por tu culpa y las clases nocturnas duran hasta el amanecer. Está claro que echa de menos esa época.

Finalmente nos dividen para las reuniones. Me siento en la sección de Vanderveer, delante del biombo que la separa de nosotros.

—Jo, tío —dice Sam. Está sentado en el borde de su silla y se inclina para hablarme entre susurros—. ¿Qué hago? Nos preguntarán por la universidad.

—Probablemente —contesto, arrimándome—. Son orientadores. Les molan las universidades. Yo creo que sueñan con ellas.

—Ya, bueno, pues creen que quiero ir al MIT para estudiar Química —susurra en tono trágico.

—Puedes decirles que no quieres. Si es que no quieres.

Sam suelta un gemido.

—Se lo contarán a mis padres.

—Bueno, ¿y cuál es tu plan?

—Mudarme a Los Ángeles y estudiar en una escuela de efectos visuales. Me encantan los efectos especiales artesanales, pero hoy en día casi todo se hace por ordenador. Necesito aprender a hacer eso. Conozco un sitio donde dan un curso de tres años. —Sam se pasa la mano por el cabello corto y la frente húmeda, como si acabara de confesar un sueño imposible y vergonzoso.

—Cassel Sharpe —dice la señora Vanderveer. Me pongo de pie.

—Todo irá bien —le digo a Sam antes de pasar al otro lado del biombo. Pero el nerviosismo de Sam es contagioso: me sudan las palmas de las manos.

Vanderveer es morena, de pelo corto, con la piel arrugada y manchas por la edad. Hay dos sillas colocadas delante de una mesita en la que veo mi expediente. La orientadora se sienta.

—Bueno, Cassel —me dice con falsa alegría—. ¿Qué quieres hacer con tu vida?

—Eh… No estoy seguro.

A mí solo se me dan bien cosas en las que uno no puede graduarse en la universidad. Estafa. Falsificación. Asesinato. Y ganzúas de vez en cuando.

—Pues vamos a pensar en posibles universidades. El curso pasado te pedí que eligieras las facultades en las que más te gustaría matricularte y también algunas más secundarias. ¿Has hecho la lista?

—Por escrito, no —contesto. Ella frunce el ceño.

—¿Y has podido visitar alguno de los campus que estás barajando? Sacudo la cabeza. Vanderveer suspira.

—El colegio privado de educación secundaria Wallingford se enorgullece de ver a sus alumnos matriculados en las mejores universidades del mundo. Nuestros alumnos estudian en Harvard, Oxford, Yale, Caltech, John Hopkins… Tus notas no son todo lo buenas que cabría esperar, pero tus calificaciones en el examen SAT son muy prometedoras.

Asiento con la cabeza. Pienso en que Barron abandonó sus estudios en Princeton, en que Philip dejó la secundaria para ganarse el collar y trabajar para los Zacharov. No quiero terminar como ellos.

—Me pondré con esa lista —le prometo.

—Eso espero. Quiero que vengas a verme dentro de una semana. Basta de excusas. El futuro está a la vuelta de la esquina.

No veo a Sam cuando cruzo el biombo. Supongo que aún le están echando la charla. Mientras espero unos minutos, aprovecho para comerme tres galletas de mantequilla; han puesto un plato como tentempié. Al ver que Sam no sale, me marcho y cruzo de nuevo el campus.

La primera noche en la residencia siempre es rara. Las camas son incómodas. La mía me resulta un poco corta, así que siempre me quedo dormido con las piernas dobladas, las extiendo durante la noche y luego me despierto al darle una patada a la estructura.

En la habitación de al lado hay alguien roncando.

Al otro lado de la ventana, la luz de la luna se refleja en el césped, como si las briznas estuvieran hechas de metal. Ese es mi último pensamiento antes de que me despierte la alarma de mi móvil. Miro la hora; debe de llevar sonando un buen rato.

Suelto un gruñido y le lanzo la almohada a Sam, que levanta la cabeza, adormilado.

Los dos nos dirigimos al cuarto de baño común arrastrando los pies. Los demás alumnos de nuestra planta se cepillan los dientes o salen de la ducha en ese momento. Sam se lava la cara.

Chaiyawat Terweil se tapa con una toalla y se pone unos guantes de plástico desechables del dispensador. El letrero que hay encima dice: PROTEGE A TUS COMPAÑEROS: TÁPATE LAS MANOS.

—Un nuevo día en Wallingford —anuncia Sam—. Cada habitación es un palacio; cada bocata, un banquete; cada ducha mañanera…

—Te lo pasas bien en la ducha, ¿eh? —pregunta Kyle Henderson. Ya se ha vestido y se está engominando el pelo—. ¿Acaso piensas en mí?

—Así la ducha se me hace más corta —replica Sam sin inmutarse—. ¡Dios, me encanta Wallingford!

Me echo a reír. Alguien azota a Sam con una toalla.

Cuando termino de ducharme y vestirme, no me queda tiempo para desayunar. Me bebo un vaso del café que el supervisor se ha preparado en la sala común y me como crudo uno de los Pop-Tarts de Sam; se los ha mandado su madre.

Sam me lanza una mirada asesina y se come el que queda.

—Empezamos bien —digo—. Hoy nos vamos a hacer de rogar.

—Hay que mantener las expectativas tan bajas como estaban —responde Sam.

A pesar de que llevo todo el verano acostándome más o menos a esta hora de la mañana, me veo con energía.

Mi horario dice que mi primera clase de hoy es Probabilidad y Estadística. Este semestre también tengo Ética del Desarrollo (pensé que a Daneca le agradaría que eligiera eso como asignatura de historia, y por eso todavía no se lo he contado), Lengua, Física, Alfarería 2 (adelante, podéis reíros), Francés 4 y Photoshop.

Sin dejar de estudiar la hoja de papel, salgo de Smythe Hall y entro en el centro académico Finke. Probabilidad y Estadística se imparte en la tercera planta, así que me dirijo a las escaleras.

Me encuentro a Lila Zacharov en el pasillo, vestida con un uniforme de Wallingford: chaqueta, falda plisada y camisa Oxford blanca. Su cabello rubio y corto brilla tanto como el escudo bordado del uniforme. Al verme, su expresión se convierte en una mezcla de esperanza y horror.

A saber qué cara habré puesto yo.

—¿Lila?

Se da la vuelta y agacha la cabeza.

La alcanzo con un par de zancadas y la agarro del brazo, como si temiera que no fuera real. Se queda paralizada cuando la toco con la mano enguantada.

—¿Qué haces aquí? —le pregunto, obligándola a girarse con brusquedad. No está bien que la trate así, pero estoy demasiado asombrado para pensar con claridad.

Me mira como si acabara de abofetearla.

Buen trabajo. Soy todo un seductor.

—Sabía que te enfadarías —me dice. Se ha puesto pálida. En su rostro no queda nada de su habitual malicia.

—No se trata de eso.

Pero por mucho que lo pienso, no tengo ni idea de qué se trata. Sé que Lila no debería estar aquí. Y sé que no quiero que se vaya.

—No puedo evitar… —Se le quiebra la voz. Me mira con expresión desesperada—. He intentado dejar de pensar en ti, Cassel. Me he pasado todo el verano intentándolo. Estuve a punto de ir a verte más de cien veces. Me clavaba las uñas en la piel hasta que conseguía controlarme.

Me viene a la memoria aquella noche de marzo, sentado en los escalones de la casa de mi madre, tratando de convencer a Lila de que la habían obrado. Recuerdo el horror que se fue extendiendo lentamente por su semblante. Se negaba a admitirlo, pero finalmente reconoció, derrotada, que no debíamos vernos hasta que se desvaneciera el maleficio. Lo recuerdo todo.

Lila es obradora de los sueños. Espero que ella esté durmiendo mejor que yo.

—Pero si estás aquí... —digo, sin saber cómo voy a terminar la frase.

—Me duele no estar cerca de ti —contesta en voz baja, con cautela, como si le costara pronunciar esas palabras—. No sabes cuánto.

Quiero decirle que yo sé lo que se siente cuando quieres a alguien a quien no puedes tener. Pero quizá no sea cierto. Puede que estar enamorada de mí sea peor de lo que me imagino.

—No podía seguir... No fui lo bastante fuerte. —Lila tiene los ojos húmedos y la boca entreabierta.

—Han pasado casi seis meses. ¿No sientes ninguna diferencia? —El maleficio ya debería haber empezado a disiparse.

—Ahora es peor. Me siento peor. ¿Y si no desaparece nunca?

—Desaparecerá. Pronto. Solo tenemos que esperar, y es mejor que... —Pero me cuesta concentrarme en lo que digo cuando me mira así.

—Antes yo te gustaba —dice Lila—. Y tú me gustabas. Yo te quería, Cassel. Antes del maleficio. Siempre te he querido. Y no me importa que...

Nada me gustaría más que creerle. Pero no puedo. No me lo creo.

Sabía que esta conversación llegaría tarde o temprano. Por mucho que haya intentado evitarla. Y sé lo que debo decir. Incluso lo tengo planeado, porque sabía que, de lo contrario, no conseguiría decirlo.

—Yo no te quería. Y no te quiero.

El cambio es inmediato y terrible. Lila se aparta de mí. Su rostro parece blanco y hermético.

—Pero esa noche, en tu habitación... Dijiste que me echabas de menos y que me...

—No estoy loco —la interrumpo, procurando mantener al mínimo los gestos delatores. Lila conoce a muchos mentirosos—. Solo te lo dije para que te acostaras conmigo.

Lila parece quedarse sin aire.

—Eso me duele. Solo lo dices para hacerme daño.

No debería dolerle. Debería asquearle.

—Piensa lo que quieras. Es la verdad.

—¿Y por qué no lo hiciste? —me pregunta—. ¿Por qué sigues sin hacerlo? Si solo querías echar un polvo, no me voy a negar. No puedo negarme.

Oigo el timbre a lo lejos.

—Lo siento. —Esto no estaba en el guion. Se me ha escapado. No sé afrontar esto. No sé presenciar su dolor. No sé ser esta clase de villano.

—No quiero tu compasión. —En las mejillas le han aparecido unas manchas rojizas, como si tuviera fiebre—. Estaré en Wallingford hasta que se me pase el maleficio. Si le hubiera contado a mi padre lo que me hizo tu madre, ya estaría muerta. Que no se te olvide.

—Y yo también estaría muerto.

—Sí. Tú también. Así que acostúmbrate a la idea de verme por aquí.

—No puedo impedírtelo —digo en voz baja mientras Lila me da la espalda y se aleja hacia las escaleras. Me quedo mirando las sombras que se deslizan por su espalda. Y entonces me dejo caer contra la pared.

Llego tarde a clase, por supuesto, pero el doctor Kellerman tan solo enarca sus pobladas cejas al verme entrar. Me he perdido los anuncios matinales del televisor que pende sobre la pizarra. Los miembros del club de audiovisuales habrán explicado en qué consistirá el almuerzo y a qué hora se reúnen los clubes extraescolares. Nada del otro mundo.

Aun así, me alegro de que Kellerman decida no echarme la bronca. No sé si podría aguantarlo ahora mismo.

Continúa explicando el cálculo de probabilidades (algo que se me da bastante bien, por aquello de ser corredor de apuestas) mientras yo me concentro en evitar que me tiemblen las manos.

Apenas me doy cuenta de que el intercomunicador de la pared cobra vida con un chisporroteo. Hasta que oigo la voz de la señora Logan, claro:

—Cassel Sharpe, al despacho de la directora. Cassel Sharpe, al despacho de la directora.

El doctor Kellerman me mira con el ceño fruncido mientras me levanto y recojo mis libros.

—¡Oh, venga ya! —digo con aire derrotado, de cara a la clase. Una chica se ríe entre dientes.

Pero no hay mal que por bien no venga. Alguien acaba de perder la primera apuesta del curso.

Capítulo tres

El despacho de la directora Northcutt me recuerda a la biblioteca del pabellón de caza de algún barón. Las paredes y las librerías empotradas, iluminadas con lámparas de latón, son de madera oscura y reluciente. El escritorio, de la misma madera que las paredes, es grande como una cama, con unas butacas de cuero verde delante y varios diplomas colgados detrás. Todo está diseñado para intimidar a los estudiantes y seducir a los padres.

Cuando me hacen pasar, veo que la que parece incómoda es Northcutt. A su lado hay dos hombres trajeados; claramente me estaban esperando. Uno es negro y lleva gafas de sol.

Los miro, fijándome en si llevan bultos bajo las axilas o en la pantorrilla. Por muy fino que sea un traje hecho a medida, casi siempre se nota la pistola. Sí, los dos llevan pipa. Luego les miro los zapatos.

Negros y brillantes como el alquitrán recién vertido, con suelas de goma flexible, pensadas para perseguir a tipejos como yo.

Polis. Son polis.

Estoy bien jodido.

—Señor Sharpe —dice Northcutt—. Estos caballeros desean hablar con usted.

—Vale —respondo lentamente—. ¿Sobre qué?

—Señor Sharpe —empieza el poli blanco, como un eco de las palabras de Northcutt—. Soy el agente Jones. Él es el agente Hunt.

El tipo de las gafas de sol asiente con la cabeza.

Federales, ¿eh? Bueno, para mí los federales no dejan de ser polis.

—Somos conscientes de que estamos interrumpiendo su jornada escolar, pero me temo que el asunto de la conversación es delicado y no podemos discutirlo aquí, así que…

—Un momento —lo interrumpe Northcutt—. No pueden llevarse a un alumno del campus. Es menor de edad.

—Claro que podemos —interviene el agente Hunt. Tiene algo de acento. Del sur.

Northcutt se ruboriza al darse cuenta de que Hunt no piensa darle más explicaciones.

—Si salen de aquí con este chico, llamaré inmediatamente a nuestro abogado.

—Adelante —dice Hunt—. Hablaré con él encantado.

—Ni siquiera me han dicho de qué va todo esto —dice la directora, exasperada.

—Me temo que es un asunto confidencial —contesta el agente Jones—. Pero está relacionado con una investigación en curso.

—Ya veo que yo no tengo voz ni voto —les digo.

Ninguno de los dos agentes se molesta en responderme. El agente Jones me pone la mano en la espalda y, sin brusquedad pero con firmeza, me saca del despacho mientras el agente Hunt le entrega su tarjeta a Northcutt, por si aún le quedan ganas de llamar al abogado.

Me fijo en la cara de la directora mientras salimos. Northcutt no va a llamar a nadie.

Espero que nunca se le ocurra jugar al póquer.

Me meten en el asiento trasero de un Buick negro con las ventanillas tintadas. Repaso rápidamente todos los posibles motivos por los que me esté pasando esto. Lo primero que me viene a la cabeza es la tarjeta de crédito de Clyde Austin. Y mi ordenador portátil. Y todos los empleados del hotel que hicieron la vista gorda. Y solo Dios sabe qué más habrá hecho mi madre.

¿Los federales se tragarían que Austin me agredió? Ya casi no se me nota el chichón de la cabeza… ¿Habrá alguna manera de convencerlos de que yo soy el único responsable de los delitos en cuestión? Sigo siendo menor de edad. Con diecisiete años, seguramente no me caerá una condena demasiado grande. Pero lo más importante es conseguir que dejen a mi madre en paz.

—Bueno… ¿adónde vamos?

El agente Hunt se gira hacia mí, pero con esas gafas de sol me resulta imposible leer su expresión.

—Queremos que veas ciertos materiales confidenciales. Te estamos llevando a nuestra agencia de Trenton.

—¿Estoy detenido?

Se echa a reír.

—No. Solo vamos a charlar un poco. Nada más.

Miro de reojo las puertas. No sé si podría abrir el seguro y saltar del coche. Trenton tiene el tráfico propio de una ciudad grande. Atascos, semáforos en rojo… En algún momento tendrán que salir de la autopista para ir a la agencia. Si me las arreglo para abrir la puerta, seguramente podré salir por piernas. Llamar por teléfono. Avisar a alguien. Al abuelo, por ejemplo. Él sabrá qué hacer.

Me arrimo discretamente a la puerta y acerco los dedos a la cerradura. Pulso el botón de la ventanilla, pero no ocurre nada.

—¿Te pongo el aire acondicionado? —pregunta el agente Jones con tono divertido.

—Hace bastante calor —contesto, derrotado. Si el botón de la ventanilla no funciona, el seguro ni de coña.

Contemplo el desolado paisaje hasta que llegamos al puente. El mundo pide, trenton fabrica, dice en grandes letras mayúsculas. Lo cruzamos. Tras girar en un par de cruces, aparcamos detrás de un anodino edificio de oficinas. Entro por la puerta trasera, flanqueado por los dos agentes.

El vestíbulo es muy impersonal, con una moqueta de color tostado. Todas las puertas tienen un pequeño teclado encima de la cerradura. Por lo demás, parece el lugar perfecto para que un dentista monte su consulta. No sé qué me esperaba, pero no era esto.

Entramos en un ascensor y subimos hasta la cuarta planta. La moqueta es igual.

El agente Jones introduce un código y gira el picaporte. El timador que llevo dentro se da cuenta de que debería estar memorizando números, pero no soy tan bueno. El dedo de Jones se mueve a toda velocidad; lo único que saco es que ha pulsado el número siete una vez. Creo.

Pasamos a una sala sin ventanas, con una mesa barata y cinco sillas. En un aparador hay una cafetera vacía; en la pared, un espejo (seguramente polarizado).

—Será una broma —digo, señalando el espejo con la frente—. Yo también veo la tele, ¿saben?

—Espera —responde el agente Hunt mientras sale de la habitación. Un momento después, las luces de la sala contigua se encienden y el espejo se vuelve de cristal tintado. No hay nadie en la otra sala.

—¿Lo ves? Solo estamos nosotros tres —dice Hunt al regresar.

¿Estará contando también a los que seguramente nos escucharán a través de los dispositivos de grabación de la sala? Decido no tentar a la suerte. Quiero saber qué está pasando.

—Muy bien, ya me han sacado de clase. Muchas gracias, por cierto. ¿Qué les debo?

—Eres todo un personaje —comenta el agente Jones, sacudiendo la cabeza.

Lo analizo lo mejor que puedo, tratando de aparentar aburrimiento. Jones es bajo y fuerte, y el pelo color pan le empieza a clarear. Tiene los labios finos y una cicatriz en la comisura. Huele a loción para afeitar y a café rancio.

El agente Hunt se acerca.

—¿Sabes una cosa? Los inocentes suelen enfadarse cuando los interrogan los federales. Exigen hablar con su abogado, nos dicen que no estamos respetando sus derechos... Solo los delincuentes se muestran tan tranquilos como tú.

Hunt es más alto y esbelto que Jones. También es algo mayor: su cabello corto ya empieza a encanecer. Al hablar, su voz tiene la cadencia propia de un hombre acostumbrado a dirigirse a una congregación. Apuesto a que en su familia hay algún predicador.

—Los psicólogos dicen que los delincuentes actúan así porque, inconscientemente, quieren que los descubran —dice el agente Jones—. ¿Qué opinas, Cassel? ¿Quieres que te descubramos?

—Opino que alguien se ha pasado leyendo a Dostoyevski. —Me encojo de hombros.

El agente Hunt sonríe ligeramente.

—¿Eso es lo que te enseñan en ese colegio privado?

—Sí —respondo—. Eso es lo que me enseñan. —El desprecio de Hunt es tan evidente que añado una nota mental al perfil imaginario que estoy haciendo: «Le parece que yo tengo una vida fácil. Por lo tanto, considera que él lo ha pasado mal».

—Mira, chaval —interviene el agente Jones, carraspeando—. Llevar una doble vida no es ningún camino de rosas. Sabemos lo de tu familia. Y sabemos que eres un obrador.

Me quedo helado: todo mi cuerpo se pone rígido e inmóvil. Tengo la impresión de que se me acaba de congelar la sangre.

—No soy un obrador —replico, sin tener ni idea de lo convincente que resulto. Tengo el corazón tan acelerado que me vibra hasta el cráneo.

El agente Hunt abre la carpeta que está sobre la mesa y saca un par de hojas de papel. Me suenan. Tardo un momento en darme cuenta de que son idénticas a las que robé de la clínica del sueño, salvo porque estas tienen mi nombre escrito en la parte superior. Estoy viendo los resultados de mi prueba.

—El doctor Churchill envió estos documentos a uno de nuestros contactos después de que huyeras de su clínica —dice el agente Jones—. Diste positivo. Eres hiperbatigámmico, chaval. Y no me vengas con el cuento de que no lo sabías.

—No pudo haber tenido tiempo —mascullo. Recuerdo que me arranqué los electrodos de la piel y salí corriendo cuando entendí de qué prueba se trataba.

—Por lo visto, sí —dice el agente Hunt, que me ha entendido perfectamente.

Después de eso, tienen la compasión de ofrecerme algo de comer. Me dejan a solas en la habitación cerrada, con la hoja de papel en la que aparecen mis ondas gamma. Lo único que saco en claro es que estoy muy pero que muy jodido.

Busco el móvil y lo abro, pero me doy cuenta de que seguramente eso es justo lo que quieren que haga. Que llame a alguien. Que les dé información. No me cabe duda de que en la habitación hay micrófonos; aunque no estén usando el espejo polarizado, es una sala de interrogatorios. Y ahora que lo pienso, seguramente también debe haber cámaras ocultas.

Voy pasando por las funciones del móvil hasta que llego a la cámara de fotos. Enciendo el *flash*, apunto a las paredes y al techo y voy sacando una foto tras otra hasta que lo encuentro. Un reflejo. Resulta casi invisible al mirar el marco del espejo, pero en la foto aparece claramente el brillo del *flash* reflejado en una lente diminuta.

Sonrío, saco un chicle y me lo meto en la boca.

Después de masticarlo tres veces, está lo bastante blando como para pegarlo encima de la cámara.

El agente Hunt no tarda ni cinco segundos en entrar. Trae dos vasos de café y está claro que ha venido corriendo. Se ha mojado el puño de la camisa con café. Seguro que se ha llevado una buena quemadura en la mano.

¿Qué habrá pensado que iba a hacer cuando la cámara no me estuviera grabando? ¿Intentar escaparme? No tengo ni idea de cómo

salir de esta habitación cerrada; solamente estaba alardeando. Deján-
doles claro que a mí no me la pueden colar con algo tan obvio.

—¿Se está tomando esto a broma, señor Sharpe?

No entiendo a qué viene tanto pánico.

—Suéltenme. Han dicho que no estoy detenido y me estoy per-
diendo la clase de alfarería.

—Para eso necesitamos que un progenitor o un tutor venga a
recogerlo —dice entonces, dejando los cafés en la mesa. Ya no está
nervioso, lo que significa que contaban con que les pidiera que me
dejaran salir. Hemos vuelto al guion que ha ensayado—. Si es lo que
quiere, podemos llamar a su madre para que venga a por usted.

—No —contesto, consciente de que me ha ganado la jugada—.
No hace falta.

El agente Hunt, satisfecho, se seca la manga con una servilleta.

—Ya sabía que me entendería.

Me apodero de un vaso de café y bebo un sorbo.

—Y ni siquiera le ha hecho falta amenazarme con todas las letras.
Desde luego, creo que soy el prisionero ideal.

—Mira, listillo…

—¿Qué quieren de mí? ¿De qué va todo esto? Vale, sí, soy un
obrador. ¿Y qué? No tienen pruebas de que haya obrado a nadie, y
no tengo intención de hacerlo, así que no he cometido ningún delito. —Me siento aliviado al soltarle una mentira tan gorda, como si lo
estuviera retando a contradecirme.

El agente Hunt no parece contento, pero tampoco suspicaz.

—Necesitamos tu ayuda, Cassel.

Me entra la risa y me atraganto con el café.

Hunt está a punto de decir algo más cuando se abre la puerta y
entra Jones. No sé qué habrá estado haciendo hasta ahora, pero no
veo por ninguna parte el almuerzo prometido.

—Me dicen que estás dando guerra —dice el agente Jones. O estaba viendo las imágenes de la cámara o alguien le ha contado mi
truquito, porque mira de reojo el chicle.

Intento dejar de toser. Me cuesta. Creo que se me ha ido el café por el otro lado.

—Mira, Cassel, hay muchos chavales como tú —me explica el agente Hunt—. Obradores jóvenes que se juntan con malas compañías. Pero tus habilidades no tienen por qué llevarte en esa dirección. El gobierno cuenta con un programa que enseña a los obradores a controlar su talento y a usarlo en pro de la justicia. Podríamos recomendarte.

—Ni siquiera saben cuál es mi talento. —O eso espero.

—Hay sitio para todas las clases de obradores, Cassel —me asegura el agente Jones.

—¿También para un obrador de la muerte? —pregunto.

El agente Jones me mira fijamente.

—¿Eso eres? Porque en ese caso es un asunto muy serio. Es una habilidad peligrosa.

—Yo no he dicho que lo fuera —replico, esperando resultar convincente. No me importa que piensen que soy un obrador de la muerte como mi abuelo. Tampoco que piensen que soy un obrador de la suerte como Zacharov, un obrador de los sueños como Lila, un obrador físico como Philip, un obrador de la memoria como Barron ni un obrador emocional como mi madre. Lo importante es que no deduzcan que soy un obrador de la transformación. En Estados Unidos no ha habido ninguno desde los años sesenta, y estoy seguro de que si el gobierno se encontrara con uno ahora, no lo dejarían volver al instituto como si nada.

—Al programa —continúa el agente Jones— lo dirige una mujer, la agente Yulikova. Nos gustaría presentártela.

—¿Y qué tiene esto que ver con que necesiten mi ayuda?

Todo esto me huele a timo. Su actitud, las miradas sombrías que se lanzan cuando creen que no los estoy mirando… Estoy seguro de que su generosa oferta de meterme en un programa de formación gubernamental secreto forma parte de la estafa; lo que no sé es por qué me han elegido a mí.

—Sé que tienes relación con la mafia de los Zacharov, así que no tiene sentido que lo niegues. —El agente Jones levanta la mano al ver que intento hablar—. Tampoco hace falta que lo confirmes. Pero quiero que sepas que en los últimos tres años, Zacharov ha ido aumentando el número de asesinatos tanto dentro como fuera de su organización. Por lo general no nos molesta demasiado que los mafiosos se maten entre sí, pero su última víctima es uno de nuestros confidentes.

Un escalofrío de temor me recorre la piel cuando Jones coloca una fotografía en blanco y negro en la mesa, delante de mí.

El hombre de la foto está tumbado de costado, tiene varios disparos en el pecho y una mancha negra en la camisa. La sangre ha empapado la moqueta sobre la que está echado. El cabello suelto le tapa parcialmente el rostro. Pero lo reconocería en cualquier parte.

—Le dispararon anoche —me explica el agente Hunt—. La primera bala le entró por las costillas, entre la séptima y la octava, y le alcanzó la aurícula derecha. Murió en el acto.

Siento un puñetazo en las tripas.

Deslizo bruscamente la fotografía hacia Jones.

—¿Por qué me enseñan esto? —Me tiembla la voz—. Ese no es Philip. No es mi hermano.

Me doy cuenta de que estoy de pie, aunque no recuerdo haberme levantado.

—Tranquilízate —dice el agente Hunt.

Noto un rugido en los oídos, como si se aproximara una marea.

—¡Es un truco! —grito—. Admítanlo. No es más que un truco.

—Cassel, escúchanos —dice Jones—. El responsable sigue suelto. Puedes ayudarnos a encontrar al asesino de tu hermano.

—¿Han estado aquí, charlando conmigo como si nada, y mi hermano está muerto? ¿Sabían que estaba muerto y no me lo han... han dejado que... —balbuceo—. No. No. ¿Por qué han hecho eso?

—Sabíamos que nos costaría más hablar contigo cuando te enteraras —dice el agente Jones.

—¿Que les costaría más? —repito, porque esas palabras no tienen sentido. Entonces caigo en la cuenta de otra cosa, algo que tampoco tiene sentido—. ¿Dicen que Philip era un confidente? Jamás haría eso. Él odia a los soplones.

Odiaba. Odiaba a los soplones.

En mi familia, hablar con la policía es algo despreciable, una cobardía. La poli ya tiene carta blanca con los obradores (somos delincuentes, al fin y al cabo), así que acudir a la poli es como besarle el culo al enemigo. Si delatas a alguien, no solo traicionas a los que te rodean, también a ti mismo y a lo que eres. Una vez Philip nos habló de un vecino de Carney que había denunciado a otro (un par de viejos a los que yo no conocía) por cualquier tontería. Philip escupía al suelo cada vez que decía el nombre de ese tipo.

—Tu hermano se puso en contacto con nosotros hace unos cinco meses —dice el agente Hunt—. En abril de este año. Nos dijo que quería cambiar de vida.

Sacudo la cabeza, negando lo que por fuerza tiene que ser verdad. Philip debió de acudir a los federales porque no tenía a nadie más. Por mi culpa. Porque yo frustré su plan de asesinar a Zacharov, un plan que habría llevado al mejor amigo de Philip a liderar la familia. Un plan que habría traído riqueza y fama a mi hermano. Ahora, en lugar de eso, he hecho que le matasen. Porque si Philip está muerto, Zacharov tiene que estar detrás. No se me ocurre nadie más que pudiera tener motivos. ¿Y por qué iba a respetar Zacharov la promesa de no hacer daño a mi familia, sobre todo si descubrió que Philip había hecho un trato con los federales? He sido un imbécil al pensar que la palabra de Zacharov valía algo.

—¿Mi madre sabe que Philip ha muerto? —consigo decir por fin, desplomándome de nuevo en una silla. La culpa me asfixia.

—Lo hemos ocultado hasta ahora —responde Jones—. En cuanto salgas de aquí, le avisarán. No tardaremos mucho. Aguanta.

—Eso decía aquel póster del gatito. —No reconozco mi propia voz.

Los dos agentes me miran raro.

De pronto me embarga tal cansancio que me entran ganas de recostar la cabeza aquí mismo, en la mesa.

El agente Jones continúa:

—Tu hermano quería dejar el crimen organizado. Solo nos pidió que contactáramos con su mujer para que él pudiera pedirle disculpas por todo lo que le había hecho pasar. Íbamos a meterlos a los dos en el programa de protección de testigos. En cuanto lo hiciéramos, había prometido revelarnos todo lo que sabía sobre el sicario de Zacharov. Podría haber hecho caer incluso al propio Zacharov. El sicario es un tipo muy peligroso. Philip nos dio los nombres de seis obradores a los que se cargó. No teníamos constancia de que estuvieran muertos, pero Philip iba a decirnos dónde estaban los cuerpos. Tu hermano estaba intentando pasar página de verdad. Y lo ha pagado con la vida.

Es como si estuvieran hablando sobre un desconocido.

—¿Han encontrado a Maura? —digo.

Maura se largó de la ciudad con su hijo la primavera pasada, cuando descubrió que Barron le había estado alterando la memoria para que olvidara todas las peleas con Philip y recordara una relación idílica y cariñosa. Pero el hecho de que no recordara sus problemas no impedía que resurgieran una y otra vez. Además, esa clase de maleficios suele tener efectos secundarios graves, como escuchar una música que nadie más puede oír.

Philip se quedó destrozado cuando Maura lo abandonó, y me echaba la culpa a mí más que a Barron. No me parecía justo, aunque haya sido yo quien le regaló el amuleto que le hizo comprender lo que estaba pasando. Pero me niego a sentirme culpable de su ruptura.

Ya tengo suficiente cargo de conciencia.

El agente Jones asiente.

—Hemos hablado hoy con ella. Está en Arkansas. Contactamos con Maura por primera vez hace una semana y accedió a hablar con tu hermano. El primer paso iba a ser una conversación telefónica. Ahora dice que no quiere volver, ni siquiera para llevarse el cadáver.

—¿Qué quieren que haga yo? —Quiero que esto acabe cuanto antes.

—A juzgar por lo que pudo contarnos Philip, pensamos que tú tienes acceso a información. Una información que necesitamos —dice el agente Hunt—. Conoces a varias de las personas con las que trataba Philip… y tienes más contactos con la familia Zacharov que él.

Se refiere a Lila. Estoy casi seguro.

—Eso no es…

Pero Jones me interrumpe:

—Hace años que sabemos que Zacharov hace desaparecer a la gente. ¡Puf! No queda nada. Ni cadáver ni pruebas. Aún no sabemos cómo lo consigue su asesino. Solo te pedimos que eches un vistazo a algunos de los casos. A ver si algo te resulta familiar. Que husmees un poco. Tu hermano fue nuestro primer golpe de suerte. Y ha muerto. —Jones sacude la cabeza con pesar.

Aprieto los dientes. Al cabo de un momento Jones aparta la mirada, como si se hubiera dado cuenta de que se ha pasado. De que tal vez, para mí, Philip fuera un ser humano.

De que tal vez, si me pongo a husmear, también yo termine muerto.

—¿Están haciendo algo para averiguar quién ha matado a Philip? —les pregunto, ya que parecen obsesionados con Zacharov.

—Por supuesto que sí —contesta el agente Jones—. Encontrar al asesino de tu hermano es nuestra máxima prioridad.

—Cualquier pista sobre este caso señalará directamente a su asesino —añade el agente Hunt, poniéndose de pie—. Para demostrarte que puedes fiarte de nosotros, quiero que veas lo que sabemos hasta el momento.

A regañadientes, lo sigo fuera de la habitación. Entramos a la sala de observación que está detrás del espejo. Hunt pulsa un botón de un aparato de vídeo.

—Esto es material confidencial —dice el agente Jones, mirándome como si esperara impresionarme—. Espero que seas listo y te guardes esta información para ti.

En una pequeña pantalla, el bloque de apartamentos de mi hermano cobra vida a todo color. Está atardeciendo; el sol brilla por un lateral del edificio mientras termina de esconderse bajo las copas de los árboles. Se ven las ondas de calor que desprende el asfalto de la entrada. No distingo su apartamento, pero sé que está a la derecha del encuadre.

—Pusieron estas cámaras de vigilancia en el edificio hace poco —me explica el agente Hunt en voz baja—. Creo que hubo un robo. El ángulo es un horror, pero obtuvimos estas imágenes de anoche.

Una figura vestida con un abrigo oscuro pasa por delante de la cámara, demasiado cerca y rápido para que la imagen capte gran cosa. La cámara está demasiado baja para que se vea el rostro, pero distingo los dedos delgados de un guante de cuero, asomando por el borde de la manga de un abrigo negro que ondea al viento. El guante es del color rojo de la sangre recién vertida.

—Es lo único que tenemos —concluye el agente Hunt—. Nadie más entró ni salió. El abrigo y el guante parecen de mujer. Si esa mujer es la sicaria habitual de Zacharov, las armas de fuego no son su método habitual. Pero hay muchos obradores de la muerte que recurren a métodos ordinarios cuando han perdido demasiadas partes del cuerpo por culpa de la reacción. Ahí es cuando suelen cometer un error. Por supuesto, también cabe la posibilidad de que esa mujer sea una nueva recluta y que Zacharov la haya enviado para que el encargo no tuviera conexiones claras con su organización.

—En otras palabras, no tienen ni la menor idea.

—Creemos que el responsable de los asesinatos descubrió que Philip iba a delatarlo. O a delatarla. Cuando Philip acudió a nosotros para hacer un trato, primero preguntamos a otros confidentes. Sabemos que tu hermano había perdido el favor de Zacharov y que todo el asunto tuvo algo que ver con la hija de Zacharov, Lila.

—No ha sido Lila —respondo automáticamente—. Lila no es obradora de la muerte.

Jones se yergue en su asiento.

—¿Y qué clase de obradora es?

—¡No lo sé! —Pero suena a lo que es: una mentira evidente. Lila es obradora de los sueños, y muy poderosa. Lo bastante para conseguir que una persona dormida se levante y salga de su propia casa. O de la habitación de su residencia.

Hunt sacude la cabeza.

—Solo sabemos que la última persona que entró en el apartamento de Philip fue una mujer que llevaba guantes rojos. Hay que encontrarla. Eso déjanoslo a nosotros. Tú puedes ayudarnos si nos consigues la información por la que han matado a Philip. No dejes que su muerte sea en vano. Estamos seguros de que todas esas desapariciones están relacionadas con la muerte de tu hermano.

Un discurso muy conmovedor. Quieren convencerme de que el último deseo de Philip fue que yo cerrara el trato con los federales. Pero la imagen de la mujer entrando en su apartamento me atormenta.

El agente Jones me tiende unas carpetas.

—Estos son los nombres que nos dio tu hermano. Nos juró que el sicario de Zacharov los mató y los hizo desaparecer a todos. Echa un vistazo, a ver si te suenan. Algo que hayas oído, que hayas visto… Cualquier cosa. Y te agradeceríamos que no enseñaras estos documentos a nadie más. Tanto a ti como a nosotros nos conviene que esta reunión no haya existido.

Me quedo mirando la cinta de vídeo pausada, como si debiera reconocer a esa persona. Pero no es más que un borrón de tela y cuero.

—El colegio ya sabe que me he ido con ustedes. Northcutt lo sabe.

El agente Hunt sonríe.

—No creo que tu directora nos cause problemas.

Se me ocurre una idea terrible, pero la aplasto antes de poder planteármela siquiera. Yo nunca le haría daño a Philip.

—¿Significa esto que ahora trabajo para ustedes? —pregunto, obligándome a sonreír.

—Más o menos —responde el agente Jones—. Hazlo bien y te recomendaremos para el programa de la agente Yulikova. Te agradará.

Lo dudo mucho.

—¿Y si no quiero entrar en ese programa?

—Nosotros no somos una mafia —dice el agente Hunt—. Puedes dejarlo en cuanto quieras.

Pienso en la sala cerrada y en el coche con los seguros puestos.

—Ya, claro.

Los agentes me dejan en Wallingford, pero para cuando regreso al campus, las clases casi han terminado. No me molesto en ir al comedor. Voy a mi cuarto, escondo las carpetas bajo el colchón y espero la inevitable llamada del supervisor de la residencia.

«Lo sentimos muchísimo», me va a decir. «Lo sentimos muchísimo».

Pero yo lo siento más que nadie.

Capítulo cuatro

El rostro de Philip parece hecho de cera. No sé qué le han hecho para
adecentarlo para el velatorio, pero su piel desprende un extraño brillo.
Cuando me acerco al ataúd para despedirme, me doy cuenta de que le
han puesto un maquillaje color carne. Al mirar con atención, distingo
las zonas pálidas de su piel que han pasado por alto: detrás de las orejas y en las muñecas, justo donde terminan los guantes. Lo han vestido con el traje y la corbata de seda negra que ha elegido mi madre. No
recuerdo habérselos visto puestos en vida, pero deben de ser suyos. Le
han recogido el cabello en una elegante coleta. El cuello alto de la camisa oculta casi por entero el collar de escarificaciones que lo identifi-
ca como mafioso. Aunque dudo de que haya alguien en esta sala que
no sepa a qué se dedicaba.

Me arrodillo delante del cuerpo, pero no tengo palabras para Philip. No quiero que me perdone, porque yo tampoco lo he perdonado
a él.

—¿Le han sacado los ojos? —le pregunto a Sam cuando regreso a
mi asiento. La sala se está llenando rápidamente de hombres de traje
oscuro que dan sorbos a sus petacas, de mujeres con vestido negro y
zapatos puntiagudos como cuchillos.

Sam me mira, sorprendido por la pregunta.

—Puede ser, sí. Probablemente le hayan puesto unos de cristal.
—Palidece un poco—. Y habrán llenado el cuerpo de desinfectante
líquido.

—Ah.

—Lo siento, tío. No tendría que habértelo dicho.

Niego con la cabeza.

—Te lo he preguntado yo.

Sam viste un traje muy parecido al de Philip. Yo me he puesto el traje de mi padre, el que tuve que llevar a la tintorería para quitarle las manchas de sangre de Anton. Qué macabro, ya lo sé. Pero era eso o el uniforme del colegio.

Daneca viene hacia nosotros. Lleva un vestido de tubo azul marino y un collar de perlas; parece disfrazada de su madre.

—¿Te conozco? —le pregunto.

—Cállate —me dice sin pensar—. Lo siento, no pretendía... —se apresura a añadir.

—A ver cuándo dejáis de decirme que lo sentís —digo, quizá demasiado alto.

Sam mira a su alrededor, un poco asustado.

—Eh... No sé cómo decírtelo, pero toda esta gente viene a eso mismo. En eso consisten los funerales, ¿sabes?

Esbozo una ligera sonrisa. Todo es más fácil cuando estoy con ellos. Incluso esto.

El director de la funeraria entra con otra montaña de flores, seguido por mi madre, sumida en el llanto. El rímel se le escurre teatralmente por las mejillas mientras le señala el lugar donde puede dejar el arreglo floral. Entonces, al ver el cadáver de Philip por décima vez, deja escapar un lamento y se derrumba en una silla, llevándose el pañuelo a la cara mientras solloza. Se forma enseguida un corrillo de mujeres para consolarla.

—¿Esa es tu madre? —pregunta Daneca, fascinada.

No sé qué decir. Mi madre está montando un espectáculo, pero eso no significa que no esté triste de verdad. Sencillamente, no deja que su tristeza la prive de una buena actuación.

—Sí, es nuestra madre, no hay duda —dice una voz algo hastiada a mis espaldas—. Es un milagro que no nos llevara a atracar farmacias cuando íbamos en pañales.

Daneca da un respingo, como si la hubieran pillado robando.

No me hace falta darme la vuelta.

—Hola, Barron.

—Dani, ¿verdad? —dice mi hermano, dedicándole a Daneca una sonrisa peligrosa mientras se sienta a mi lado. Supongo que es buena señal que se acuerde de ella (quizá ya no esté haciendo tantos maleficios de la memoria como antes), pero también soy consciente de pronto del peligro que corren Daneca y Sam por mi culpa, por haberlos invitado aquí. Es peligroso estar cerca de estas personas.

—Hola, soy Sam Yu. —Sam le tiende la mano y se inclina para colocarse delante de Daneca.

Barron le estrecha la mano. El traje de mi hermano es mucho más elegante que el mío. Lleva el pelo recién cortado. Parece el niño bueno que no ha sido nunca.

—Los amigos de mi hermanito son mis amigos.

Un sacerdote se acerca al atril colocado a un lado de la sala y le dice algo a mi madre. No me suena de nada. Mi madre nunca ha sido precisamente religiosa, pero se abraza al sacerdote como si se muriera de ganas de bautizarse en cuanto vea una palangana.

Momentos después, suelta un chillido tan fuerte que eclipsa incluso la música enlatada. ¿Por qué se ha alterado tanto?

—¡Lo han asesinado! ¡Dígaselo! Inclúyalo en el sermón. Dígales que no existe la justicia en el mundo.

Justo en ese momento Zacharov entra en el velatorio. Lleva otro de sus gabanes negros, en esta ocasión echado sobre los hombros del traje. El falso diamante de la resurrección que lleva a modo de broche en el nudo de la corbata centellea. Sus ojos son tan duros y fríos como ese trozo de cristal.

—No me puedo creer que tenga la cara dura de venir aquí —digo en voz baja mientras me pongo de pie. Barron me toca el brazo en actitud de advertencia.

Lila ha venido con Zacharov. Es la primera vez que la veo desde la desastrosa conversación que tuvimos en el pasillo de Wallingford.

Lleva el pelo mojado por la lluvia y va vestida toda de negro salvo por el pintalabios, de un rojo tan vivo que todo lo demás se desdibuja. Solo veo su boca.

Después de mirarme, desvía la mirada hacia Barron. Se sienta sin inmutarse.

—Alguien tiene que decirle a esa hija mía que baje la voz —dice el abuelo, señalando a mi madre como si pudiéramos pensar que a lo mejor hay alguna otra hija suya aquí—. Se la oye desde la calle.

No he visto entrar al abuelo, pero ahora ya está aquí, sacudiendo el paraguas y mirando a mamá con el ceño fruncido. Se me escapa todo el aire de los pulmones de puro alivio.

El abuelo me revuelve el pelo como si fuera un crío.

El sacerdote carraspea tras el atril y todos ocupan sus asientos lentamente. Mamá sigue gimoteando. En cuanto el sacerdote empieza a hablar, se pone a llorar tan fuerte que apenas distingo nada del sermón.

Me pregunto qué le parecería el funeral a Philip. Le entristecería que Maura no se hubiera dignado a traer a su hijo para que lo viera por última vez. Se avergonzaría de mamá y seguramente le cabrearía que yo hubiera venido.

—Philip Sharpe fue un soldado del ejército de Dios —dice el sacerdote—. Y ahora marcha en compañía de los ángeles.

Sus palabras reverberan desagradablemente dentro de mi cabeza.

—Barron, el hermano de Philip, quiere decir unas palabras sobre su querido y difunto hermano.

Barron camina hasta el atril y empieza a contar una anécdota: una vez él y Philip escalaron una montaña juntos y aprendieron muchísimo el uno sobre el otro por el camino. Es muy conmovedora. Y está plagiada de cabo a rabo de un libro que teníamos en casa cuando éramos pequeños.

Creo que ya es hora de que me agencie la petaca de alguien y salga un rato de aquí.

Encuentro un buen sitio en las escaleras. Al otro lado del pasillo se está celebrando otro velatorio. Se oyen voces dentro de la sala, aunque no tan fuertes como la de Barron. Me reclino para contemplar el techo y las luces titilantes de la lámpara de araña.

Estamos en la misma funeraria donde celebramos el velatorio de mi padre. Recuerdo el olor a naftalina, el brocado demasiado recargado de las cortinas y el papel flocado de la pared. Recuerdo que el director hacía la vista gorda mientras los invitados le iban pasando a la viuda sobres de dinero negro. La funeraria está a las afueras de Carney; muchas familias de obradores la usan. Cuando terminemos aquí, iremos al cementerio de Carney, donde ya reposan mi padre y la abuela Singer. Pondremos flores en sus tumbas. Quizá también nos topemos allí con los del velatorio contiguo; los obradores de maleficios tienen un índice de mortalidad bastante alto.

Mi recuerdo más claro del funeral de mi padre es que vi a mi tía Rose por primera vez en muchos años. Yo estaba delante del ataúd de mi padre y, cuando ella me preguntó cómo estaba, le respondí con un «bien» antes de caer en la cuenta de a qué se refería. Uno responde a esa pregunta sin pensar. Pero recuerdo que mi tía torció el gesto, como si pensara que yo era un mal hijo.

Y así me sentí.

Pero soy mucho mejor hijo que hermano.

Zacharov sale del velatorio y cierra la puerta cuidadosamente. Por un momento la voz de Barron se oye más fuerte y nítida:

— … nunca olvidaremos la habilidad de Philip para la globoflexia y su talento con el arco largo inglés.

Zacharov sonríe ligeramente y enarca sus espesas cejas plateadas.

—Estoy descubriendo cosas muy interesantes sobre tu hermano.

Me pongo de pie. Aunque no tengo nada bueno que decir sobre Philip ni quiero que me perdone, hay una cosa que sí puedo hacer. Lo mínimo. Darle un puñetazo en la cara al tipo que lo ha matado.

Zacharov repara en mi expresión, porque levanta las manos enguantadas en señal de paz. Me da igual. Sigo avanzando.

—Teníamos un trato —digo, levantando el puño cerrado.

—Yo no he asesinado a tu hermano —contesta, retrocediendo para quedar fuera de mi alcance—. He venido a presentar mis respetos a tu familia y a decirte que yo no he tenido nada que ver.

Doy un paso más hacia él. Me produce un siniestro placer verlo nervioso.

—Para —insiste—. No he tenido nada que ver con la muerte de Philip, y si lo piensas un minuto, te darás cuenta. Tú vales mucho más para mí que vengarme de un subordinado. No eres imbécil. Sabes perfectamente lo valioso que eres.

—¿Está seguro?

Oigo el eco de la voz de Philip, de lo que me dijo hace meses: «Está claro que la imbecilidad no la has superado».

—A ver, ¿por qué crees que tu madre no me ha acusado? Ni siquiera Barron. Ni siquiera tu abuelo. ¿Crees que me dejarían entrar aquí si de verdad me consideraran responsable de la muerte de Philip?

Se le tensa un músculo de la mandíbula de tanto apretar los dientes. Si le pego ahora, está tan rígido que el golpe le dolerá más. Es evidente que lleva mucho tiempo sin pelear a puñetazos.

Me tiembla la mano por el ansia de violencia. Estampo el puño contra un jarrón colocado junto a la puerta y este se rompe, arrojando trozos de cerámica, agua y flores sobre la moqueta.

—No lamenta la muerte de Philip —digo entonces, respirando con fuerza. La furia se va aplacando lentamente. No sé qué pensar.

—Tú tampoco —contesta Zacharov con voz férrea—. No me digas que no vas a dormir mejor ahora que ya no está.

En ese momento odio a Zacharov más que nunca.

—Si intenta convencerme de que no le pegue, se le da de pena.

—Quiero que empieces a trabajar para mí. A trabajar en serio.

—Ni lo sueñe.

Pero ahora me doy cuenta de que, al perder a Philip, Zacharov ha perdido la mitad de su influencia sobre mí. O incluso más, porque si ya no puedo fiarme de que cumpla sus promesas, cualquier amenaza futura se vuelve vacía. Si me amenaza con hacer algo si no le obedezco y ese algo se cumple de todas formas, no tengo motivos para obedecerle. La muerte de Philip le ha costado poder sobre mí. Ahora que lo entiendo, empiezo a convencerme de que Zacharov no es el responsable. Yo soy muy valioso para él; no todos los días le cae un obrador de la transformación en el regazo a un jefe mafioso.

Zacharov señala con la cabeza un nicho con cortinilla donde la gente puede ir a llorar discretamente. Lo sigo con indecisión. Él se sienta en el banco, pero yo me quedo de pie.

—Eres duro y no te doy miedo —me dice en voz baja—. Son dos cosas que me gustan, aunque preferiría que a lo segundo lo equilibraras con una pizca de respeto. Eres la mejor clase de asesino que existe, Cassel Sharpe, un asesino que nunca se mancha las manos con sangre. Que nunca tendrá que sentir náuseas al ver lo que ha hecho. Que no corre el peligro de aficionarse demasiado.

Un escalofrío me recorre hasta los huesos.

—Si trabajas para mí, Cassel, contarás con mi protección. Para tu hermano. Para tu madre. Para tu abuelo, aunque a él ya lo considero uno de los míos. Tendréis mi protección y una vida sumamente cómoda.

—Entonces quiere que… —empiezo a decir, pero me interrumpe.

—Philip no debería haber muerto. Si yo hubiera tenido a mis hombres vigilándolo, no habría ocurrido. Deja que te proteja. Que tus enemigos sean los míos.

—Claro, y viceversa. No, gracias. —Sacudo la cabeza—. No quiero ser un asesino.

Zacharov sonríe.

—Si con eso duermes mejor por las noches, puedes transformar a nuestros camaradas en seres vivos. Lo importante es eliminarlos de manera eficaz.

—No voy a hacerlo —insisto, pensando en la gata blanca que me observaba con ojos brillantes.

—Ya lo has hecho antes. Barron te hacía olvidar, pero ahora ya te acuerdas. Lo demostraste al deshacer uno de tus propios maleficios.

—El que le eché a su hija —digo.

Zacharov inspira hondo y espira lentamente.

—El caso es que lo hiciste, Cassel. Sabes obrar. Y un día de estos te meterás en una situación en la que sentirás la tentación de hacerlo. Y luego será algo más que una tentación; será tu única salida. Espabila. Eres uno de nosotros.

—Todavía no. No del todo. —Es lo único a lo que puedo aferrarme.

—Ya te replantearás mi oferta. Te la replantearás cuando te des cuenta de que hay personas muy cercanas a ti con las que vas a tener que lidiar tarde o temprano.

—Se refiere a Barron —digo, perplejo—. Hace falta ser cabrón para venir al funeral de mi hermano e insinuar que sería capaz de matar a mi otro hermano.

Zacharov se levanta y se sacude los pantalones.

—Lo has dicho tú, no yo. —Sonríe—. Pero tienes razón: soy un cabrón. Y algún día me vas a necesitar.

Dicho eso, vuelve a entrar en el velatorio.

Lila sale a buscarme. Estoy mirando fijamente la tapicería del banco, preguntándome cuánta gente habrá llorado encima. Si dentro tendrá una costra de sal, como una sábana remojada en agua de mar. Creo que se me está yendo un poco la cabeza.

—Hola —me saluda, tendiéndome un vaso de café; sigue teniendo la boca del color de la sangre—. Ahora está hablando un amigo de Philip. Creo que está contando la historia de la primera vez que atracaron una licorería.

Acepto el vaso. Creo que en estos tres días solo me he alimentado de café. Debería estar subiéndome por las paredes. Quizás eso explique que haya estado a punto de atacar al padre de Lila.

—Deberías volver al velatorio. Yo no... no puedo...

Sacudo la cabeza para darle a entender la enormidad de las cosas que no puedo hacer. Para empezar, no puedo revelarle lo que siento por ella de verdad. Por otro lado, tampoco sé si puedo seguir mintiendo.

Te quiero tanto que haría casi cualquier cosa con tal de tenerte.

Por favor, no quiero ser capaz de esto.

—Antes éramos amigos —dice Lila—. Aunque no hubiera nada más.

—Seguimos siéndolo —contesto sin pensar, porque quiero que sea verdad.

—Bueno, pues mejor así. —Se sienta en el banco, a mi lado—. No quiero que te enfades por haber venido. No me voy a abalanzar sobre ti ni nada.

Suelto un resoplido.

—Entonces mi virtud está a salvo, ¿eh? Pues me quitas un peso de encima. —Lila pone los ojos en blanco—. No, entiendo por qué has venido. Seguro que te alegras de que esté muerto. —Pienso en lo que ha dicho Zacharov sobre dormir mejor por las noches, aunque me empeñe en no aplicármelo a mí—. Seguro que te sientes más segura.

Lila me mira boquiabierta, como si no pudiera creer lo que he dicho. Pero entonces se ríe.

—Me cuesta volver a ser una chica, una chica humana con manos, pies, ropa y clases. Me cuesta hablar después de tanto tiempo sin hacerlo. Y a veces me siento... —Se interrumpe.

—¿Cómo?

—Pues... no sé. Es el funeral de tu hermano. Deberíamos estar hablando de cómo te sientes tú.

Bebo un largo y satisfactorio trago de café.

—Sinceramente, eso es lo último que me apetece ahora mismo.

—Se me da muy bien consolar —dice con una sonrisilla pícara.

—Oye, ¿qué hemos dicho sobre mi virtud? Venga, di lo que ibas a decir.

Ella le da una patadita a la pared con uno de sus relucientes zapatos de tacón negros. Veo el dedo gordo por la abertura delantera. Lleva las uñas pintadas de azul oscuro.

—Vale. ¿Alguna vez te has sentido tan cabreado que podrías devorar el mundo entero y aun así no te sentirías satisfecho? ¿Que no sabes cómo dejar de sentirte así y eso te da miedo, pero también hace que te enfades aún más?

—Creía que no íbamos a hablar sobre mí. —Intento quitarle hierro al asunto, porque sé exactamente a qué se refiere. Es como si Lila estuviera expresando mis pensamientos en voz alta.

Lila mira el suelo con una mueca.

—Y no hablo de ti.

—Ya —digo lentamente—. Ya.

—Hay días en que lo odio todo. —Me mira con expresión sincera.

—Yo también. Sobre todo hoy. Es que no sé cómo reaccionar. A lo de Philip. A ver, es evidente que no nos queríamos mucho. Ahora que lo pienso, a lo mejor le daba vergüenza estar utilizándome. A lo mejor por eso no podía mirarme a la cara. Pero luego, cuando todo terminó, era él quien no podía perdonarme. Podríamos haberlo dejado en tablas… bueno, más o menos. Pero era como si Philip no pudiera aceptar ninguno de sus actos y el malo fuera yo. Como si para él yo ya no fuese un ser humano. Como si no fuese su hermano. —Debería callarme, pero no lo hago—. Y luego estás tú. Fuiste mi única amiga durante años. Es decir, tenía amigos en el colegio, pero luego mi madre lo fastidiaba todo, nos sacaba del colegio para que la ayudáramos con alguna estafa o mis amigos descubrían que mi familia era obradora y me daban la espalda. Pero tú… Antes podía contarte cualquier cosa. Luego me hicieron creer que te había matado. Y ahora que te he recuperado, no puedo… Estás… Mi madre te…

Lila se inclina rápidamente hacia delante y sus suaves labios me acarician la mejilla.

Cierro los ojos. Su aliento es cálido. Con un movimiento mínimo de mi boca, un ligero asentimiento, nos besaríamos. Besar a Lila erradicaría toda la tristeza, el dolor y la culpa. Es lo único que quiero en este mundo.

—Vas a conseguir todo aquello que crees que no puedes tener —me susurra, extendiendo la mano para limpiarme la mancha de pintalabios de la mejilla—. Solo que aún no lo sabes.

Suspiro cuando me toca con su guante.

Cuando termina el velatorio, el abuelo me acompaña hasta una limusina negra. Me siento al lado de mi madre, que ya se ha servido algo del minibar, un licor de color pardo en un vaso de fondo grueso. Barron entra detrás de mí.

Guardamos silencio durante el viaje. Se oye el tintineo de los cubitos de hielo, un suspiro entrecortado. Cierro los ojos.

—No sé qué hacer con las cosas de Philip —dice de pronto mi madre—. Maura no va a venir a llevárselas. Habrá que dejarlo todo en su habitación de la casa vieja.

El abuelo suelta un gruñido.

—Acabo de despejar la casa.

—Aseguraos de empaquetarlo todo bien cuando la policía termine de investigar —dice mamá con un tono cercano a la histeria, ignorando al abuelo—. Puede que su hijo quiera sus cosas algún día.

—No las querrá —replica Barron con voz cansada.

—Eso no lo sabes.

Mi madre se sirve otra copa del minibar, pero pillamos un bache y el licor se le derrama por el vestido. Se echa a llorar, pero esta vez no profiere los lamentos estridentes de antes, sino unos sollozos quedos que le hacen temblar todo el cuerpo.

Intento secar la mancha con unas servilletas, pero mi madre me aparta la mano con brusquedad.

—Eso no lo sabes —le repite a Barron sin dejar de llorar—. Mira a Cassel. Él lleva el traje de su padre.

—Sí, y se pasó de moda hace un millón de años —contesta Barron. Yo me encojo de hombros, es mejor seguirles la corriente.

El abuelo sonríe de oreja a oreja.

—Todo irá bien, Shandra —le dice. Mamá niega con la cabeza.

—Es mejor tirarlo todo, no vaya a ser que el crío termine teniendo la pinta de Cassel —insiste Barron—. Además, me he enterado de que hay un tío en Princeton que quiere comprar un cuadro. Solo necesito a alguien que me haga de gancho. Con lo que saquemos, podremos comprar una docena de trajes de seda.

Mamá suelta un resoplido y apura su bebida.

Sigue lloviendo durante el entierro. Barron y yo compartimos paraguas (es decir que no deja de caerme agua por la nuca). Barron me echa un brazo por los hombros y yo me recuesto en él un momento, como si de verdad fuera un hermano mayor protector. La ceremonia es discreta, porque ya se ha dicho todo lo que se tenía que decir. Incluso mi madre parece haberse quedado sin lágrimas.

O quizá sea que no se ve capaz de competir con las nubes.

Terminado el entierro, Lila y su padre suben a un coche y sus guardaespaldas se los llevan. Ella me saluda con la mano mientras monta.

Los demás vamos a casa de mi abuelo, donde tiene lugar el convite fúnebre. Las viejas de Carney han salido en tropel y la mesa del comedor del abuelo cruje bajo el peso de los guisos, las tartas y las tablas de embutidos.

Una mujer madura con traje de *tweed* negro cuchichea con una amiga, que se ríe y contesta en voz alta:

—¡Ay, no, Pearl! He tenido tres maridos y nunca dejé que me vieran sin guantes, y mucho menos que se los quitaran ellos.

Me dirijo a la cocina.

Mi madre me detiene mientras salgo de la sala. En sus ojos queda el recuerdo gris del maquillaje, lo que les confiere un aspecto hundido. Atormentado.

—Cielo.

—Mamá —contesto, tratando de pasar de largo. No la quiero cerca. Ya siento demasiadas cosas. No puedo soportar sentir nada más.

—Sé que siempre admiraste a Philip —me dice, como si los últimos seis meses no hubieran existido. Como si los últimos tres años no hubieran existido. El aliento le apesta a alcohol—. Pero ahora los dos tenemos que ser fuertes. —No contesto. No me fío de lo que pueda soltarle—. Barron dice que debería mudarme con él. Que no quiere que esté sola.

—Fantástico —digo, y es verdad. A lo mejor así se distrae.

Una de las cocineras entra con la intención de consolar a mamá, así que aprovecho para escabullirme ahora que puedo. Sam me sigue, un tanto nervioso. Me parece que no está acostumbrado a ver tantos delincuentes con cicatrices en la garganta en un mismo sitio. Daneca se queda en el comedor; está claro que le fascina estar en medio de una reunión de obradores en uno de los pueblos de obradores más famosos que hay.

Me aprovisiono para pillarme una buena cogorza del modo más eficiente que pueda. Saco una botella de vodka del minibar del abuelo y tres vasos para chupitos de la cocina y bajo directo al sótano.

El sótano sigue tal y como lo recuerdo después de todos los veranos que pasé aquí: frío y húmedo, con un leve olor mohoso. Me dejo caer en el sofá de cuero, delante de la tele.

Dejo los vasos en la mesita, sirvo un chupito de vodka en cada uno y me los bebo uno detrás de otro con cara de circunstancias.

Aquí me siento mejor, pero también peor. Mejor porque tengo muchos recuerdos. Y peor por el contenido de dichos recuerdos.

—Ah —digo, girándome hacia Sam—. Debería haber traído un vaso para ti.

Sam enarca una ceja y se apodera de uno de los vasos.

—¿Qué tal si me quedo con este?

—Lila y yo veníamos mucho aquí. A ver pelis. —Señalo vagamente el televisor.

Philip, Barron y yo también pasábamos mucho tiempo aquí abajo. Recuerdo estar tumbado en el suelo, jugando a «hundir la flota» con Philip y partiéndonos de risa hasta que estuve a punto de mearme encima. Recuerdo a Anton y a Philip, ya adolescentes, prohibiéndonos entrar en el sótano porque iban a ver una peli de terror. Barron y yo nos sentamos en las escaleras (técnicamente no estábamos en el sótano) y la vimos desde las sombras para que no nos echaran la bronca, cagados de miedo.

Me sirvo dos chupitos más. A regañadientes, le pongo uno a Sam.

—¿Qué te pasa con Lila? —me pregunta—. Creía que te gustaba… ya sabes, el año pasado, cuando hicimos todo eso. Pero desde que llegó a Wallingford la has estado evitando.

El autodesprecio me permite tragar el alcohol sin una mueca.

—No quiero hablar de eso. —Sacudo la cabeza—. Aquí no. Esta noche no.

—Vale —dice Sam con fingida conformidad—. ¿De qué quieres hablar?

—De mi nuevo empleo —contesto—. Voy a ayudar a los federales a pillar al asesino de mi hermano. Como en *La banda de los proscritos*.

—A esa serie no la ve nadie, solo los que pasan de cincuenta años.

Alguien baja las escaleras. Sirvo otra ronda de chupitos antes de que el recién llegado me robe el bebercio. Con esta gente nunca se sabe.

—Es una maravillosa obra de telerrealidad —declaro—. Y va a ser mi nueva vida. Me darán una placa y una pistola y saldré a cazar malhechores.

Me embarga una sensación de bienestar. Todo suena perfecto. Como un sueño del que no quiero despertar.

—¿Has dicho «malhechores»? —pregunta Daneca, sentándose con nosotros en el sofá—. ¿Sabéis que está aquí Betty la Carnicera? Y lleva una máscara de oro. ¡Eso significa que es verdad! Se le pudrió la nariz cuando se cargó a su último marido.

Señalo los chupitos alineados. Daneca se queda con uno. Me siento generoso. Y un poco mareado.

—Así pienso llamarlos cuando los aprese. «Malhechores», quiero decir, no «Betty». Solo llamaría «Betty» a Betty. Bueno, a ella la llamo «tía Betty», pero ya me entendéis.

—No me hagas mucho caso —le dice Sam a Daneca—, pero creo que el borracho de nuestro amigo dice que lo han contratado unos agentes federales.

—Me han dado unas carpetas —añado, exultante.

—Qué suerte la tuya —dice Daneca.

Nos quedamos en el sótano, bebiendo sin parar hasta que me quedo dormido en el viejo sofá de cuero, delante del televisor. Lo último que recuerdo es la imagen borrosa de Sam y Daneca en el suelo, besándose. Me apetece un vaso de agua, pero no quiero molestarlos, así que me quedo donde estoy y cierro los ojos lo más fuerte que puedo.

Cuando despierto, veo a Sam y a Daneca acurrucados sobre la alfombra y tapados con una manta de ganchillo. Subo a la cocina, meto la cabeza bajo el grifo del fregadero y bebo tanta agua como puedo.

Al mirar por la ventana de la cocina iluminada veo que ha dejado de llover. El abuelo está fuera, sentado en una silla plegable con una cerveza en la mano, contemplando su jardín oscuro y embarrado y el destartalado cobertizo. Todavía me noto un poco achispado.

Salgo y dejo que la mosquitera dé un portazo al cerrarse, pero el abuelo apenas levanta la vista.

—Hola —lo saludo mientras despliego como puedo otra silla de jardín.

—Menuda cara traes —dice el abuelo, sacando una pipa del bolsillo y llenándola de tabaco—. Siéntate antes de que te caigas redondo.

Me siento con torpeza. La silla rechina.

—¿Desde cuándo fumas en pipa?

—Yo no fumo —replica mientras prende una cerilla para encender la pipa—. Lo dejé hace años, cuando nació Shandra.

—Claro. Qué cosas tengo.

—Tu abuela y yo no conseguíamos tener hijos. Mary siempre abortaba. Lo pasaba fatal; guardaba reposo absoluto en cuanto sospechaba que podía estar embarazada. Los médicos decían que teníamos el factor Rh, pero yo siempre pensé que la culpa era de mis maleficios mortales. Que tal vez la reacción me impedía tener hijos sanos. Llámame «supersticioso», pero cuando dejé de matar gente con mis maleficios, nació tu madre.

—Yo pensaba que uno no se podía jubilar de ese trabajo.

—Los Zacharov no me habrían permitido dejar de ser su asesino, pero a mí nadie me dice cómo tengo que matar. —La pipa desprende un humo dulzón—. Uno tiene que conocer bien su profesión.

—Ya. —Aunque lo vi matar a Anton, me sigue costando considerar a mi abuelo una persona peligrosísima. Pero no debo olvidar que él ya era un asesino cuando el temible padre de Lila era un mocoso.

—La magia te da muchas opciones —dice el abuelo—. Y la mayoría son malas.

Bebe otro sorbo de cerveza.

Me pregunto si ese será mi futuro. Una vida de malas decisiones. Desde luego, se parece mucho a mi presente.

—Si yo hubiera tomado otras decisiones —continúa el abuelo—, quizá tu hermano seguiría vivo. Mary y yo malcriamos a tu madre hasta el tuétano, pero debería haberla alejado de esta vida, y no lo hice. Creímos que, como ella no se había unido oficialmente a ninguna mafia, vosotros tendríais la oportunidad de vivir otra clase de vida, pero luego dejé que vinierais aquí todos los veranos. Tenía ganas de ver a mis nietos.

—Nosotros también queríamos verte —le digo. Tengo la voz pastosa. Por un momento, y con una intensidad casi dolorosa, echo de menos ser un niño. Echo de menos a mi padre. Echo de menos corretear por el jardín del abuelo bajo la lluvia de los aspersores.

—Ya lo sé. —Me da una palmada en el hombro—. Pero el caso es que yo tampoco os mantuve alejados de esta vida. Creo que pensaba que, aunque estuviera llevando el caballo directo al abrevadero, yo no lo estaba obligando a beber.

Niego con la cabeza.

—Los tres nacimos en esta vida. Igual que todos los niños obradores del mundo. Aunque hubieras intentado impedirlo, no habría servido de nada.

—Philip ha muerto con veintitrés años. Y yo aquí sigo. Eso está mal. —Sacude la cabeza.

No sé qué responder, salvo que si tuviera que elegir entre Philip y él, mi decisión estaría clara. Elegiría al abuelo sin dudarlo. Y como sé que eso no es lo que quiere oír, bebo un sorbo de la cerveza del abuelo y nos quedamos contemplando en silencio el jardín enfangado y las estrellas languidecientes.

Capítulo cinco

El domingo por la mañana me despierto con un dolor de cabeza horrible. La boca me sabe a muerte. Me levanto de la silla de jardín bajo la fría luz del sol. El abuelo no está, así que bajo al sótano. Daneca y Sam también se han ido, pero al menos ellos me han dejado una nota:

NOS VEMOS EN WALLINGFORD.

—S y D

Subo de nuevo arrastrando los pies y descubro que para algunos el convite aún no ha acabado. La mesa del comedor tiene mala pinta, con el mantel manchado de una espantosa mezcla de aceitosos macarrones con queso y el relleno de arándanos de una tarta. Todo está sembrado de botellas y latas. Veo a Barron en el salón, abrazado a una señora mayor que no conozco. Le está diciendo que, en sus tiempos, para forrarse de verdad había que meterse en el negocio del opio. Está claro que no sabe que hoy en día no hace falta nada más que una cafetera de hotel para fabricar metanfetaminas, pero no voy a ser yo el que se lo diga.

El abuelo está dormido en su sillón reclinable y su pecho sube y baja con regularidad. Está bien.

Hay algunas personas más sentadas cerca, casi todos mafiosos jóvenes con el traje arrugado y la camisa abierta, lo que deja a la vista las cicatrices del cuello. Al pasar, los oigo comentar (con los ojos enrojecidos y sin dejar de reír) un atraco a un banco para el que hacen falta diez metros de cuerda y un buen montón de aceite lubricante.

Entro en el cuarto de invitados: mi madre está sentada delante de un televisor, viendo el canal de las telenovelas.

—Ay, cielo —dice al verme—. No me has presentado a esos amigos tuyos. Parecían muy majos.

—Sí.

Me observa durante un buen rato.

—Tienes muy mala cara. ¿Cuánto hace que no comes?

Apoyo la cabeza en la pared, doblando el cuello.

—Tengo resaca.

—Hay aspirinas en el cuarto de baño, pero te van a destrozar el estómago si las tomas en ayunas. Antes tienes que comer.

—Ya. —Tiene razón.

Subo a mi coche y conduzco hasta una cafetería que recuerdo de cuando Philip, Barron y yo vivíamos con el abuelo en verano. A la camarera no parece molestarle mi traje arrugado ni que le pida dos desayunos, uno detrás del otro. Corto los huevos y contemplo cómo la yema inunda el plato como una marea amarilla. Los aderezo con pimienta y lo rebaño todo con tostadas de pan de centeno. Cuando me termino la jarra de café, ya ha dejado de dolerme la cabeza.

Pongo unos billetes en la mesa y me voy al colegio. El sol ha calentado el volante del coche. Mientras avanzo por la carretera, bajo las ventanillas para disfrutar de los últimos coletazos del húmedo aire veraniego.

Lo último que me espero cuando entro en mi cuarto es encontrarme a Daneca y a Sam dentro, con una botella de dos litros de Mountain Dew y las carpetas que me dieron los federales extendidas por las diversas superficies de la habitación. Me quedo paralizado, con la mano apoyada en el marco de la puerta.

Por un momento solo siento una rabia cegadora e irracional. Esos papeles son míos.

—Ah, hola —me saluda Daneca, levantando la vista. Está sentada en el suelo, con la espalda apoyada en mi cama. Parece muy tranquila, teniendo en cuenta que podrían sancionarla solo por estar en esta habitación. Me sonríe—. Vaya cara traes. No puedo creer que lo de los federales fuera verdad.

—Después del discurso de Barron en el velatorio, es normal que no os fieis de nadie de mi familia —digo con toda la tranquilidad posible. Me quito la chaqueta y la tiro sobre la cama. Luego me remango la camisa. Es lo máximo que puedo hacer para estar más presentable sin ducharme ni cambiarme de ropa—. Y ahora yo tampoco me fío de vosotros. ¿Qué creéis que estáis haciendo exactamente?

—Espera, ¿quieres decir que lo que nos contó Barron sobre el Himalaya y la cabra esa que salvaron era mentira? —pregunta Sam. Lleva una camiseta negra y unos vaqueros, y tiene el pelo mojado.

Estoy casi seguro de que está de broma. Pongo los ojos en blanco.

—Da igual. Os conté que tenía estos documentos (y os recuerdo que estaba en pleno duelo y bajo los efectos del alcohol), pero no os di permiso para leerlos.

—A los malhechores nos traen sin cuidado las normas —dice Daneca, soltando una risilla.

—Venga ya —añade Sam—. Los habías escondido debajo del colchón. Estabas pidiendo a gritos que alguien los encontrara.

Tengo la sospecha de que Sam está repitiendo algo que he dicho yo en algún momento. Suelto un gruñido y me dejo caer en la silla de mi escritorio, pero me doy cuenta de que me he sentado encima de unos papeles. Los saco.

—Bueno, ¿y qué tenemos aquí? —pregunto, examinándolos. Los documentos tienen fotografías sujetas con clips: varios tipos de aspecto duro a los que claramente está fichando la policía. Y luego, diversas fotos de esos mismos tipos tomando café en un bar o leyendo el periódico en el balcón de un hotel, al lado de una chica en bañador. Los tenían vigilados.

—Aquí hay seis víctimas —dice Daneca—. Todos obradores.

—Y todos varones —añade Sam.

Daneca se estira para leer una de las hojas.

—Giovanni «Cicatriz» Basso. Se dedicaba a la compraventa de amuletos verdaderos y falsos. Por lo visto debía dinero a más de uno. Según los federales, no trabajaba directamente para Zacharov. Probablemente tenía chanchullos con varias familias. No hay cuerpo. No hay nada. Una noche desapareció sin más.

—Entonces no podemos descartar que simplemente se haya esfumado de la ciudad —dice Sam.

—Ya. Quizá se esfumaron todos —contesto.

—¿Juntos? —pregunta Daneca—. ¿Crees que los seis están viviendo en una casa de campo en el sur de Francia, como en una telecomedia?

Sam sacude la cabeza con tristeza.

—Vale. Reconozco que es poco probable.

Daneca cambia de posición.

—El número dos: James «Jimmy» Greco. Dirigía una red de apuestas ilegales. Anda, igual que tú, Cassel.

Le hago un gesto grosero, pero con desgana. Estoy seguro de que los federales no quieren que comparta estos documentos con civiles, y menos si no tienen justificación legal para acosarlos. Aunque sigo molesto con Daneca y con Sam, eso me produce cierta satisfacción. Si fastidia a los federales, no puede ser tan malo.

Daneca sonríe.

—Greco era obrador de la suerte, así que su profesión tiene todo el sentido. No sé cómo perdió el favor de Zacharov, porque recaudaba mucho dinero para él. Pero de pronto… bum. Eliminado. Lo vieron por última vez en un bar de Filadelfia, inconsciente.

Me resulta fácil imaginarme el asesinato: Greco sale tambaleándose con la ayuda de alguien que se hace pasar por un amigo suyo.

Quizás incluso fueran amigos de verdad. Una propina al camarero. Se lo cargan en el coche.

O tal vez el asesino es una mujer que finge ser su novia o su esposa. Eso sería incluso mejor. Toman una última copa y ella le echa algo para dormirlo. Casi puedo ver sus guantes rojos.

Seguro que los federales ya lo han considerado.

—Eso nos lleva a Antanas Kalvis. Dirigía un servicio de chicas de compañía de lujo en Newark, con su mujer. —Es evidente que a Daneca le gusta jugar a los detectives. Para ellos dos no es más que un juego, una novela de misterio particularmente interactiva. Al final descubrirán que lo mató el mayordomo con el candelabro y le darán la vuelta a una carta para saber si han acertado.

—¿Lo dirigían juntos? —pregunta Sam.

—A los proxenetas siempre me los imagino con abrigo de piel, traje de solapas y sin residencia fija —digo yo.

—Claro, porque todos los delincuentes son como en las pelis —me suelta Daneca. A lo mejor se lo toma más en serio de lo que yo pensaba—. Kalvis era obrador de las emociones. Buf. Qué asco. En fin…

—Has dicho que estaba casado, ¿verdad? —la interrumpo—. ¿Cómo pudo desaparecer sin que su mujer se enterara?

Daneca pasa un par de páginas.

—La verdad es que da muy mal rollo. Desapareció de su propia cama. O sea, por lo visto estaba justo a su lado. O dice la verdad… o la señora Kalvis estaba en el ajo.

Cada vez me convence más la idea de una mujer asesina. Me la imagino haciéndose pasar por una de las chicas de compañía; quizá le haya pedido ayuda a Kalvis y hayan organizado un encuentro urgente. Kalvis sale de la cama sin despertar a su mujer.

O quizá lo hayan hecho salir de casa dormido. Directo hasta donde le estaban esperando Philip y Anton. Y luego alguien como yo hizo desaparecer el cuerpo.

O tal vez lo hice yo. Tal vez el asesino sea yo.

—A mí me parece que la mujer lo encubrió todo —aventura Daneca—. Podríamos empezar por ella. ¿Tú conoces a alguien que conozca a alguien que pueda preguntar…?

—¿Cassel? ¿Te pasa algo? —Sam se desliza hasta el borde de su cama.

—No. —Sacudo la cabeza—. Sigamos con los demás.

—Vale —dice Daneca lentamente—. Henry «Gatillo» Janssen. Obrador físico. Soldado de la familia Zacharov. Por lo visto solía trabajar con un tal Anton Abramov. ¿Anton? ¿Es el mismo Anton que murió…?

Asiento con la cabeza.

—El apellido de soltera de su madre era Zacharov.

—¿Y si los mató él? —pregunta Sam—. Bueno, a tu hermano no, obviamente.

—¿Entonces hablamos de dos asesinos diferentes? Sí, yo también lo estaba pensando. Los federales creen que… —Me interrumpo. No sé si debo decirles que los federales buscan a una mujer con guantes rojos. Y, desde luego, no voy a decirles que los federales probablemente deberían estar buscándome a mí—. Creen que el asesino se ha vuelto descuidado, pero no sé. Todas estas personas desaparecieron sin más.

—Tal vez el FBI no ha compartido contigo todas las pruebas —dice Daneca. Sam se encoge de hombros.

—O quieren que tú les ayudes a resolver este caso y creen que si te dicen que está relacionado con tu hermano, lo harás.

—Qué paranoico —digo con tono de admiración—. Me has convencido.

—No puedes estar pensando en serio que unos agentes federales te mentirían y te pondrían en peligro hasta ese punto. —Daneca parece ofendida por lo que hemos dicho, lo que a mí me parece igualmente ridículo.

—Claro, porque son incansables defensores de los derechos de los obradores —digo con una buena dosis de sarcasmo.

—Siguiente —continúa Daneca, ignorando mi argumento para no tener que admitirlo—. Sean Gowen.

Levanto la mano.

—Espera. ¿Cómo murió Janssen?

—Parece que salía de casa de su amante. Ella dice que se marchó en plena noche. Se imaginó que volvía con su mujer y se cabreó con él, hasta que más tarde descubrió que había muerto. O que había desaparecido. Tampoco hay cuerpo.

Me recorre un escalofrío involuntario, como si alguien estuviera paseándose sobre mi tumba.

Otra vez en mitad de la noche. Otra vez sin cuerpo.

Lila me contó que Barron y Philip la obligaban a entrar en la casa de su víctima convertida en gata. Después de haberla tocado, la víctima caminaba en sueños hasta donde estuviera yo. Y luego, aunque no lo recuerde, yo la transformaba. Menudo equipo debíamos de formar.

No dejábamos cuerpos.

—Sigamos con Sean Gowen —dice Daneca—. Gowen era prestamista y obrador de la suerte. Qué raro. Desapareció a primera hora de la tarde. Todos los demás...

—Trabajaba de noche —la interrumpo.

—¿Qué? —dice Sam—. ¿Lo conocías?

Niego con la cabeza.

—Es una suposición. ¿He acertado? —Qué ganas tengo de equivocarme.

Se inicia una búsqueda entre los archivos desparramados. Finalmente Sam levanta uno de los documentos.

—Sí, creo que sí. O por lo menos solía llegar a su casa sobre las cuatro de la madrugada, que más o menos es lo mismo.

Estaba dormido. Es lo que tienen todos en común.

—¿Tienes alguna teoría? —pregunta Daneca.

Niego con la cabeza.

—Todavía no —miento descaradamente. Les he contado a Daneca y a Sam más cosas sobre mí que a nadie más, pero esto no puedo decírselo. Que creo que fui yo. Que yo soy el asesino. Me agarro las rodillas para que no me tiemblen las manos.

La oferta de trabajo de Zacharov ahora cobra mucho más sentido. Todas esas personas desaparecidas. Desaparecidas sin más.

Daneca pasa las páginas implacablemente.

—Bueno, a ver el último. Luego nos cuentas esa teoría que no tienes. El tipo es Arthur Lee. Otro obrador de la suerte y confidente del FBI. Murió durante un trabajo para Zacharov.

Noto un sudor frío en las sienes. Ahora que creo que fui yo, cada hoja de papel parece una acusación. Cada detalle, una obviedad.

Anton y Barron en la parte delantera del coche. Philip y yo detrás, con Lee. No nos hizo falta un maleficio del sueño. Tan solo un roce de mi mano desnuda.

—Lo que no entiendo es… —empieza Daneca.

El señor Pascoli, el supervisor nuevo, carraspea desde la puerta abierta. Han pillado a Daneca. Al menos estamos a principios de curso y todos empezamos con el expediente libre de sanciones. Abro la boca para inventarme alguna excusa, por endeble que sea, que explique qué hace Daneca en la habitación de dos chicos.

—Creo que este proyecto suyo ya ha durado suficiente, ¿no cree? —pregunta Pascoli antes de que yo pueda decir nada.

—Lo siento —responde Daneca mientras se pone a recoger papeles.

Pascoli sonríe con benevolencia y se aleja como si no hubiera pasado nada.

—¿Qué acaba de ocurrir? —pregunto.

—Le he dicho que Sam y yo teníamos que hacer un proyecto juntos y que había demasiado ruido en la sala común. Nos ha dado permiso con tal de que dejáramos la puerta abierta y solo estudiáramos.

—Con los empollones siempre tienen manga ancha —dice Sam.

Daneca sonríe.

—¿Verdad que sí?

Les devuelvo la sonrisa, pero hay una cosa que tengo muy clara: a todos nos pillan tarde o temprano.

Aunque estoy hecho polvo, no consigo dormir. Después de que Daneca se fuera, he vuelto a leer detenidamente los documentos y he repasado mentalmente los detalles una y otra vez, esforzándome por recordar algo de lo que ocurrió. Doy vueltas en la cama, haciendo chirriar los muelles. Me noto raro, febril e incómodo.

Finalmente busco el móvil y le escribo un mensaje a Lila:

¿Estás despierta?

Después de enviarlo, me fijo en la pantalla y me doy cuenta de que son las tres y media de la madrugada. Le doy un puñetazo a la almohada y hundo la cara en ella.

Suena el tono de mensaje. Me doy la vuelta y agarro el móvil enseguida.

Tengo pesadillas, dice el mensaje. *Nunca logro dormir.*

Vamos fuera, le respondo antes de ponerme los vaqueros.

Lo mejor de tener una habitación en la planta baja es que basta con abrir la ventana y bajar de un salto a los arbustos. Sam protesta al oír el crujido del marco de madera, les da una patada a las sábanas y procede a seguir roncando.

No sé en cuál de las residencias duerme Lila, así que me dirijo al centro del patio.

El aire nocturno apenas se mueve. Todo parece irreal. ¿Esto era lo que sentía mientras esperábamos frente a la casa de nuestra víctima hasta que salía? El mundo entero ya parece muerto.

Momentos después, veo que tienden una cuerda desde una de las ventanas más bajas de Gilbert House. Me acerco; Lila se las ha arreglado para fijar un garfio al alféizar. Eso significa que ha tenido la idea de traerse un garfio al colegio… y que ha conseguido esconderlo en su cuarto. Mi admiración es total.

Lila se descuelga como una araña y salta, en pijama y descalza. Sonríe, pero su sonrisa se desvanece al ver mi expresión.

—¿Qué te pasa?

—Ven —le digo en voz baja—. Vamos más lejos de las residencias.

Lila asiente y me sigue sin decir nada más. Esto, el lenguaje del engaño, lo entendemos los dos. Nacimos con él, igual que con nuestros maleficios.

Voy hasta la pista de atletismo. Aquí cerca solo hay campos de tenis y el bosquecillo que separa el campus de Wallingford de una urbanización vecina.

—Bueno, ¿te está gustando este sitio? —le pregunto.

—Un colegio es un colegio —contesta, encogiéndose de hombros—. Una chica de mi pasillo quería que fuera de compras con ella y sus amigas. No he ido. Ahora les va diciendo a todas que soy una borde.

—¿Y por qué no has ido...?

Lila me mira sin comprender. Veo esperanza en su rostro, además de temor.

—¿Qué más da? Bueno, ¿qué pasa? ¿Qué hacemos aquí? —Lleva un pijama azul con estrellitas.

—Está bien. Quiero preguntarte sobre lo que hacíamos antes... lo que hacía yo. Los asesinatos o como quieras llamarlo. —Como no puedo mirarla, miro hacia Wallingford. ¿Cómo pude pensar que unos viejos edificios de ladrillo podrían protegerme de mi propia vida?

—¿Me has traído hasta aquí para hablar de eso? —pregunta con dureza.

—Definitivamente, no traería aquí a nadie para una cita romántica. —Lila da un respingo—. He visto unos documentos. Unos nombres. Quiero que me digas si son ellos.

—Vale. Pero saberlo no hará que te sientas mejor.

—¿Antanas Kalvis?

—Sí. Lo transformaste.

—¿Jimmy Greco?

—Sí —repite Lila en voz baja—. A él también.

—Arthur Lee.

—No lo sé. Si fuiste tú, yo no estaba delante. Pero si conoces los nombres de los dos primeros, seguramente a ese también.

Vuelven a temblarme las manos.

—Cassel, ¿qué diferencia hay? Todo esto ya lo sabías. Solo son nombres.

Me siento en la hierba. Está húmeda por el rocío. Tengo náuseas, pero el autodesprecio se ha convertido en una sensación familiar. Ya era un monstruo antes, un monstruo que no tenía que pensar en ello por la excusa de no conocer los detalles.

—No lo sé. Supongo que no cambia nada. —Lila se sienta a mi lado y arranca un puñado de césped. Intenta lanzarlo, pero casi todas las briznas se le quedan pegadas a los dedos desnudos. Ni ella ni yo llevamos guantes—. Es que… ¿Por qué? ¿Por qué lo hacía? Barron era capaz de hacerme recordar cualquier cosa, pero ¿por qué aceptaba transformar a esas personas en objetos?

—No lo sé —contesta Lila con voz ausente.

Le toco el hombro sin pensar, rozando el pijama de algodón. Ya no sé cómo expresar mis sentimientos en voz alta. Que siento que mis hermanos la encerraran en una jaula, haber tardado tanto en salvarla, haberla transformado. Que siento que tenga que volver a recordarlo todo por mi culpa.

—No hagas eso —me dice.

Mis dedos se quedan inmóviles.

—Es verdad. Lo he hecho sin pensar.

—Mi padre quiere que trabajes para él, ¿verdad? —me pregunta, apartándose un poco de mí. Sus ojos resplandecen a la luz de la luna.

Asiento con la cabeza.

—Me ofreció trabajo durante el funeral de Philip.

Lila suelta un lamento.

—Tiene una rencilla con la familia Brennan. Últimamente pasa mucho tiempo en los tanatorios. —Se interrumpe—. ¿Vas a aceptar?

—¿Que si voy a seguir asesinando gente, dices? No lo sé. Supongo que se me da bien. Siempre gusta que se te dé bien algo, ¿no crees?

—Noto resentimiento en mi voz, pero no tanto como debería. El horror de antes se desvanece, sustituido por una especie de resignación.

—Quizá no mueran cuando los transformas en objetos —dice Lila—. Quizá se queden en animación suspendida.

Me estremezco.

—Eso suena todavía peor.

Lila se tumba de espaldas y contempla el cielo estrellado.

—Me gusta que en el campo se pueden ver las estrellas.

—No estamos en el campo. —Me giro hacia ella—. Estamos cerca de dos ciudades y…

Lila me sonríe y de pronto entramos en terreno peligroso. La miro desde arriba: el cabello plateado extendido sobre el césped, el movimiento del cuello al tragar con nerviosismo, los dedos curvados y hundidos en la tierra.

Intento decir algo, pero ya no recuerdo de qué estábamos hablando. Todos mis pensamientos se derriten cuando separa los labios, su mano desnuda se hunde en mi pelo y me atrae hacia ella.

Lila deja escapar un leve ruido cuando mi boca presiona la suya con avidez y desesperación. Solo un monstruo haría esto, pero yo ya sé que soy un monstruo.

Ruedo hacia ella sin interrumpir el beso, aplastando mi cuerpo contra el suyo. Cierro los ojos para no tener que ver lo que estoy haciendo, pero mis manos la encuentran con facilidad. Lila suelta un gemido mientras la beso.

Sus dedos siguen enredados en mi pelo, agarrándolo con fuerza, como si le diera miedo que me apartara.

—Por favor —digo sin aliento, pero entonces volvemos a besarnos y me cuesta concentrarme en nada que no sea la sensación de su cuerpo arqueado bajo el mío, y ya no digo el resto de la frase.

Por favor, no me dejes seguir.

Arrastro la boca para apartarla de la suya y le beso la curva del cuello; mis dientes se deslizan por su piel, que sabe a sudor y a tierra.

—Cassel... —susurra Lila. Ha pronunciado mi nombre un centenar de veces, un millar, pero nunca así.

Me aparto con brusquedad, jadeando. Nunca así.

Lila se levanta al mismo tiempo que yo, pero al menos ahora los dos estamos sentados. Lila respira agitadamente y tiene las pupilas dilatadas.

—No... —empiezo a decir—. Esto no es... no es real.

Las palabras carecen de sentido. Sacudo la cabeza para despejármela.

Ella me mira con una expresión que no logro nombrar. Tiene los labios entreabiertos e hinchados.

—Tenemos que volver —concluyo.

—Vale.

Apenas la oigo. Su voz es toda respiración.

Asiento con la cabeza y me pongo de pie. Le tiendo la mano y ella la acepta para que la ayude a levantarse. Por un momento, su mano cálida y desnuda toca la mía.

Al llegar a la ventana de mi habitación, veo mi reflejo en el cristal. El pelo largo y revuelto. La mueca. Parezco un fantasma hambriento, acechando en un mundo para el que ya no soy apto.

El sueño me pilla por sorpresa. Estoy delante de un jardín, al lado de Barron. No sé por qué lo sé, pero estamos esperando a que alguien salga de un caserón blanco con columnas.

—¿Compartimos una taza de té? —me pregunta Barron, tendiéndome un vaso desechable con una sonrisa burlona. El líquido ambarino desprende burbujas y vapor. Nos vamos a escaldar.

—Ah —contesto—. ¿Crees que cabremos los dos dentro?

Capítulo seis

Al día siguiente no doy pie con bola en clase. Suspendo un control de Física y hago unas conjugaciones surrealistas en Francés. Por suerte, seguramente no me haga falta saber francés en mi futura carrera como asesino, a menos que sea uno de esos asesinos molones de las películas, que se dedican a recorrer el mundo y a robar joyas. Probablemente la física sí que me venga bien: tendré que saber calcular la trayectoria de las balas, ¿no?

Llamo a Barron a la hora del almuerzo para no tener que pasarme por la cafetería. No sé cómo puedo hablar con Sam y con Daneca sin mentirles. Y tampoco sé cómo puedo hablar con Lila sin decirle la verdad.

—Hola —me saluda Barron—. ¿Siguen en pie los martes de pizza?

—Parece tranquilo. Normal. Casi me convenzo de que puedo bajar la guardia.

—Tengo que preguntarte una cosa. En persona. ¿Dónde estás?

Una profesora que pasa por allí se me queda mirando. No se nos permite hablar por teléfono en el colegio, ni siquiera durante un descanso. Pero estoy en último curso, así que hace la vista gorda.

—Mamá y yo nos estamos divirtiendo. Tenemos habitaciones en el Nassau Inn. Un sitio muy fino.

—Eso está en Princeton.

En pleno centro, de hecho, a pocos minutos de la casa de Daneca. Siento un escalofrío de horror al imaginarme a mi madre y a la de Daneca coincidiendo en la cola de la farmacia.

Barron se echa a reír.

—Sí, ¿y qué? Mamá dice que pusisteis patas arriba Atlantic City, así que vamos a empezar de cero.

¿Cómo se me pudo ocurrir que Barron ayudaría a mamá con sus problemas en lugar de empeorarlos? Ahora recuerdo que comentó algo sobre una estafa con un cuadro; debería haberlo visto venir.

—Mira, haced lo que queráis —le digo—. ¿Quedamos en alguna parte a las seis? Puedo saltarme la cena y parte de la hora de estudio.

—Podemos ir a verte ahora. Mamá puede firmarte una autorización para que salgas, ¿no? Iremos a comer *sushi*.

—Vale, sí.

Aunque solo hay veinte minutos entre Princeton y Wallingford, ellos tardan una hora y media en llegar. Para entonces ya estoy en mi hora de refuerzo: casi todos mis fallos en el control de Física son tonterías y obviedades, y no dudan en hacérmelo saber.

Menos mal que me envían al despacho.

Barron, vestido con un traje reluciente, está apoyado en el escritorio de la secretaria. Mi madre está a su lado, con un fular de Hermès tapándole el cabello, una enorme pamela negra y blanca, guantes negros y un vestido negro de escote generoso. Los dos llevan gafas de sol. Ella está inclinada, firmando una hoja de papel.

Creo que es su ropa de luto.

—Hola, mamá.

—Ah, cielo —me dice—. El médico quiere verte para asegurarse de que no tengas lo mismo que ha matado a tu hermano. —Se vuelve hacia la señora Logan, que parece escandalizada por todo este asunto—. Estas cosas a veces vienen de familia —le explica.

—¿Crees que puedo sufrir un caso grave de balazos en el pecho? —pregunto—. Porque a lo mejor es verdad que eso nos viene de familia.

Mi madre frunce los labios con gesto reprobador.

Barron me da una fuerte palmada en la espalda.

—Vamos, graciosillo.

Nos dirigimos al aparcamiento. Yo llevo las manos en los bolsillos del uniforme. Barron camina a mi lado; se ha dejado abiertos los dos primeros botones de la impecable camisa blanca, lo justo para lucir una cadena de oro que se desliza sobre su piel morena. Es nueva. Me pregunto si llevará amuletos contra maleficios.

—¿No querías que viniéramos a buscarte? —me dice mamá mientras se enciende un cigarrillo con un mechero dorado y le da una profunda calada—. ¿Qué te pasa?

—Solo quiero que Barron me diga dónde están los cuerpos —contesto, bajando la voz mientras avanzo por el césped. Me parece surrealista que mi madre y mi hermano estén aquí. Wallingford, con sus jardines cuidados y sus conversaciones discretas, no es su sitio. No podrían desentonar más.

Los dos intercambian una mirada que rebosa incomodidad.

—Las personas a las que transformaba. ¿Dónde están? ¿En qué las convertí?

No sé qué recuerda exactamente Barron de la desaparición de Greco, Kalvis y los demás. Ignoro cuántos recuerdos de Barron han desaparecido, hasta qué punto la reacción le ha dañado la memoria, pero si lo dejó por escrito en sus diarios, quizá sepa algo. Sí, ya sé que yo mismo falsifiqué sus diarios para que se olvidara de que quería utilizarme para matar a Zacharov. Le hice creer que estaba de mi parte y en contra de Philip y su colega Anton. Pero no modifiqué nada más.

—No es necesario que sepas nada de eso —me dice Barron lentamente. Esto promete.

—Pongamos que sí. —Dejo de caminar para obligarlos a detenerse también o a seguir adelante sin mí. Los dos se paran.

—No discutáis, niños —interviene mamá, exhalando una nube de humo que queda flotando en el aire—. Cassel, cielo, venga. Déjalo estar.

—Uno —insisto—. Un solo cuerpo.

—Vale. —Barron se encoge de hombros con indiferencia—. ¿Te acuerdas de esa silla que tanto odiabas?

Abro la boca, pero vuelvo a cerrarla como un pez.

—¿Qué?

Pero sé a qué silla se refiere. La que estuve a punto de tirar a la basura mientras el abuelo y yo limpiábamos la casa. Siempre me dio mal rollo; era una réplica demasiado perfecta de otra silla que había visto por la tele.

Barron se echa a reír y se levanta las gafas de sol para que pueda ver sus cejas enarcadas.

—Exacto.

Saco las llaves de mi mochila.

—Gracias por la autorización, mamá —le digo, dándole un beso en la mejilla polvorienta por el maquillaje.

—Creía que íbamos a comer juntos —protesta ella—. No sé qué estás tramando, pero...

—Me tengo que ir. Lo siento.

—De eso nada —me dice con voz melosa, agarrándome del brazo—. O vienes a comer con nosotros o llamo a esa secretaria tan simpática y le digo que te han cancelado la cita, que te he dejado otra vez en el colegio y que haga el favor de asegurarse de que estás en clase.

—No me amenaces.

Barron me mira como si me hubiera vuelto loco. Es muy mala idea darle órdenes a nuestra madre.

Me estruja el brazo hasta que sus uñas se me clavan en la piel a través de la camisa blanca. Bajo la mirada; no sé cómo, pero se ha quitado el guante sin que me dé cuenta. Solo necesita deslizar un poco los dedos hacia abajo y me tocará la muñeca desnuda. O puede subir y agarrarme directamente del cuello.

—No deberían hacer falta amenazas para que un hijo quisiera pasar un rato con su madre.

Ahí no le falta razón.

En el restaurante Toriyama's, mi madre se sienta en el banco corrido de nuestra mesa y deja el bolso a su lado, relegándonos a Barron y a mí a las sillas individuales. Se ha vuelto a poner los guantes. Cuando me los quedo mirando para averiguar cómo se las ha arreglado para quitarse uno tan rápido, ella me lanza una mirada severa, así que me dedico a observar la mesa de bambú y los kimonos enmarcados y colgados en la pared.

Una camarera vestida de negro se acerca y nos sirve el té. Es guapa, con un flequillo muy corto y un piercing en la nariz que reluce como una gota de absenta. En la chapa del uniforme pone que se llama Jin-Sook.

Barron pide una bandeja grande de *sushi*.

—Viene en una barca de esas, ¿no? —pregunta mi hermano, señalando un estante lleno de barquitos de madera lacada (algunos con dos mástiles), justo encima de la zona donde el chef corta el pescado—. Porque lo pedí una vez y me lo sirvieron en plato. En el menú dice «en barca», pero prefiero asegurarme.

—Sí, viene en barca —nos asegura Jin-Sook.

Pruebo el té. Es de jazmín y está tan caliente que casi me abrasa la garganta.

—Bueno… —dice Barron—. Le hemos echado el ojo a alguien nuevo. Un pez gordo. Nos vendría bien que nos dieras una mano. Y a ti te vendría bien el dinero. Además, somos familia.

—La familia debe cuidarse —dice mamá. Ya no sé cuántas veces la he oído repetir esa frase.

Pese a todo, me siento tentado de aceptar. Antes, mi mayor deseo era que mi hermano me pidiera que lo ayudara con alguna estafa. Quería demostrar que aunque yo no fuera obrador, era capaz de timar como los mejores. Y mi hermano y mi madre son dos de los mejores.

Pero ahora sé que soy obrador, timador y quizá también asesino. Y si algo quiero demostrarme… es que puedo ser diferente.

—Gracias, pero no, gracias —contesto.

Barron se encoge de hombros, resignado.

Cuando mi madre alarga la mano hacia su taza de té, veo el destello de un grueso topacio azul rodeado de diamantes en su dedo índice, encima del guante de cuero. El anillo es nuevo. Me estremezco al pensar de dónde lo habrá sacado. Entonces me fijo en el anillo de la otra mano. Una gema rojiza, como una gota de sangre diluida en agua.

—Mamá…

Al ver mi expresión, mi madre baja la mirada hacia sus manos.

—Ah —exclama con entusiasmo, claramente complacida—. ¡He conocido a un hombre fabuloso! Es absolutamente perfecto. —Menea el dedo del topacio—. Y tiene muy buen gusto.

—Es el tipo del que te hablaba —dice Barron. Al ver que no reacciono, baja la voz y enarca las cejas—. El pez gordo.

—Ah… ¿Y el otro anillo?

—¿Esta antigualla? —dice mi madre, extendiendo la otra mano. El diamante rojo claro centellea bajo los fluorescentes del restaurante—. También es un regalo. Llevaba años sin ponérmelo.

Pienso en las fotos que encontré mientras limpiaba la casa, fotos de mamá con lencería *vintage*, posando para un hombre cuya cara no aparecía. Un hombre que llevaba una alianza de boda muy cara. Un hombre que no era mi padre. Me pregunto si el tipo de la foto guardará alguna relación con el diamante.

—¿Quién te lo regaló? —pregunto.

Ella me mira desde el otro lado de la mesa, como retándome a contradecirla:

—Tu padre, cariño. Nadie tenía mejor gusto que él.

—Pues no creo que debas llevarlo en público. Solo lo decía por eso. —Sonrío para dejarle claro que a mí no me engaña. Es como si no hubiera nadie más que nosotros en el restaurante—. Te lo podrían robar.

Mi madre se echa a reír. Barron nos mira como si estuviéramos hablando en otro idioma. Por una vez, soy yo el que sabe más que él.

Nos traen la comida. Mezclo mi salsa de soja con un buen montón de *wasabi* y mojo una pieza de *sashimi*. Noto el sabor salado del pescado en la lengua; el picor del rábano verde me sube hasta la nariz.

—Me alegro de que hayas venido a comer —dice Barron, inclinándose hacia mí—. En el colegio parecías un poco alterado.

No le digo que la hora del almuerzo ya había pasado cuando han venido a buscarme. Los demás clientes del restaurante han ido a cenar pronto, no a almorzar.

—Lo que sientes forma parte del proceso de duelo —continúa mi hermano, con esa absoluta sinceridad que lo vuelve tan convincente—. No hay forma de encontrarle lógica a lo que le ha pasado a Philip y por eso intentas otorgarles sentido a otras cosas.

—Quizá sea eso.

Barron me revuelve el pelo con la mano enguantada.

—Es eso. Ya lo verás.

Jin-Sook nos trae la cuenta dentro de una carpetita negra. Mamá paga con una de las doce tarjetas de crédito robadas que tiene.

Por desgracia para ella, no aceptan la tarjeta. La camarera nos la trae y se disculpa.

—Seguro que tienen el datáfono roto —dice mi madre, levantando la voz.

—No pasa nada —intervengo yo. Saco mi cartera—. Ya pago yo.

Barron se gira hacia la camarera.

—Gracias por atendernos tan bien. —Le toca la muñeca con la mano desnuda.

Por un momento la chica parece desorientada, pero de pronto sonríe de oreja a oreja.

—¡Gracias a ustedes! Hasta la próxima.

Barron y mi madre se levantan y se dirigen a la puerta. Yo me quedo ahí plantado, mirando a Jin-Sook y buscando una forma de decirle que le acaban de alterar la memoria.

—Lo hecho hecho está —me dice mamá desde el otro lado del restaurante, lanzándome una mirada de advertencia.

La familia debe cuidarse.

Los recuerdos de la camarera han desaparecido. Puedo meter a Barron en un lío, pero no deshacer lo que ha hecho.

Aparto mi silla y sigo a mi madre y a mi hermano fuera del restaurante. Pero en cuanto salimos a la calle le doy un golpe en el hombro.

—¿Se te ha ido la olla?

—¡Venga ya! —replica él, sonriendo como si se lo tomara a guasa—. Pagar la cuenta es de pardillos.

—Ya sé que los demás te dan igual. Pero te estás jodiendo la cabeza —le digo—. Vas a cargarte todos tus recuerdos. Al final no quedará nada de ti.

—Tranquilo. Si se me olvida algo importante, me lo recuerdas.

Mamá me mira con ojos centelleantes.

Sí. Ya lo sé. Lo hecho hecho está.

Me dejan en Wallingford, delante de mi coche.

—Espera —dice mamá cuando me dispongo a salir. Saca un bolígrafo del bolso—. ¡Ahora tengo móvil! Voy a apuntarte mi número.

Barron pone los ojos en blanco.

—Pero si odias los móviles —le digo, pero ella sigue escribiendo sin hacerme caso.

—Toma, cielo. Llama cuando quieras y yo te llamaré desde una cabina o un teléfono fijo.

Me guardo el trozo de papel con una sonrisa. Después de haber estado tres años en la cárcel, creo que no es consciente de que hoy en día casi no quedan cabinas.

—Gracias, mamá.

Se inclina y me da un beso en la mejilla. Sigo notando el olor dulzón y denso de su perfume mucho después de que se hayan marchado.

Mi coche suelta un ruido espantoso cuando trato de arrancarlo. Por un momento sospecho que voy a tener que perseguir a mamá y a Barron para que me lleven a casa, pero finalmente meto la segunda, el coche empieza a rodar y, misteriosamente, el motor cobra vida con un rugido. No tengo ni idea de cuánto tiempo seguirá encendido… ni de si podré volver a arrancarlo para regresar a Wallingford.

Conduzco hasta el viejo caserón en el que me crie. Desde fuera, con los listones de madera despintada y los postigos torcidos, parece abandonado desde hace tiempo. El abuelo y yo sacamos casi toda la basura, pero al entrar todavía noto un leve olor a moho bajo el desinfectante. La casa sigue bastante decente, pero se nota que mamá ha pasado por aquí. Hay un par de bolsas de la compra en la mesa del comedor y una taza de té descomponiéndose en el fregadero.

Menos mal que el abuelo se ha ido a Carney, porque se cabrearía si viera esto.

Voy directo hacia la silla, una butaca tapizada con tela de color mostaza. Su aspecto es absolutamente normal, salvo por las patas: ahora que me fijo bien, son espantosas. Creía que tenían forma de garras que sujetaban esferas pintadas, y a primera vista es lo que parecen. Pero ahora que examino la silla con atención, esas garras son en realidad unas manos humanas con los nudillos flexionados.

Me recorre un escalofrío.

Me siento en el suelo, al lado de la silla, aunque lo que más me apetece ahora mismo es alejarme de ella todo lo posible. Extiendo la mano y me concentro. Mi poder todavía se me antoja extraño; todo mi cuerpo se prepara para lo que se avecina, para el dolor y la impotencia de la reacción.

Cuando la palma de mi mano toca la silla, todo se vuelve fluido. Siento la presencia del maleficio y sus hebras, siento incluso al hombre que yace debajo. Desgarro la magia con un tirón casi físico.

Al cabo de un momento abro los ojos; no me había dado cuenta de que los había cerrado.

Hay un hombre delante de mí, de pie. Tiene la piel rosada y los ojos abiertos, y viste una camiseta de tirantes blanca y unos calzoncillos. Me invade una esperanza delirante.

—Henry Janssen —digo con voz temblorosa. Es idéntico a la foto de su expediente.

Pero entonces cae hacia atrás mientras su piel palidece. Una vez intentamos fingir la muerte de Zacharov, pero al ver caer a Janssen, me doy cuenta de lo mal que lo hicimos. Se puede distinguir claramente el momento en el que ocurre, como cuando se extingue la luz de una lámpara.

—¡No! —grito, gateando hacia él.

Y entonces la reacción me golpea. Se me agarrota todo el cuerpo y las extremidades se me alargan como las patas de una araña, extendiéndose hacia el techo. De pronto siento que estoy hecho de cristal, y con cada movimiento brusco de mi cuerpo se crean grietas que se transforman en fisuras hasta que quedo hecho pedazos. Intento gritar, pero la boca se me deshace como si fuera de tierra. Mi cuerpo se está volviendo del revés. Mientras la agonía me atenaza, giro la cabeza y me quedo mirando los ojos vidriosos de un muerto.

Me despierto, empapado en sudor, al lado de Henry Janssen.

Me duelen todos los músculos, y al mirar el cadáver no siento nada más que la apremiante necesidad de deshacerme de él. Ya no entiendo el impulso urgente que me ha traído hasta aquí. No entiendo cómo he podido pensar que esto podía terminar de alguna otra manera. ¿Qué creía que iba a ocurrir? Yo no sé nada sobre la transformación ni sobre sus límites. Ni siquiera sé si es posible volver a transformar un objeto inanimado en un ser vivo.

Me da igual. Estoy cansado de preocuparme.

Es como si la parte de mí que siente toda esta culpa por fin se hubiera saturado. No siento nada.

Aunque la solución más práctica sería obrarlo de nuevo para que volviera a ser una silla, no me veo capaz de soportar otra vez la reacción. Me planteo enterrarlo, pero no tengo tiempo para cavar un agujero tan profundo.

Podría tirarlo al agua, pero ni siquiera sé si me va a arrancar el coche, así que tampoco es buena solución. Entonces me acuerdo del congelador del sótano.

Cuesta más cargar con un muerto que con alguien vivo. No porque pese más, sino porque no te ayuda. No se acurruca para que lo lleves en brazos ni se te agarra al cuello. No hace nada. Lo bueno es que no tienes que ir con cuidado para no hacerle daño.

Agarro a Janssen por los hombros y lo bajo por las escaleras. Su cuerpo hace un ruido repulsivo al chocar con cada escalón.

En el congelador no hay nada más que media tarrina de helado Cherry Garcia. La saco y la dejo en el viejo banco de trabajo de mi padre. Paso una mano bajo el cuello húmedo y frío del muerto y la otra debajo de su rodilla. Lo levanto y, haciéndolo rodar, lo meto en el congelador. Cabe más o menos bien, pero tengo que flexionarle los brazos y las piernas para poder cerrar. Muy desagradable.

Volveré, pienso. *Dentro de un par de días volveré y lo transformaré.*

Al mirar el congelador lleno de Henry Janssen, pienso en el cadáver de Philip tendido en el tanatorio. En aquel vídeo aparecía alguien (una mujer) entrando en casa de Philip. Y como sé que fui yo quien mató al resto de las personas de los expedientes, el FBI está siguiendo una pista falsa. Intentan conectar las muertes. Pero quien asesinó a Philip no tuvo nada que ver con todo esto y probablemente ni siquiera sabe nada al respecto.

Creo que debería seguir buscando a otros sospechosos aparte de mí.

El coche arranca sin problemas; es lo único bueno que me ocurre desde hace tiempo. Conduzco de nuevo hasta Wallingford mientras me como el Cherry Garcia pensando en guantes rojos, balazos y remordimientos.

Capítulo siete

No puedo evitar la cafetería eternamente.

A la hora de cenar, entro y veo a Daneca y a Sam sentados con Jill Pearson-White y varios amigos suyos del club de ajedrez. Voy hacia ellos, pero me doy cuenta de que también está Lila, inclinada hacia Daneca. Casi me imagino el sermón que le estará soltando sobre los derechos de los obradores y las reuniones de HEX.

Me giro bruscamente hacia otra mesa y distingo el cabello de Audrey, rojo como las llamas.

—Hola —digo al sentarme.

La acompaña Greg Harmsford, además de Rahul Pathak y Jeremy Fletcher-Fiske. Todos parecen sorprendidos de verme. Por la forma que tiene Greg de aferrar el tenedor, más me vale decir algo ingenioso, y deprisa. Audrey sale con Greg, pero es mi ex y está claro que a él le preocupa que todavía haya algo entre nosotros. Probablemente porque hace poco Audrey fue con Greg a una fiesta, pero terminó besándose conmigo.

Os voy a contar el secreto para conseguir que un grupo de personas hagan lo que tú quieres: es mucho más fácil cuando vuestros objetivos coinciden. Necesitas a alguien avaricioso si quieres persuadirlo con la promesa de dinero fácil. Espero poder incitar a Greg con la promesa de una venganza fácil mientras distraigo al resto del grupo. Cuento con que ahora mismo se sienta tan amenazado que intente hacerme quedar en ridículo. Solo espero que no se sienta tan amenazado como para decidir partirme la cara.

—Largo de aquí —me dice Greg.

—Quería hablar con vosotros sobre la broma de despedida de este año —improviso a la desesperada.

Rahul frunce el ceño.

—Si acaba de empezar el curso.

Asiento con la cabeza.

—Ya, pero el año pasado los mayores lo dejaron para el último momento y fue una cutrez absoluta. No quiero que nadie se olvide de nuestra promoción.

—Fijo que llevas alguna apuesta sobre eso —aventura Jeremy—. Intentas conseguir un chivatazo.

—Mi plan es meter un caballo en el dormitorio de Northcutt —les digo—. Un caballo en tanga. A ver, decidme qué saco yo contándooslo.

Rahul y Jeremy se echan a reír; Jeremy incluso escupe un trozo de lechuga en el plato. Ahora Greg ya no puede echarme de la mesa. No dejará que me vaya después de haberme ganado a Rahul y a Jeremy.

—¿Os imagináis la cara que pondrá? —dice Rahul, encantado.

—Bah —replica Greg—. Se nos ocurrirá algo mejor.

—¿Como qué? —pregunta Audrey. Su tono no es desafiante, sino afectuoso. Parece más bien que está convencida de que a Greg se le ocurrirá una idea brillante de un momento a otro y está esperando pacientemente. Y seguro que le haría gracia que su nuevo novio hiciera quedar mal a su ex.

A estas alturas, no hay duda de que me he ganado un sitio en la mesa. Voy a por la cena y me la como mientras les oigo intercambiar ideas para la broma de despedida. Cuanto más hablamos del tema, más me seduce la idea de trazar el plan con antelación para poder concentrarnos en la ejecución durante todo el curso. Dejo que Greg me suelte alguna que otra pulla.

Y aunque a veces me llegan destellos del cadáver del congelador, del rostro céreo de mi hermano o de los ojos abiertos de Lila cuando me aparté de ella la otra noche… en fin, tengo la experiencia de toda una vida para evitar que mis pensamientos se reflejen en mi cara.

—Eh, mirad a la nueva. ¿No dicen que es hija de un jefe mafioso?
—dice Jeremy.

Giro la cabeza y veo que Lila se está poniendo de pie. Una alumna de tercero con guantes azules a la que no conozco está hablando con ella y haciendo aspavientos. No oigo lo que dicen por culpa del ruido del comedor, pero la expresión de la otra chica rebosa malicia y regodeo.

—Pelea de chicas —comenta Rahul, sonriendo.

Pero cuando Lila da un paso adelante, no le propina un puñetazo ni le tira del pelo a la chica, sino que empieza a quitarse uno de sus guantes negros. Veo sus dedos desnudos.

Oigo que Greg se queda sin respiración a mi lado. La chica retrocede a trompicones.

—Está loca —murmura Jeremy—. ¿Cómo se le ocurre? Se la va a...

La gente se está poniendo de pie. Las conversaciones se interrumpen. Y en ese breve silencio distingo claramente la voz de Lila:

—¿Seguro que quieres meterte conmigo? —En ese momento Lila es la hija de su padre.

La chica echa a correr hacia la mesa de los profesores; Lila se sienta y vuelve a ponerse el guante. Daneca la mira boquiabierta. Momentos después, el decano Wharton se acerca y saca a Lila del comedor.

Jugueteo con el filete ruso de mi plato. Al cabo de un rato, me levanto.

—Greg —dice Audrey, poniéndose en pie al mismo tiempo que yo—. ¿Te importa que hable un minuto con Cassel?

—Me da igual. —Se encoge de hombros, pero la mirada que me lanza es de cualquier cosa menos de indiferencia. Me cuesta imaginarme a un tío como Greg Harmsford enamorado de alguien, pero su forma de observar a Audrey es, como mínimo, posesiva.

—¿Qué estás haciendo? —me pregunta Audrey mientras caminamos hacia las residencias. Empieza a ponerse el sol. El cielo está mortecino y las hojas se inclinan a la espera de que llueva—. Lo de la broma de despedida te da igual. Y lo sé porque tú nunca dices lo que piensas de verdad. Nunca.

Hace seis meses estuvimos a punto de volver. Creía que si estaba con Audrey, podría (por obra de algún misterio alquímico) transmutarme en un tío normal con problemas normales. Cuando ella me mira, veo en sus ojos el reflejo de una persona diferente. La persona que ansío ser.

Me inclino hacia ella, pero Audrey me pone una mano en el pecho y me empuja con firmeza.

—¿Qué haces?

—No sé. Pensaba... —Pensaba que tenía que besarla.

—Cassel —me dice, exasperada—. Siempre eres así. O frío o caliente. No sabes lo que quieres, ¿verdad?

Miro el camino de cemento, los cadáveres resecos de las lombrices que salieron del suelo con la lluvia para luego morir achicharradas bajo el sol.

—Tú has dicho que querías hablar conmigo —me defiendo.

—¿No te acuerdas del año pasado? Me harté de llorar por los rincones cuando volviste al colegio y te comportaste como si no hubiera pasado nada mientras estabas expulsado.

Asiento sin mirarla, porque tiene razón. Después de que mi madre obrara a Lila, conseguí aprobar de milagro y solo porque Sam me hacía la mitad de los deberes. Todo me parecía vacío e irreal. Le di largas a Audrey sin inventarme ni una triste excusa.

—¿Por qué? ¿Y por qué me hablas ahora como si eso tampoco hubiera pasado? —Su tono de voz es raro. Si la mirara ahora mismo, sé que vería que tiene el cuello enrojecido, como le pasa siempre que se altera.

—Lo siento —contesto—. Tienes razón. No se me dan bien las relaciones.

—¡Pues no! —exclama Audrey, aparentemente aliviada de que por fin haya dicho algo sincero—. No se te dan bien, y no sé qué hacer contigo.

Barajo y desecho muchas variantes de la misma idea: que podemos ser amigos. Finalmente, la miro.

—Lo siento —repito.

—Lila no es tu prima, ¿verdad?

—No. Te dije eso porque…

Audrey levanta la mano. Estoy encantado de dejar de hablar.

—No me lo dijiste tú. Me lo dijo ella.

Me quedo mirándola. Sinceramente, ya no recuerdo quién dio comienzo a esa ristra de mentiras, cuyo objetivo era que Lila pudiera ducharse. ¿Se puede ser más ruin?

—Ya he visto cómo la miras —dice Audrey—. Te conozco, Cassel. Así que te lo vuelvo a preguntar: ¿qué estás haciendo?

—Cagarla.

—Buena respuesta. —Me sonríe levemente, casi a regañadientes. Se inclina y me pone la mano en la mejilla—. Pues para ya.

Acto seguido, se marcha. Me giro para volver a mi residencia, pero entonces veo a Lila al otro lado del patio. Ella me ve y entra en la residencia Gilbert Hall. Yo me quedo ahí plantado, preguntándome cuánto tiempo lleva mirando. Y cómo diablos se las has arreglado para librarse del castigo.

Sam está tecleando en su portátil cuando entro. Levanta la mirada y sigue con lo que está haciendo, menos mal. Hago mis deberes de Probabilidad y Estadística (seguramente mi asignatura favorita de todos los tiempos) y empiezo a redactar una propuesta para el proyecto semestral de Física. Luego me siento en la cama para leer unas páginas de *Madame Bovary*, la lectura que nos toca.

Apenas he avanzado cuando Sam cierra el portátil.

—¿Te pasa algo? Daneca dice que hoy te han llamado al despacho.

—Cosas de familia. Mi madre.

Sam asiente con gesto cómplice.

—¿Has descubierto algo nuevo de esos expedientes?

Niego con la cabeza.

—Parece que mi carrera de detective está tocando a su fin.

Sam resopla y se pone a conectar su PlayStation al diminuto televisor portátil que le regalaron por su cumpleaños.

—Cuando termines con eso, ¿te apetece cargarte a unos cuantos malos?

—Malhechores —lo corrijo—. Sí. Y tanto.

Debería sentirme mal al apuntar a la pantalla con el mando y ver caer a los enemigos hechos de píxeles. Deberían recordarme a Janssen o a Philip. Deberían temblarme las manos o algo así. Pero gano la partida. Al fin y al cabo, no es más que un juego.

Después de cenar, nos toca hora de estudio en las habitaciones. Ahora es cuando nos corresponde hacer los deberes. Si conseguimos terminarlo todo en las dos horas asignadas, tenemos permiso para pasar media hora en la sala común. Lo bueno es que, después de que el supervisor de la residencia haga su ronda y compruebe que estamos todos estudiando, tenemos casi tres horas antes de que vuelva.

—Creo que voy a salir —le digo a Sam, que frunce el ceño.

—¿A dónde vas?

—Tengo que ver un sitio. —Abro la ventana—. Para la investigación.

—Vale —dice Sam—. Voy contigo. Vamos.

—Vamos a escaparnos. Nos podrían pillar. —Levanto las manos—. Es tu último curso. No hace falta que lo hagas.

—Bueno, tú eres el experto en salirte con la tuya. Tu trabajo consiste en que no nos pillen, ¿verdad?

—Sin presiones, ya veo. Muchas gracias. —Abro iTunes en el portátil y reproduzco un archivo. Luego subo el volumen un par de puntos.

—¿Qué es eso?

—Lo grabé el año pasado. Ambiente de hora de estudio. Para que no haya demasiado silencio en la habitación. Sobre todo se nos oye usando el ordenador y bromeando. Pensé que algún día nos vendría bien.

—Qué mal rollo, tío.

Me señalo la cabeza con las dos manos.

—Yo soy el experto, ¿recuerdas?

Salimos por la ventana y la cerramos. Pienso en Lila la otra noche, tumbada en el césped. El olor de la hierba aplastada bajo nuestros pies es tan embriagador como una colonia.

—Tú camina con normalidad —le digo a Sam.

Montamos en mi coche, que se cala dos veces antes de arrancar. Sam me mira con la expresión desesperada de quien ya se imagina explicándoles a sus padres que lo han expulsado. Pero un momento después el coche sale del aparcamiento con los faros apagados. No los enciendo hasta que salimos a la carretera.

Me dirijo a la dirección que venía en el expediente, el último lugar donde vieron a Janssen. Quince minutos después, aparcamos cerca de un bloque de apartamentos de Cyprus View. Salgo del coche.

Es uno de esos edificios modernos, con portero en el vestíbulo y seguramente gimnasio en la planta de arriba. Veo farolas encendidas en el jardín, arbustos podados con forma esférica cerca del camino de cemento y un parquecito al otro lado de la calle. A una manzana hay un supermercado, y más allá, una gasolinera, pero bien mirado es un sitio bonito. Y caro. Hay aspersores, pero no veo ninguna cámara, y eso que doy dos vueltas alrededor de una farola para asegurarme.

—¿Dónde estamos? —me pregunta Sam, asomándose desde el coche. Con la chaqueta del uniforme y la corbata aflojada, casi podría pasar por un mafioso. Siempre que uno no se fije en el logotipo de Wallingford del bolsillo, claro.

—En casa de la amante de Janssen. Quería ver si me resultaba... no sé... familiar.

Sam frunce el ceño.

—¿Cómo te va a resultar familiar? Tú ni siquiera conocías a Janssen. ¿O sí?

Vaya metedura de pata. Niego con la cabeza.

—No sé. Solo quería verla. Buscar pistas.

—Vale... —dice Sam con escepticismo, echando un vistazo a su reloj—. Pero si quieres que nos quedemos a vigilar, yo voto por ir a comprar algo para picar.

—Sí —contesto, distraído—. Dame un segundo.

Cruzo el césped y los arbustos podados. No recuerdo nada de este sitio. No hay duda de que estuve en este jardín, esperando a que Janssen saliera, pero no recuerdo nada en absoluto.

Una mujer con ropa deportiva va corriendo hacia el edificio de apartamentos; lleva dos caniches grandes y negros con sendas correas. Cuando la miro me llega el destello de un recuerdo, pero tan lejano que apenas consigo retenerlo. La mujer me mira y se gira bruscamente, tirando con fuerza de las correas. Consigo verle bien la cara justo antes de que se aleje corriendo por la calle.

Tiene que ser actriz, porque lo que recuerdo de ella es la escena de una película. Estoy seguro de que es la misma mujer, pero en el recuerdo llevaba un vestido negro y corto, el pelo recogido y un collar con un amuleto resplandeciente en el canalillo. Le habían dado un golpe en la cara y había estado llorando. Un actor sin rostro, vestido con la cazadora de cuero de mi hermano, la sujetaba por los hombros. Y había un hombre tendido bocabajo sobre la hierba.

No recuerdo nada más. Ni el argumento de la peli. Ni tan siquiera si la vi en un cine o en la tele. Es un recuerdo que no tiene sentido.

Si es una actriz, ¿por qué ha echado a correr nada más verme?

¿Y cómo es que uno de los actores llevaba la cazadora de mi hermano?

Solo hay una forma de averiguarlo: la persigo. Mis zapatos de Wallingford repiquetean como escarabajos sobre el asfalto.

La mujer gira de nuevo para cruzar la calle, y yo voy detrás. Los faros de un coche me deslumbran y estoy a punto de zamparme el parachoques de un Toyota. Estampo la mano en el capó para frenarme y sigo corriendo.

Casi ha llegado a un parquecillo. Hay un par de paseantes bajo las farolas, pero ni la mujer les pide ayuda a gritos ni ellos parecen querer intervenir.

Aprieto el ritmo, aplastando la tierra con los pies. Le estoy dando alcance. Uno de los perros suelta un ladrido cuando extiendo la mano y agarro la capucha de la sudadera de velur rosa de la mujer, que tropieza.

Los perros se vuelven locos. No tenía ni idea de lo protectores que son los caniches gigantes, pero estos bichos parecen ansiosos por arrancarme los brazos.

—Espere —le digo a la mujer—. Por favor. No voy a hacerle daño.

Se gira hacia mí, interponiendo entre nosotros a sus perros, que no dejan de ladrar. Levanto las manos en un gesto de rendición. El parque está tranquilo y en tinieblas, pero si echa a correr de nuevo, podría llegar hasta los siguientes edificios y comercios, y dudo de que les haga gracia verme perseguir a una mujer por la calle.

—¿Qué quieres? —me pregunta, observando mi rostro—. Cerramos el trato. Se acabó. Le dije a Philip que no quería volver a veros a ninguno.

Empiezo a llegar a la inquietante conclusión de que no existe ninguna película. Pues claro. Barron debió de cambiar tan solo un pequeño detalle de mi recuerdo: el hecho de que ocurrió en la vida real. Seguramente le fue más fácil que borrarlo por completo. Y yo me olvidaría igualmente, como uno se olvida de las pelis policiacas que ve de madrugada.

—Ya os di el dinero —insiste. Me concentro en memorizar su rostro, alejando cualquier otro pensamiento. Su cabello oscuro está recogido en una coleta, y lleva los labios muy hinchados y pintados de rosa chicle. Tiene los ojos algo inclinados y las cejas tan altas que le dan una expresión perpetua de sorpresa. Entre eso y las arrugas del cuello, deduzco que se ha hecho algunos retoques estéticos. Es guapa pero irreal; ya entiendo por qué Barron la convirtió en una actriz famosa en mi mente—. No voy a daros nada más. No podéis chantajearme.

No tengo ni idea de lo que está diciendo.

—Él me engatusó, ¿sabes? Me dijo que iba a casarse conmigo. Y luego, pam, empezó a pegarme cuando me enteré de que ya estaba casado. ¿Y qué te importará a ti? Nada. Seguramente tú debes tratar igual de mal a tu novia. Largo de aquí, basura.

Cuando la miro, sigo viendo a la mujer con la que la he confundido. ¿Qué ve ella al mirarme? Una gota de sudor le cae por la mejilla. Su respiración es rápida y entrecortada. Tiene miedo.

Está viendo a un asesino.

—Tú encargaste el golpe —digo, desenredando sus palabras—. Le pagaste a Anton para que eliminara a Janssen.

—¿Qué pasa, llevas un micro? —me pregunta, levantando la voz e inclinándose hacia mi pecho—. Yo no he matado a nadie. No he encargado ningún asesinato. —Mira de reojo hacia su bloque, a punto de echar a correr.

—Vale. —Levanto las manos de nuevo—. Vale, he dicho una tontería.

—Sí. ¿Me puedo ir ya?

Asiento con la cabeza, pero de pronto se me ocurre otra pregunta.

—¿Dónde estuviste el martes por la noche?

—En casa, con los perros. Tenía jaqueca. ¿Por qué?

—Mataron a mi hermano.

Ella frunce el ceño.

—¿Tengo pinta de asesina?

Podría decirle que contrató a un equipo de sicarios para matar a su amante, pero no lo hago. Mi silencio debe de hacerle pensar que me ha ganado la partida, porque con una última mirada triunfante se aleja corriendo, flanqueada por sus perros.

Regreso al coche, sintiendo cada paso. Noto una ampolla en el dedo gordo. Estos zapatos no están hechos para persecuciones trepidantes.

Se abre la puerta del Benz.

—¿Cassel? —me dice Sam desde el asiento del conductor—. ¿Te ha dicho algo?

—Sí. Que lleva un espray de pimienta.

—Yo ya estaba listo para arrancar y largarnos. —Sonríe—. ¿No sabe que los atracadores no llevan corbata?

Me recoloco el cuello de la camisa.

—Yo soy un delincuente más sofisticado. Un caballero ladrón, por así decirlo.

Dejo que conduzca Sam. Volvemos a Wallingford, pero de camino paramos a comprar café y unas patatas fritas. Cuando nos colamos de nuevo por la ventana, el olor a fritanga se nos ha pegado tanto a la ropa que gastamos medio frasco de ambientador para disimularlo.

—Que sea la última vez que fumáis en la habitación —nos dice el supervisor al entrar para apagar las luces—. No creáis que no sé lo que habéis estado haciendo.

Nos entra la risa floja. Por un momento, tengo la sensación de que no vamos a conseguir dejar de reír nunca.

A la mañana siguiente, de camino a Ética del Desarrollo, Kevin Ford se acerca corriendo y me pone un sobre en la mano.

—¿Cómo van las probabilidades de que Greg Harmsford se haya tirado a Lila Zacharov? —me pregunta jadeando.

—¿Cómo?

—¿Soy el primero que apuesta? ¡Macho!

—Kevin, ¿de qué me hablas? —Me contengo para no zarandearlo por los hombros, pero creo que se me nota la tensión en la voz—. No puedo calcular probabilidades si no tengo ni idea de lo que estás diciendo.

—Dicen que anoche lo hicieron en el salón. Greg no deja de presumir. Kyle, su compañero de cuarto, tuvo que distraer al supervisor.

—Vale… —Asiento con la cabeza. Tengo la boca seca—. Acepto la apuesta, pero si nadie más pone dinero o nadie quiere apostar en contra, te lo tendré que devolver. —Es lo que digo siempre en situaciones como esta, así que lo suelto sin pensar.

Kevin asiente y se marcha corriendo. Yo entro en el aula tambaleándome.

Greg Harmsford está sentado en su pupitre habitual, cerca de las ventanas. Yo me siento al otro lado del aula y me quedo mirando su nuca mientras flexiono las manos enguantadas.

Mientras el señor Lewis habla y habla sobre acuerdos comerciales, pienso en lo mucho que me gustaría meterle un lápiz afilado por el oído a Greg. Me digo que es habitual que difundan rumores así sobre las alumnas nuevas. Y siempre son pura fantasía.

Terminada la clase, me dirijo a la puerta. Al pasar al lado de Greg, este me dedica una sonrisa burlona y enarca las cejas, como si me estuviera retando.

Vale, eso ya es más raro.

—¿Qué hay, Cassel? —me dice, ensanchando su sonrisa.

Me muerdo el carrillo y salgo del aula sin decir nada. Noto el sabor cobrizo de la sangre en la boca. Sigo caminando.

Mientras me dirijo a Probabilidad y Estadística, veo a Daneca cargada de libros.

—Oye, ¿has visto a Lila? —le pregunto con un hilo de voz.

—Desde ayer, no —contesta, encogiéndose de hombros.

Le pongo una mano enguantada en el hombro.

—¿Vas a alguna clase con ella?

Daneca se detiene y me mira raro.

—Ella tiene muchas clases de refuerzo.

Claro. Cuando te pasas tres años convertida en gata, es de esperar un poco de retraso en los estudios. Pero he estado demasiado centrado en mí como para darme cuenta.

Me pasan tres sobres más en clase de Probabilidad. Dos son apuestas por Lila y Greg. Se los devuelvo a sus dueños con una mirada tan torva que nadie me pide explicaciones.

Tampoco veo a Lila a la hora del almuerzo. Finalmente, entro en su residencia y subo las escaleras. Si me pillan, ya improvisaré alguna excusa. Voy contando las puertas, suponiendo que todas las habitaciones tienen una ventana, como en mi edificio.

Llamo. Nada.

Las cerraduras son sencillas. Llevo tanto tiempo colándome en mi propia habitación que a menudo ni siquiera llevo mis llaves encima. Solo necesito un breve giro con una horquilla y estoy dentro.

Lila tiene una habitación para ella sola, lo que significa que su padre ha hecho una donación muy generosa. La cama está contra la ventana; las sábanas de color verde claro, enredadas, arrastran por el suelo. En una pared hay una estantería repleta de libros; creo que Lila se la ha traído de su casa. Un hervidor de agua (terminantemente prohibido) y, encima de un arcón, un diminuto iPod de color verde escarabajo que centellea entre unos altavoces de aspecto caro y unos auriculares con cable. También se ha traído un tocador con espejo, colocado en la pared donde normalmente estaría el escritorio de su compañera de cuarto. Las paredes están cubiertas de fotos en blanco y negro de viejas estrellas de cine: Bette Davis, Greta Garbo, Katharine Hepburn, Marlene Dietrich e Ingrid Bergman. Lila ha pegado papelitos con frases cerca de las fotos.

Me acerco a la foto de Greta Garbo, que está arrebatadora al otro lado de la lente untada con vaselina. El papelito dice: «Lo único que me da miedo es aburrirme».

Sonrío al leer la frase.

Salgo, cierro la puerta y me doy la vuelta para regresar, pero entonces noto un leve rumor de fondo (un sonido en el que apenas había reparado). Es una de las duchas del baño del pasillo.

Me dirijo hacia allí.

El cuarto de baño tiene baldosines rosas y huele a champú femenino, un olor tropical y dulzón. Al abrir la puerta, me doy cuenta de que no habrá excusa que valga si me pillan aquí.

—¿Lila?

Oigo un leve sollozo. Ya no me importa que me pillen.

Lila está sentada en la ducha central, con el uniforme puesto. El agua le aplasta el pelo y le empapa la ropa. Cae con tanta fuerza que me sorprende que sea capaz de respirar. Le corren riachuelos sobre los ojos cerrados y la boca entreabierta. Tiene los labios azules de frío.

—¿Lila?

Abre los ojos de par en par.

Esto es culpa mía. Ella siempre ha sido la valiente, la peligrosa.

Ahora me mira como si no se creyera que estoy aquí.

—¿Cassel? ¿Cómo sabías...? —No termina la pregunta.

—¿Qué te ha hecho Greg? —Tiemblo de furia, de impotencia y de celos.

—Nada. —Veo esa sonrisa suya, familiar y cruel, pero toda su burla se vuelve hacia ella misma—. Es decir, yo también quería. Pensé que quizás eso rompería el maleficio. Yo nunca... Era una cría cuando me transformé... Pensé que si me acostaba con alguien, me sentiría mejor. Es evidente que no.

Trago saliva despacio.

—¿Por qué no sales de ahí y te secas? Te vas a helar. —Pongo una voz impostada, como si fuera una viejecita de Carney. *Vas a pillar una pulmonía.*

Al menos ahora parece un poco menos atormentada. Su sonrisa ya no parece un rictus.

—Al principio el agua estaba caliente.

Le tiendo una toalla de un banco. Es de un color magenta muy feo, con estampado de peces morados. Estoy casi seguro de que no es de Lila.

Se levanta despacio, con rigidez, y sale de la ducha. La envuelvo con la toalla. Por un momento mis brazos la envuelven. Ella se recuesta en mí y suspira.

Caminamos juntos por el pasillo hasta su habitación. Una vez allí, se aparta de mí para sentarse en la cama, goteando agua sobre las sábanas. Con los brazos cruzados sobre el pecho, parece que se encoge sobre sí misma.

—Vale —le digo—. Te espero en las escaleras. Ponte ropa seca y nos largamos de aquí. Tengo un montón de trucos para salir de Wallingford en pleno día que aún no he probado. Iremos a tomar chocolate caliente. O a beber tequila. Y luego podemos volver y asesinar a Greg Harmsford, algo que personalmente hace tiempo que quiero hacer.

Lila tira de la toalla con los dedos para envolverse mejor. No sonríe.

—Lo siento, no estoy gestionando esto... lo del maleficio... nada bien.

—No —digo con un hilo de voz. La culpa me atenaza la garganta—. No digas eso. No tienes que pedir disculpas. A mí, no.

—Al principio creí que podía ignorarlo, pero ahora... es como si la herida se hubiera infectado. Luego se me ocurrió venir a Wallingford para poder verte y sentirme mejor. Pero no ha sido así. Todo lo que creo que me hará sentir mejor no hace más que empeorarlo. Así que quiero pedirte que hagas una cosa. —Tiene la vista fija en el suelo, donde hay un montón de libros de texto que estoy seguro de que no está viendo—. Y ya sé que no es justo que te lo pida, pero no te costará demasiado y para mí significaría mucho. Quiero que seas mi novio.

Empiezo a responder, pero Lila sigue hablando, segura de que me voy a negar.

—No hace falta que yo te guste de verdad. Y será solo algo temporal. —Ha levantado la vista y me mira con dureza—. Puedes fingir. Sé que sabes mentir muy bien.

Ni siquiera sé cómo protestar. Me atropello.

—Has dicho que todo lo que crees que te hará sentir mejor lo empeora. ¿Qué pasa si esto también lo empeora?

—No lo sé. —Habla tan bajo que apenas la oigo.

Esto no es real, no está bien ni es justo, pero ya no tengo ni la menor idea de lo que significan esas palabras.

—Vale. Vale. Podemos salir juntos. Pero no podemos… quiero decir… eso es lo único que haremos. No soportaría que dentro de seis meses volvieras a sentarte en una ducha, arrepintiéndote de haber estado conmigo.

Lila viene a mis brazos, con la ropa húmeda y fría, pero la piel caliente y febril. Noto la postura relajada y aliviada de sus hombros. Cuando la rodeo con el brazo, ella se recuesta en mi pecho y mete la cabeza debajo de mi barbilla.

—Para entonces… —dice con voz entrecortada, como si estuviera conteniendo un sollozo—. Para entonces espero no volver a pensar en ti nunca.

Lila me sonríe, y durante un buen rato soy incapaz de hablar.

Un novio, aunque sea falso, se sienta a cenar con su novia. Así que no me sorprende que Lila deje su bandeja al lado de la mía y me toque el hombro. Daneca, por el contrario, arde de curiosidad. Está claro que se está esforzando mucho por no decir nada.

Cuando el primer alumno se acerca y mete un sobre en mi mochila, Lila sonríe mientras se limpia con la servilleta de papel.

—¿Diriges apuestas? Creía que tú eras el niño bueno de la familia.

—Se me da bien. La virtud es su propia venganza.

—Su propia recompensa —me corrige Daneca, poniendo los ojos en blanco—. La virtud es su propia recompensa.

Sonrío de oreja a oreja.

—A mí me lo enseñaron así.

Sam deja caer su bandeja en la mesa y agarra la manzana que está a punto de salir rodando.

—Ya sabéis que el señor Knight está un poco senil últimamente, ¿verdad? Que pasa de largo delante del aula y luego tiene que volver, que se pone el jersey encima del abrigo...

Asiento con la cabeza, aunque el señor Knight nunca me ha dado clase. Solo lo veo por los pasillos. Parece el típico profe de inglés antiguo: chaqueta de *tweed* con coderas, pelillos blancos asomándole por la nariz...

—Bueno, pues hoy, al entrar en el aula, no es que se le hubiera olvidado subirse la cremallera: se le había olvidado guardarse la picha.

—Venga ya —digo.

Lila se echa a reír.

—Esa es la cuestión, ¿verdad? Debería ser gracioso —dice Sam—. Y ahora me hace gracia. Pero en ese momento ha sido tan espantoso que todos nos hemos quedado pasmados. ¡Qué mal lo he pasado por él! Y se ha puesto a explicar *Hamlet* como si nada. El tío estaba citando a Shakespeare mientras nosotros procurábamos no mirar para abajo.

—¿Y nadie ha dicho nada? —pregunta Daneca—. ¿Con lo bromistas que son todos?

—Al final —continúa Sam—, Kim Hwangbo ha levantado la mano.

Sacudo la cabeza. Kim es muy maja y tranquila. De todo el alumnado de Wallingford, creo que ella terminará en la mejor universidad.

Ahora incluso Daneca se ríe.

—¿Y qué ha dicho?

—«¡Señor Knight, lleva usted la cremallera abierta!». —Sam suelta una carcajada—. El señor Knight baja la mirada y, casi sin inmutarse, dice: «Inquieta está la cabeza que porta una corona». Se la guarda y se sube la cremallera. ¡Fin!

—¿Se lo vas a contar a alguien? —pregunta Daneca.

Sam sacude la cabeza mientras abre el cartón de leche.

—No, y vosotros tampoco. El señor Knight es inofensivo, no lo ha hecho a propósito y se meterá en un buen lío si se entera Northcutt. O algún padre.

—Se enterarán —digo. ¿Cuánto tardarán en llegar las primeras apuestas sobre su despido?—. Aquí nadie puede esconder un secreto mucho tiempo.

Daneca me mira con el ceño fruncido.

—No sé yo.

—¿Qué quieres decir? —pregunta Lila con un tono no demasiado agradable.

Daneca ignora su pregunta.

—Este fin de semana vamos al cine. ¿Queréis venir? Podríamos hacer una cita doble.

Sam se ruboriza. Lila me mira con expresión indecisa. Sonrío.

—Claro —les dice—. Si te apetece, Cassel.

—¿Qué peli vais a ver? —pregunto. Con Daneca, podríamos terminar viendo algún documental sobre las trágicas matanzas de las focas bebés.

—*La invasión de las arañas gigantes* —dice Sam—. Los viernes ponen pelis antiguas. Es un clásico de Bill Rebane: el equipo de efectos especiales creó la araña gigante con un Volkswagen Beetle tapado con pieles falsas. Las luces de freno eran los ojos rojos.

—¿Qué más se puede pedir? —pregunto.

A nadie se le ocurre nada.

Esa noche sueño que estoy en una habitación llena de cadáveres sentados en sofás, todos con vestido y pintalabios. Tardo un momento en darme cuenta de que son todas mis exnovias; sus ojos ausentes centellean y apenas mueven la boca mientras enumeran mis defectos entre susurros.

—Besa como un pez —dice mi novia del parvulario, Michiko Ishii. Quedábamos detrás del grueso roble del patio de recreo hasta que nos pilló otra niña que se lo contó a la profe. Su cadáver es de una niña muy pequeña; los ojos vidriosos le dan aspecto de muñeca.

—Ligaba con mi amiga —dice la niña que nos delató, Sofia Spiegel, que técnicamente también era mi novia en ese momento.

—Es un mentiroso —dice una chica de Atlantic City. La del vestido plateado.

—Un embustero —coincide mi novia de octavo. No le dije que me marchaba a Wallingford hasta después de haberme mudado. Normal que todavía esté enfadada.

—Después de la fiesta, fingió que no me conocía —dice Emily Rogers. Si somos sinceros, ella también fingió que yo no existía después de haberse pasado la noche revolcándose conmigo encima de un montón de abrigos durante una fiesta en casa de Harvey Silverman, en nuestro primer año en Wallingford.

—Me pidió prestado el coche y lo destrozó —dice Stephanie Douglas, una obradora a la que conocí un verano en Carney, cuando creía que había matado a Lila. Era dos años mayor que yo y sabía anudar el rabito de una cereza con la lengua.

—Nunca me quiso —dice Audrey—. Ni siquiera sabe lo que es el amor.

Cuando me despierto, todavía es de noche. En lugar de volver a acostarme, me pongo a hacer los deberes. Estoy cansado de que los muertos me acosen. En algún lugar tiene que haber un problema esperando a que lo resuelvan.

Capítulo ocho

El colegio privado de educación secundaria Wallingford se enorgullece de preparar a sus jóvenes alumnos para ocupar su lugar en la sociedad, no solo en la universidad. A tal efecto, los estudiantes no solo
tienen que asistir a la totalidad de sus clases, también deben inscribirse
en dos actividades extraescolares complementarias. Este año, las mías
son el atletismo en otoño y el club de debate en primavera. Me gusta
la sensación de correr, el subidón de adrenalina y el martilleo de los
pies contra la pista. Me gusta ser yo quien decide si quiero llevarme al
límite.

También me gusta aprender trucos nuevos para persuadir a los
demás, pero aún faltan varios meses para que empiece el club de debate.

Estoy terminando la última vuelta por la pista cuando veo a dos
hombres trajeados hablando con el entrenador Marlin, que me hace
señas.

Los agentes Jones y Hunt llevan gafas de sol polarizadas, trajes
oscuros y guantes aún más oscuros, aunque todavía hace calor para
esta época del año. Creo que no podrían ser menos sutiles aunque lo
intentaran.

—Hola, agentes —los saludo con una sonrisa falsa.

—Hace tiempo que no tenemos noticias tuyas —dice el agente
Jones—. Nos tenías preocupados.

—Bueno, es que tuve que asistir a un funeral, y luego está todo el
tema de guardar luto. Me ha saturado la agenda social. —Creo que

consigo esbozar una sonrisilla inocente, pero ahora que sé que yo soy el asesino que buscan, un manto de terror se abate sobre toda la conversación—. Han pasado muchísimas cosas desde el miércoles.

—¿Por qué no vienes con nosotros? —pregunta el agente Hunt—. Y nos lo cuentas.

—No puedo. Tengo que ducharme y cambiarme. Ya les digo que ando muy ocupado. Pero gracias por haber venido hasta aquí.

El entrenador Marlin ya está con los demás corredores, consultando su cronómetro y gritando sus marcas. O se ha olvidado de mí o lo está intentando.

El agente Jones se baja las gafas.

—Nos han dicho que tu madre tiene unas cuantas facturas de hotel pendientes en Princeton.

—Deberían preguntárselo a ella, la verdad. Seguro que no es más que un malentendido.

—¿Seguro que quieres que se lo preguntemos? No creo —dice el agente Hunt.

—Es verdad, no quiero, pero lo que hagan ustedes no depende de mí. Yo soy menor de edad y ustedes dos son unos agentes federales altos y fuertes. —Empiezo a alejarme.

El agente Hunt me agarra del brazo.

—Deja de hacerte el tonto y ven con nosotros. Ahora mismo, Cassel. No te conviene que te pongamos las cosas difíciles.

Me giro hacia mi equipo de atletismo, que se dirige al trote hacia los vestuarios, detrás del entrenador Marlin. Algunos corren de espaldas para mirarme.

—Si quieren que me meta en un coche con ustedes, van a tener que esposarme primero —digo con decisión. Hay ciertas cosas que alguien como yo no puede permitirse, y llevarme bien con la ley es definitivamente una de ellas. Nadie va a hacer apuestas ilícitas conmigo a menos que esté seguro de que soy un delincuente de verdad.

Los agentes muerden el anzuelo. Sospecho que el agente Hunt lleva queriendo hacer esto desde que lo conozco. Me agarra de la muñeca, me la retuerce a la espalda y me pone una esposa. Luego me sujeta la otra muñeca. Solo forcejeo un poco, pero por lo visto es suficiente para molestarle, porque cuando me pone la otra esposa aprovecha para darme un discreto empujón. Termino en el suelo, bocabajo.

Giro la cabeza hacia los vestuarios: un par de alumnos y el entrenador siguen atentos al espectáculo. Son suficientes para difundir el rumor.

El agente Jones me levanta de un tirón. Él tampoco es precisamente delicado.

Guardo silencio mientras me llevan hasta la parte trasera del coche.

—Bueno —dice el agente Jones desde el asiento del conductor—. ¿Qué nos has conseguido?

No arranca el coche, pero oigo que se activa el seguro de las cuatro puertas.

—Nada.

—Hemos oído que Zacharov fue al velatorio —dice el agente Hunt—. Y que se trajo a su hija. Una chica a la que nadie veía en público desde hacía mucho tiempo. Ahora ha vuelto. Y hasta estudia en Wallingford.

—¿Y qué?

—Nos han dicho que os lleváis bastante bien. Si es que esa chica es su hija de verdad.

—¿Qué quieren? —Doy un pequeño tirón a las esposas. Tienen cerradura doble y están bien apretadas—. ¿Que les diga si es Lila Zacharov? Sí, es ella. De pequeños jugábamos a las canicas en Carney. Ella no tiene nada que ver con esto.

—¿Y qué ha estado haciendo todo este tiempo? Si la conoces tan bien, dínoslo.

—No lo sé —miento. No sé a dónde conducirá este interrogatorio, pero no me da buena espina.

—Podrías tener otra vida, una vida lejos de todo esto —dice el agente Jones—. Podrías estar del lado correcto de la ley. ¿Por qué proteges a esa gente, Cassel?

Porque soy uno de ellos, pienso, pero fantaseo por un momento con ser de los buenos, con tener una placa y una reputación intachable.

—Hemos hablado con tu hermano —añade el agente Hunt—. Y él ha cooperado.

—¿Con Barron? —Suelto una carcajada y me recuesto en el asiento de cuero, aliviado—. Mi hermano es un mentiroso compulsivo. Normal que haya cooperado. Lo que más le gusta en el mundo es tener público.

Jones parece abochornado. Hunt, solamente cabreado.

—Tu hermano nos dijo que investigáramos a Lila Zacharov. Y que tú la protegerías.

—¿Ah, sí? —Pero ahora yo manejo esta conversación y lo saben—. Estuve mirando esas carpetas que me dieron. ¿Insinúan que Lila es una obradora de la muerte que empezó a matar gente a los catorce años? Porque esa era la edad que tenía cuando desapareció Basso. Y además habría tenido que disimular muy bien la reacción de descomposición. Pero que muy bien, porque ya les digo que la he visto como su madre la trajo al...

—No insinuamos nada. —El agente Jones da un manotazo en el asiento, interrumpiendo mi discursito—. Te estamos pidiendo información. Y si no nos das algo, vamos a tener que recurrir a otras fuentes. Quizás a fuentes que tú no consideras tan fiables. ¿Me entiendes?

—Sí.

—¿Qué nos darás la próxima vez que vengamos a hablar contigo? —pregunta Jones, recuperando la calma. Saca una tarjeta de visita, se estira y me la suelta en el regazo.

Inspiro hondo.

—Información.

—Bien —dice Hunt.

Los agentes intercambian una mirada que no consigo interpretar. Hunt sale del coche y me abre la puerta.

—Date la vuelta para que te las quite.

Obedezco. Un giro y dos clics después, estoy libre, frotándome las muñecas.

—A lo mejor crees que no podemos detenerte cuando nos dé la gana —dice Hunt—. Eres un obrador. ¿Sabes lo que significa eso?

Niego con la cabeza. Busco la tarjeta de Jones y me la guardo en el bolsillo. Jones me observa desde donde está.

Hunt sonríe.

—Significa que ya has hecho algo ilegal. Tú y todos los obradores. Es la única forma de que sepas que lo eres.

Salgo del coche, lo miro a los ojos y escupo en el asfalto negro y caliente del aparcamiento.

Hunt avanza hacia mí, pero Jones carraspea y Hunt se detiene en seco.

—Ya nos veremos —se despide el agente Jones mientras los dos vuelven al coche.

Echo a andar hacia Wallingford; los odio tanto a los dos que tiemblo de pura rabia. Y lo que más odio es que tienen razón.

Me llaman al despacho de la directora Northcutt casi de inmediato. Abre la puerta y me indica que entre.

—Pase, señor Sharpe. Siéntese, por favor.

Me siento en una butaca de cuero verde, al otro lado de su inmenso escritorio. A un lado hay una caja de madera con varias carpetas bien ordenadas, y en un atril, una agenda bastante gastada y una estilográfica dorada. Todo muy pulcro y organizado.

Salvo por el cuenco de cristal barato con caramelos de menta. Me pongo a desenvolver un caramelo lentamente.

—Tengo entendido que hoy le han hecho una visita —dice Northcutt. Enarca las cejas, como si eso ya resultara sospechoso de por sí.

—Sí.

Northcutt suspira al darse cuenta de que va a tener que preguntármelo directamente.

—¿Le importaría explicarme qué querían de usted dos agentes federales en esta ocasión?

Me reclino en el asiento.

—Me han propuesto ser soplón, pero les he dicho que la carga lectiva de Wallingford ya es bastante intensa sin necesidad de trabajos extraescolares.

—¿Perdón? —Parecía imposible que la directora pudiera levantar más las cejas, pero me equivocaba. No es fácil venderle una historia menos ridícula que mi forma de presentarla. Pero lo peor que puede hacer es castigarme un par de días o sancionarme por bocazas.

—Soplón —repito en tono exageradamente cortés—. Un confidente que les informe sobre delitos relacionados con drogas. Pero no se preocupe, ni se me pasaría por la cabeza delatar a mis compañeros. Eso en caso de que alguno tomara la pésima decisión de consumir drogas, y estoy seguro de que aquí nadie haría eso.

Northcutt se inclina hacia mí, toma su estilográfica dorada y me señala con ella.

—¿De verdad espera que me crea eso, señor Sharpe?

Abro los ojos de par en par.

—Bueno, hay un par de alumnos que siempre parecen colocados, no lo niego. Pero daba por hecho que…

—¡Señor Sharpe! —Parece morirse de ganas de clavarme la pluma—. Me han dicho que los agentes lo esposaron. ¿Desea cambiar su explicación?

El año pasado estuve en este mismo despacho, suplicando que no me expulsaran del colegio. Quizá siga enfadado por eso.

—No, señora. Solamente querían hacerme una pequeña demostración de la protección que tendría si trabajara para ellos, aunque entiendo que visto desde fuera pudiera interpretarse de otra manera. Llame a los agentes si quiere —añado. Saco del bolsillo la tarjeta del agente Jones y la dejo en la mesa de Northcutt.

—Eso haré —contesta ella—. Puede irse. Por ahora.

Los agentes confirmarán mi versión. No les queda otra. Todavía no han terminado conmigo. Y el agente Hunt no querrá tener que explicar por qué ha tratado a empujones a un menor de edad sin antecedentes penales. Así que me queda la satisfacción de que esos dos tengan que ceñirse a mi absurda historia. Y el cabreo de Northcutt por tener que aceptar una explicación que sabe que no es cierta.

Todo el mundo prefiere salir con dignidad de una situación así.

Cuando llego al aula de música de la señora Ramírez, la reunión de HEX ya ha empezado. Han colocado los pupitres en corro; Lila y Daneca se han sentado juntas. Acerco una silla y me siento al lado de Lila.

Ella sonríe y me aprieta la mano. Me pregunto si es su primera reunión. Yo he asistido a muy pocas, así que no tengo forma de saberlo.

En la pizarra está escrito el punto de encuentro de la manifestación por los derechos de los obradores a la que Sam prometió que iríamos. Resulta que es mañana. Supongo que de eso estaban hablando antes de que entrara yo. Han escrito las normas debajo de la dirección: no alejarse del grupo, no hablar con desconocidos, no salir del parque.

—Seguro que muchos no visteis el discurso de ayer, porque lo emitieron durante la hora de estudio —dice Ramírez—. Se me ha ocurrido que podemos verlo juntos y comentarlo.

—No aguanto al gobernador Patton —protesta una alumna de segundo—. ¿De verdad tenemos que volver a verlo soltando chorradas?

—Nos guste o no —insiste la profesora—, esto es lo que ve el país entero. Y Nueva Jersey tendrá en cuenta este discurso en noviembre, cuando se vote la propuesta 2. Este discurso o uno muy parecido.

—Va por delante en las encuestas —dice Daneca, mordisqueándose el extremo de una trenza—. La gente está de acuerdo con lo que dice.

La chica de segundo le lanza a Daneca una mirada funesta, como si pensara que está defendiendo a Patton.

—Es todo fachada —dice un chico—. Finge que le importa este asunto porque es un tema popular. En 2001 votó a favor de los derechos de los obradores. El tío va donde lo lleve la corriente.

Siguen debatiendo, pero pierdo el hilo de la conversación. Yo me alegro de estar aquí, donde nadie me grita ni me esposa. Lila observa la discusión, mirando a la cara a los que hablan, pero no me suelta la mano. Llevaba mucho tiempo sin verla tan relajada.

Ahora todo parece posible.

Si me estrujo el cerebro lo suficiente, si lo planeo lo bastante bien, quizá consiga resolver mis problemas, incluso los que consideraba irresolubles. Para empezar, tengo que averiguar quién mató a Philip. Cuando lo sepa, podré trazar un plan para quitarme de encima a los federales. Y luego quizá se me ocurra qué hacer con Lila.

La señora Ramírez coloca un televisor delante de una silla, a un lado del círculo.

—¡Ya está bien! Dejemos el debate para cuando terminemos de verlo, ¿vale?

Pulsa un botón y la pantalla se enciende con un parpadeo. Ramírez levanta el mando a distancia y el rostro paliducho del gobernador Patton ocupa la pantalla. Está delante de un atril, con un telón azul al fondo. Los pocos pelos blancos que aún le quedan los lleva peinados hacia atrás. Mira la pantalla como si quisiera devorarnos a todos.

La cámara retrocede para que podamos ver a los periodistas reunidos delante de él. Mucha gente trajeada levanta la mano, como si fueran estudiantes mientras el profesor pasa lista. A un lado, apostado en los estrechos escalones que conducen al estrado, hay un asistente. Y junto a él hay una mujer con un sobrio vestido negro y el cabello recogido en un moño. Veo algo en ella que hace que vuelva a mirarla.

—Me haces daño —susurra Lila. La suelto, avergonzado. Estaba haciendo tanta fuerza que notaba la tensión del guante de cuero en los nudillos—. ¿Qué pasa?

—Es que no lo oigo bien. —No es mentira, porque lo cierto es que no estaba escuchando el discurso.

Lila asiente, pero tiene el ceño fruncido. Espero unos minutos interminables y me giro hacia ella.

—Vuelvo enseguida. Voy al baño —le aclaro al ver su expresión inquisitiva.

Me alejo por el pasillo en dirección opuesta al baño, apoyo la espalda en la pared y saco el móvil. Mientras suena, pienso una y otra vez en *Casas de Millonarios* o como se llamara la dichosa revista.

—Hola, cielo —me saluda mi madre—. Espera, ahora te llamo yo desde un fijo.

Carraspeo.

—¿Me puedes explicar primero qué hacías en la tele?

Suelta una risilla de quinceañera.

—¿Me has visto? ¿Qué tal salía?

—Como si llevaras un disfraz. ¿Qué hacías con el gobernador Patton? Odia a los obradores, y tú eres obradora y expresidiaria.

—Es muy majo una vez que lo conoces —dice con dulzura—. Y no odia a los obradores. Quiere que se aplique una prueba obligatoria para salvar vidas. ¿Es que no has oído el discurso? Además, no soy expresidiaria. El caso fue anulado en la apelación. Es distinto.

En ese momento oigo gritos procedentes del aula de la reunión.

—¡Os he pillado, engendros! —exclama alguien.

—Luego te llamo.

Cierro el móvil contra el pecho mientras echo a correr por el pasillo. Greg está mirando a Jeremy, que sostiene una cámara de vídeo delante de la puerta mientras gira a derecha e izquierda como si intentara grabar a todos los asistentes. Jeremy se ríe tan fuerte que no sé si logrará grabar algo que no sean borrones.

La señora Ramírez sale al pasillo. Los dos chicos retroceden a trompicones, pero no dejan de grabar. Ahora la graban a ella.

—Os habéis ganado dos sanciones cada uno —les dice. Su voz suena ahogada y temblorosa—. Y por cada segundo que tardéis en apagar esa cámara, os pongo otra.

Jeremy baja la cámara inmediatamente mientras pulsa los botones.

—Los dos estáis castigados toda la semana, y vais a borrar ese vídeo, ¿entendido? Esto es violación de la intimidad.

—Sí, señora Ramírez —dice Jeremy.

—Muy bien. Ya podéis iros. —Se los queda mirando mientras se alejan. Yo observo a la profesora mientras un frío temor me va calando los huesos.

La página web aparece esa misma noche. El jueves por la mañana oigo el rumor de que Ramírez ha perdido los nervios, pero Northcutt no sabe a quién hacer responsable. Jeremy asegura que iba a borrar la grabación, pero que alguien se coló en su cuarto y le robó la cámara. Que él no ha subido las imágenes. Greg dice que tampoco las ha tocado.

Empiezan a llover apuestas. ¿Han sido ellos o no? Por lo visto todos los alumnos del colegio quieren apostar dinero por los participantes de la reunión que son obradores. Una reunión en la que yo no estaba por pura coincidencia.

—¿Aceptamos las apuestas? —me pregunta Sam en el pasillo entre clase y clase. Parece angustiado. Es listo: le ha dado vueltas al asunto y ha llegado a la conclusión de que no hay una solución fácil.

—Sí —contesto—. No nos queda otra. De lo contrario, no habrá forma de controlarlas.

Aceptamos las apuestas.

El jueves por la tarde, la página web desaparece sin dejar rastro.

Capítulo nueve

Cuando entro en la habitación, Sam se está quitando el uniforme. Se pone una camiseta que dice SOY ESE ALUMNO DE MATRÍCULA DEL QUE HAS OÍDO HABLAR y se echa colonia en el cuello mientras suelto mis libros encima de la cama.

—¿A dónde vas?

—A la manifestación. —Sam pone los ojos en blanco—. Ni se te ocurra escaquearte o Daneca te mata. Te despelleja vivo.

—Ah, ya —contesto mientras me paso la mano por el pelo. Empiezo a llevarlo demasiado largo—. Con todo este jaleo, pensaba que...

Dejo la frase sin terminar, y Sam tampoco me responde nada concreto. Creo que ya está acostumbrado a que me porte como un capullo. Suspiro, me quito los zapatos y el pantalón negro y me pongo unos vaqueros. Después de desatarme la corbata y arrojarla sobre el desvencijado escritorio, estoy listo. Ni me molesto en cambiarme la camisa.

Cruzamos juntos el patio y vemos a Daneca con Ramírez frente al centro de bellas artes Rawlings, donde está el aula de música y donde se celebran casi todas las reuniones de HEX. Hace calor para ser septiembre. Daneca lleva una falda larga de estampado batik con cascabeles. Incluso se ha teñido los extremos de las trenzas de color morado mate.

—Se ha cancelado —dice Daneca, girándose hacia nosotros y hablando casi a gritos—. ¿Os lo podéis creer? ¡A Northcutt solo le importa contentar a la junta de exalumnos! ¡No es justo! Ya nos había dado permiso.

—No es solo por la junta —dice la señora Ramírez—. Muchos alumnos han dicho que no vienen. No quieren que los vean subiendo al autobús.

—Qué tontería —murmura Daneca, antes de añadir en voz alta—: Podríamos haber buscado una solución, haber quedado fuera del colegio.

—Es que algunos son obradores de verdad —intervengo—. Para ellos esto no es solo una causa. Es su vida. Tal vez les preocupa lo que pueda pasar si la gente descubre su secreto.

Daneca me lanza una mirada de odio.

—¿Y cómo creen que va a mejorar nada con esa actitud? —Habla en plural, pero se refiere a mí.

—Quizá crean que no es posible —respondo.

—Lo siento —dice Ramírez con un suspiro de derrota—. Sé que os hacía mucha ilusión.

—¿Qué pasa? —pregunta alguien en voz baja detrás de nosotros. Me doy la vuelta y veo a Lila, con la mochila echada sobre un hombro. Lleva un vestido veraniego de color amarillo y unos pesados borceguíes. Siempre que la veo tengo la misma sensación rara, una especie de descarga eléctrica que me recorre el cuerpo.

—El viaje se ha cancelado por cobardía administrativa —le informa Sam.

—Ah. —Lila baja la mirada y le da un puntapié a un montículo de tierra. Nos mira—. ¿Y nosotros cuatro podemos ir de todas formas?

Daneca se la queda mirando un momento antes de volverse hacia Ramírez.

—¡Sí! Lila tiene razón. Ya entregamos nuestras autorizaciones, así que nuestros padres nos han dado permiso para salir.

—A una excursión supervisada por el colegio —argumenta Ramírez.

—Somos alumnos de último curso —contraataca Daneca—. Y tenemos permiso de nuestros padres. Northcutt no nos lo puede impedir.

—No recuerdo que el señor Sharpe haya entregado ninguna autorización.

—Ups, me la he dejado en la habitación —digo entonces—. Ahora voy a por ella.

Ramírez suspira.

—De acuerdo. Dámela, Cassel, y los cuatro podréis ir a la manifestación. Pero tenéis que prometerme que volveréis aquí a tiempo para la hora de estudio.

—No se preocupe —la tranquilizo.

Después de un pequeño ejercicio de falsificación, nos dirigimos al coche fúnebre de Sam, un Cadillac Superior *vintage* de carga lateral de 1978. Lila lee la pegatina.

—¿De verdad este trasto funciona con aceite vegetal? —pregunta.

El sol de la tarde cuece el asfalto del aparcamiento, que irradia calor. Me seco la frente con la mano y procuro no fijarme en las gotas de sudor del cuello de Lila.

Sam sonríe con orgullo y le da unas palmadas al capó.

—Me costó encontrar un coche fúnebre diésel para hacer el cambio, pero lo conseguí.

—Huele a patatas fritas —dice Daneca mientras sube—. Pero al final te acostumbras.

—Bien ricas que están las patatas fritas —comenta Sam.

Lila sube al asiento trasero, también modificado (Sam lo sacó de un Cadillac normal y lo instaló él mismo). Yo me siento a su lado.

—Gracias por acompañarnos —dice Daneca mientras me mira—. Sé que no quieres venir, así que te estoy muy agradecida.

—No es que no quiera ir —protesto mientras inspiro hondo. Pienso en mi madre en la otra manifestación, al lado de Patton—. Es que la política no me va mucho.

Daneca se gira en su asiento y me mira con incredulidad.

—¿Ah, no? —No parece enfadada, más bien curiosa.

—Luego tocan los Öbra Morthal —dice Sam mientras salimos del aparcamiento. Está cambiando de tema—. Creo que llegaremos a tiempo para oír *A puño limpio*.

—¿Un concierto? ¿En serio? Me imaginaba algo menos divertido, un desfile con pancartas.

Daneca me sonríe.

—No te preocupes, que pancartas habrá muchas. La manifestación pasará por el ayuntamiento y acabará en Lincoln Park. Allí harán el concierto y también darán discursos.

—Qué bien. No quisiera renunciar a mi valioso tiempo de estudio si ni siquiera…

Lila se echa a reír y se recuesta en el reposacabezas.

—¿Qué he dicho?

—Nada —contesta Lila—. Me caen bien tus amigos. —Me toca ligeramente el hombro con la punta de los dedos enguantados.

Un escalofrío me sube por la espalda. Por un instante, recuerdo la sensación de sus manos desnudas en la piel.

Estamos los cuatro solos en el coche, y aunque hemos acordado ir al cine mañana, me cuesta mucho convencerme de que esto no es una cita doble.

—¡Es verdad! —dice Sam—. Tú conoces a Cassel desde hace mucho. ¿Nos cuentas algún trapo sucio?

Lila me mira con expresión traviesa.

—De pequeño era un canijo, pero a los trece años pegó el estirón y se volvió más largo que un día sin pan.

Le sonrío.

—Y tú te quedaste canija.

—Le encantaban las noveluchas de terror baratas y siempre las leía del tirón, sin importar lo que pasara. A veces su abuelo entraba en su habitación y le apagaba la luz porque ya era muy tarde, así que Cassel se escapaba por la ventana para seguir leyendo debajo de la farola. Cuando yo iba a verlo por la mañana, me lo encontraba dormido en el jardín.

—Oooooh —dice Daneca.

Suelto un ruido grosero con un gesto a juego.

—Una vez, en una feria de Ocean City, comió tanto algodón de azúcar que vomitó.

—¿Y quién no? —replico.

—Después de ver una maratón de pelis en blanco y negro, empezó a llevar un sombrero fedora de gánster. —Enarca las cejas, como retándome a replicar—. Se lo estuvo poniendo un mes entero. En pleno verano.

Se me escapa la risa.

—¿Un fedora? —dice Sam.

Me pasé horas en ese sótano, viendo película tras película: mujeres de voz ronca, hombres con trajes elegantes, guantes y una copa en la mano. Cuando los padres de Lila se divorciaron, ella se fue a París con su padre y regresó fumando cigarrillos Gitanes y con los ojos maquillados de negro. Era como si hubiera salido de la misma película en la que yo quería vivir.

La miro ahora, fijándome en su cuerpo rígido que se inclina a propósito para no tocarme, apretando la cara contra la ventanilla. Tiene pinta de cansada.

Por aquel entonces, en Carney, no me esforzaba por encajar. No me pasaba el día intentando que creyeran que era alguien mejor de lo que soy. No tenía que ocultar desesperadamente ningún secreto. Y Lila era valiente, decidida y absolutamente imparable.

¿Qué pensaría mi yo de entonces de las personas en las que nos hemos convertido?

La policía está a bastante distancia de la manifestación, detrás de unas vallas. Han puesto conos de tráfico y luces de emergencia naranjas que centellean como llamas chisporroteantes. Hay una buena cantidad de gente, más de la que esperaba, y el rugido lejano que se oye sugiere que llegará más.

—No hay sitio para aparcar —protesta Sam mientras damos la tercera vuelta a la manzana.

Daneca teclea en su móvil mientras avanzamos lentamente tras una fila de coches.

—Gira a la izquierda cuando puedas —dice al cabo de unos minutos—. En esta app dice que hay un *parking* a un par de manzanas.

Los dos primeros por los que pasamos están completos, pero entonces empezamos a ver coches estacionados en la mediana y en las aceras. Sam aparca su coche fúnebre en una zona de césped y apaga el motor.

—Eres un rebelde —le digo.

Daneca sonríe de oreja a oreja mientras abre la puerta.

—¡Mirad cuánta gente!

Después de salir, seguimos a la mayoría.

—Al ver esto, tengo la impresión de que todo puede cambiar, ¿sabéis? —dice Daneca.

—Es que todo va a cambiar —contesta Sam, lo que me sorprende. Daneca se da la vuelta para mirarlo. Parece que a ella también le sorprende su respuesta—. Es verdad. Para bien o para mal.

Supongo que tiene razón. O la propuesta 2 es rechazada y los obradores empiezan a protestar… o es aprobada y los demás estados se apresuran a intentar aplicarla también.

—La gente cambia cuando ya no tiene otra opción —dice Lila misteriosamente.

Intento captar su atención, pero está ocupada mirando a la multitud.

Seguimos caminando así unas cuantas manzanas más, hasta que empezamos a ver pancartas.

NO SOMOS EL MAL, dice una.

Me pregunto qué clase de eslóganes habrá habido en la conferencia de prensa en la que estuvo mi madre.

Hay un grupo de chavales sentados en los escalones de un banco Fidelity. Uno de ellos lanza un botellín de cerveza contra los manifestantes. Al romperse contra el suelo y rociarlo todo de cristales y espuma, los que están más cerca empiezan a gritarles.

Un hombre con una barba larguísima que le llega por debajo de la camiseta se sube al capó de un coche y se pone a gritar más fuerte que los demás:

—¡Abajo la propuesta 2! ¡Patton al paredón!

Un policía apostado delante de una tienda se pone a hablar muy deprisa por radio. Parece nervioso.

—Creo que el parque está por aquí —dice Daneca, señalando la pantalla de su móvil y luego una calle secundaria. Creo que no ha visto nada más.

Un par de manzanas después, la multitud ya es tan densa que parece que nos arrastra una marea. Somos una vena que transporta sangre hacia el corazón, un horno de calor humano tostado por el sol, un rebaño que corre hacia un acantilado.

Veo cada vez más pancartas.

NUESTROS DERECHOS NO SE TOCAN.

LA PROPUESTA SE PROTESTA.

MANOS A LA OBRA.

—¿Cuánta gente se calcula que va a venir? —exclama Lila.

—Unas veinte mil personas, cincuenta mil como mucho —responde Daneca, también a gritos.

Lila se gira hacia el cruce de nuestra calle con Broad, donde se concentra el grueso de la manifestación. No se ve mucho más lejos, pero la muralla de sonido (voces gritando eslóganes por megáfono, tambores y sirenas) es casi ensordecedora.

—Creo que no lo han calculado bien. Para nada.

A medida que nos acercamos, entendemos el jaleo. Ya no me hace falta imaginarme las pancartas que traerían los seguidores de Patton, porque también han salido en tropel, concentrándose a ambos lados de la calle por la que pasa la manifestación.

AQUÍ NO QUEREMOS ASESINOS Y MANIPULADORES, dice una.

FUERA LOS HACHEBEGÉS.

¿ALGO QUE OCULTAR?

Y, por último, una pancarta con la palabra CAZADOS y un círculo que imita el punto de mira de un rifle. La lleva una señora mayor con rizos pelirrojos y los labios pintados de rosa vivo que está en la escalinata del ayuntamiento, bajo su resplandeciente cúpula dorada.

Mientras escudriño a la multitud de defensores de la propuesta 2, veo un rostro familiar al fondo. La amante de Janssen. Lleva el cabello oscuro recogido en una coleta y unas gafas de sol sobre la frente. Hoy no se ha traído a sus caniches.

Camino más despacio para asegurarme de que los ojos no me engañan.

Está cerca del ventanal de un restaurante, con otra persona que le está entregando dinero.

La muchedumbre no deja de moverse y me arrastra consigo. Alguien me da un golpe en el brazo con el hombro. Es un chico algo mayor que yo que está sacando fotos.

—¿Qué miras? —me pregunta Lila, estirando el cuello.

—¿Ves a esa mujer, junto a esa ventana? —digo, intentando abrirme paso entre el gentío—. La de la coleta. Ella ordenó el asesinato de Janssen.

—La conozco. Antes trabajaba para él —contesta Lila, siguiéndome.

—¿Cómo? —Me detengo tan bruscamente que el tipo que iba detrás de mí choca contra mi espalda y refunfuña.

—Perdón —me disculpo, pero me fulmina con la mirada.

Daneca y Sam van muy por delante. Aunque les grite para que nos esperen, no me van a oír.

La mujer ya se está alejando de la manifestación. Yendo tan despacio, no voy a alcanzarla nunca.

—Yo pensaba que era su novia —le digo a Lila.

—Puede ser, pero también era su empleada. Ella busca a los compradores. Jugadores, gente que pueda permitirse comprar con frecuencia una dosis de emoción, la clase de felicidad eufórica que te hace entrar en depresión cuando se acaba. O que compran suerte a media docena de obradores a la vez. Si gastas suficiente suerte de una vez, puede cambiarte la vida.

—¿Conocía a Philip? —le pregunto.

—Acabas de decir que ella ordenó el asesinato.

La amante de Janssen desaparece entre la gente. No avanzamos lo bastante deprisa para seguirla. Tampoco encuentro a Daneca ni a Sam; seguro que van un poco por delante, a la altura de Broad, pero ya no los veo.

Me seco la frente con el faldón de la camisa blanca.

—Menuda mierda.

Lila se ríe y señala una gran pancarta que ondea al viento sobre nosotros. Está decorada con purpurina y dice MANOS DESNUDAS, CORAZÓN PURO.

—Antes de llegar a Wallingford, apenas conocía gente que no fuera obradora; no sabía qué pensar de ellos.

—Solo a mí. Yo era el único no obrador que conocías.

Me mira fugazmente. Por supuesto, al resumir mi pasado hace un rato ha omitido lo más importante de todo.

Por entonces ella era superior a mí.

Aunque nunca me lo hubiera dicho, aunque fingía que su poder no era gran cosa, todos los demás lo repetían tanto que nunca habría podido olvidarlo. Lila era una obradora, mientras que yo formaba parte del mundo de víctimas que existían para que las manipularan.

Veo otra pancarta entre la gente: EL PODER CORROMPE A TODOS.

—Lila…

De pronto una chica que camina delante de nosotros se quita los guantes y levanta las dos manos. Las tiene pálidas y arrugadas por haber llevado guantes de cuero con este calor.

Parpadeo. No he visto muchas manos de mujer descubiertas a lo largo de mi vida. Me cuesta no quedarme embobado.

—¡Manos desnudas, corazón puro! —exclama la chica.

A su lado, otro par de personas también se quitan los guantes con una sonrisa rebelde. Uno de ellos lanza los suyos al aire.

Noto un hormigueo en los dedos. Me imagino cómo sería sentir la brisa en las palmas de las manos.

La combinación de calor y rebeldía recorre la multitud como una ola, y de pronto por todas partes hay dedos desnudos. Empezamos a pisar guantes abandonados.

—¡Cassel! —Es Sam. Ha conseguido refugiarse con Daneca entre dos coches aparcados, lejos de los manifestantes. Tiene la cara enrojecida por el calor. Daneca nos hace señas para que vayamos hacia ellos; ella también se ha quitado los guantes.

Tiene las manos pálidas y los dedos largos.

Nos abrimos paso entre la gente para llegar hasta ellos. Casi lo hemos conseguido cuando oímos el sonido de un megáfono más adelante.

—Cúbranse las manos de inmediato —retumba una voz metálica. Se oye una sirena—. Al habla la policía. Cúbranse las manos de inmediato.

Daneca parece horrorizada, como si le estuvieran hablando directamente a ella.

Técnicamente, llevar las manos descubiertas no es ilegal. Tampoco lo es portar un cuchillo de cocina afilado. Pero cuando empiezas a menearlo, la policía se pone nerviosa. Y cuando apuntas a alguien con él, echan mano a las esposas.

—Aúpame —dice Lila.

—¿Qué?

A nuestro alrededor, la gente abuchea. Pero se oye otro sonido, más lejano, un rugido de motores y gritos que ya no contienen palabras.

El zumbido de un helicóptero de prensa resuena en lo alto.

—Súbeme —me dice con una sonrisa, señalando hacia arriba—. Quiero ver lo que pasa.

Le rodeo la cintura con los brazos y la levanto. Pesa poco. Tiene la piel suave y huele a sudor y a césped aplastado.

La dejo encima del capó del coche, junto a Sam.

—Hay bastantes polis —dice Lila mientras baja de un salto—. Antidisturbios. Hay que largarse.

Asiento una vez. A los delincuentes se nos da bien escapar.

—No estamos haciendo nada ilegal —protesta Daneca, pero no parece convencida. Los manifestantes que nos rodean también se han dado cuenta. Ya no se mueven todos en la misma dirección y empiezan a dispersarse.

—Hay que salir de la calle —les digo—. Si entramos en un edificio, podemos esperar allí.

Pero mientras avanzamos hacia el portal más cercano, los policías llegan corriendo desde la acera, con el casco tapándoles la cara.

—¡Todos al suelo! —retumba una voz. Los policías se despliegan y empujan a los manifestantes indecisos. Una chica intenta protestar y un policía le da un porrazo en la pierna. A otra le rocían la cara con algún producto químico y cae al suelo, arañándose la piel.

Lila y yo nos tumbamos en el asfalto de inmediato.

—¿Qué pasa? —pregunta Sam, arrodillándose también. Daneca se acuclilla a su lado.

—Meteos debajo del coche —ordena Lila, gateando por el suelo.

Es un buen plan. Nos arrestan de todas formas, pero tardan un poco más.

La última vez que estuve en una cárcel fue para visitar a mi madre. En las cárceles vive gente. Aunque deshumanizan, tienen mesas, cafeterías y gimnasios.

Esto es distinto. Es un calabozo.

Nos quitan la cartera, el móvil y la mochila. No se molestan en tomarnos las huellas dactilares; se limitan a apuntar nuestro nombre y a llevarnos a una celda. Las chicas a una y los chicos a la contigua. Recorremos un largo y ruidoso pasillo.

En la celda hay un par de bancos corridos, un lavabo y un solitario e inmundo retrete. Todo ello está ocupado.

Daneca trata de explicarles que somos menores de edad, pero los policías no le hacen caso. Nos encierran.

Sam está a mi lado, con la cabeza apoyada en los barrotes y los ojos cerrados. Daneca ha encontrado un sitio libre en uno de los bancos. Tiene la cara llena de lágrimas. La han obligado a taparse las manos antes de subirnos al furgón blindado, y como no conseguía encontrar uno de los guantes, le han tapado el brazo con una bolsa de plástico hasta el codo. Lo lleva pegado al cuerpo.

Lila camina de un lado a otro.

—Lila… —le digo. Ella se da la vuelta, me enseña los dientes e intenta pegarme a través de los barrotes—. ¡Oye! —Le sujeto la muñeca.

Parece tan sorprendida que me pregunto si habrá olvidado por un instante que ahora es humana.

—Todo saldrá bien —le digo—. Saldremos de aquí.

Asiente, avergonzada, pero sigue respirando demasiado deprisa.

—¿Qué hora crees que será?

Llegamos a la manifestación sobre las cuatro y media y ni siquiera conseguimos llegar al parque.

—Cerca de las siete, imagino.

—Aún es pronto. Dios, estoy fatal. —Se aparta de mí y se pasa la mano enguantada por el pelo.

—Estás bien. —Ella suelta un resoplido.

Echo un vistazo a los rostros desesperados que me rodean. Apuesto a que aquí nadie ha estado nunca dentro de una celda. Ni nadie de su familia.

—¿Alguna vez piensas en el futuro? —le pregunto para distraerla.

—¿Cuando ya no estemos encerrados, quieres decir?

—Cuando nos graduemos. Cuando salgamos de Wallingford.

—Últimamente pienso mucho en eso.

Lila se encoge de hombros y apoya la cara en un barrote de metal.

—No lo sé. El verano pasado, mi padre me llevó a Vieques. Nos pasamos el día tomando el sol y bañándonos. Allí todo es más azul, más soleado, ¿sabes? Me gustaría volver. Estar allí hasta hartarme. Estoy cansada de que me encierren en sitios oscuros.

Me la imagino metida en esa horrible jaula de alambre donde Barron la encerraba durante varios meses seguidos. En uno de mis días más depresivos del verano pasado, estuve investigando las secuelas del aislamiento en los reclusos. Depresión, desesperación, ansiedad grave, alucinaciones...

No me imagino lo que sentirá Lila al volver a estar en una jaula.

—Nunca he salido del país. —¿A quién quiero engañar? Ni siquiera he viajado en avión.

—Podrías venir —me dice Lila.

—Si no quieres perderme de vista cuando nos graduemos, soy todo tuyo —le digo, procurando aparentar indiferencia—. ¿Y eso es todo? ¿Tu plan es pasarte la vida tumbada en la playa?

—Hasta que mi padre me necesite —responde Lila. Ahora respira con más normalidad y ya no tiene los ojos tan abiertos y desquiciados—. Desde niña he sabido lo que sería de mayor.

—El negocio familiar. ¿Nunca has pensado en hacer otra cosa?

—No —contesta, pero su tono de voz me hace dudar—. Es lo único que se me da bien. Además, soy una Zacharov.

Pienso en las cosas que se me dan bien. Y en la señora Vanderveer, mi orientadora. *El futuro está a la vuelta de la esquina.*

Transcurre una hora más antes de que se acerque a las celdas un policía al que no habíamos visto todavía. Trae un portapapeles.

Todo el mundo se pone a gritar al mismo tiempo. Exigen hablar con sus abogados. Claman su inocencia. Amenazan con denunciarles.

El policía espera a que el clamor se aplaque antes de hablar:

—Que las siguientes personas se acerquen a la puerta de la celda y entrelacen las manos. Samuel Yu, Daneca Wasserman y Lila Zacharov.

La celda vuelve a estallar. Daneca se levanta del banco. Sam la sigue hasta la parte delantera de la celda, se gira hacia mí y abre los ojos con expresión desconcertada. Momentos después, el griterío se acalla de nuevo.

Espero a que el policía me llame también, pero al parecer no hay más nombres en su lista.

Lila da un paso adelante, pero titubea.

—Vete —le digo.

—Aquí también hay un amigo nuestro —le dice Lila al agente mientras me mira.

—Cassel Sharpe —la ayuda Sam—. Se llama así. ¿Ha mirado bien la lista?

—Todo esto es culpa mía... —dice Daneca.

—Silencio, la vista al frente, las manos entrelazadas donde pueda verlas —exclama el policía—. Todos los demás, tres pasos atrás. ¡Ya!

Los esposan y se los llevan. Los tres me miran mientras intento explicarme por qué los han llamado a ellos y a mí no. A lo mejor han hablado con sus padres, pero no han podido contactar con los míos. A lo mejor están llevándose grupos aleatorios de tres personas para tomarles las huellas digitales. Sigo intentando convencerme cuando el agente Jones se planta delante de la celda.

—Ah —digo.

—Cassel Sharpe. —Esboza una sonrisilla—. Camina hasta la puerta de la celda con las manos entrelazadas y a la vista.

Obedezco.

Jones, ceñudo, abre una puerta con una tarjeta magnética y me lleva por otro pasillo. Un pasillo sin celdas, con paredes blancas y puertas sin ventanilla.

—Pusimos una alerta a tu nombre, Cassel. Imagina la sorpresa que me llevé cuando me dijeron que estabas detenido en Newark.

Trago saliva, nervioso. Tengo la garganta seca.

—¿Ya me has conseguido esa información? —Le huele el aliento a café rancio y a tabaco.

—Todavía no.

—¿Qué tal la manifa? —me pregunta—. ¿Te has cansado mucho huyendo de la autoridad? Estás en edad de crecer, es importante que hagas gimnasia.

—Ja, ja —le digo con sarcasmo.

Me sonríe como si creyera que me ha hecho gracia de verdad.

—Te voy a explicar lo que vamos a hacer. Te daré dos opciones y tú elegirás la correcta.

Asiento con la cabeza para demostrar que lo estoy escuchando, aunque no me cabe duda de que lo que estoy a punto de oír no me va a gustar.

—Aquí al lado tengo a Lila Zacharov y a los dos chavales a los que han arrestado con vosotros. Podemos entrar ahí los dos y decirles que los amigos de Cassel pueden irse. Los soltaré. Quizás incluso les pida disculpas.

Se me tensan los hombros.

—Entonces creerán que trabajo para ustedes.

—Sí, eso es.

—Si Lila cree que trabajo para los federales y se lo cuenta a su padre, no podré conseguirles información. No les serviré para nada. —Hablo atropelladamente. Jones se da cuenta de que estoy en sus manos. Si se difunde el rumor de que trabajo para los federales, ni siquiera mi propia madre querrá que la vean conmigo.

—A lo mejor es que ya no te considero tan útil. —Jones se encoge de hombros—. A lo mejor verás las cosas con más perspectiva cuando no te queden más amigos que nosotros.

Inspiro hondo.

—¿Cuál es la segunda opción?

—Dime que antes de este fin de semana habrás conseguido la pista que necesito. Que vas a descubrir algo sobre ese asesino misterioso. Algo que me sirva. Sin excusas.

Asiento con la cabeza.

—Se lo prometo.

Me da una fuerte palmada en el hombro con la mano enguantada.

—Ya sabía yo que tomarías la decisión correcta.

Me lleva a la sala donde tienen a mis amigos.

Daneca, que estaba sentada en el suelo, se levanta y me abraza. Huele a pachuli. Tiene los ojos enrojecidos.

—Lo siento. Estarás enfadadísimo conmigo. Pero no vamos a hacerlo. No te preocupes. Nosotros nunca…

—No estoy enfadado. —Miro a Sam y a Lila, a ver si ellos me explican lo que iba a decir Daneca.

—Nos han dicho que nos dejarían libres… —Sam se interrumpe un momento— si nos ofrecíamos voluntarios para hacernos la prueba.

—¿La prueba? —Me entran ganas de cargarme a Jones. Sabía que se traía algo entre manos.

—La prueba hiperbatigámmica —dice Lila en voz baja. Parece cansada.

Le doy un puñetazo a la pared de cemento, pero solo consigo hacerme daño en la mano.

—No vamos a hacernos la prueba, Cassel —dice Daneca.

—No —contesto—. No, deberíais hacérosla tú y Sam. Cuando salgáis, llamad a alguien para que nos saque a nosotros.

No me cabe duda de que los abogados de Zacharov sacarán a Lila de la cárcel en un santiamén. Y en cuanto a mí… el abuelo tardará un poco más, pero si los federales quieren que les busque esa información, tendrán que echarme una mano.

—Pero entonces sabrán que vosotros dos sois… —dice Sam.

—Esa es la gracia de la prueba —dice Lila—. Los únicos que no quieren hacérsela son los que tienen algo que ocultar.

—Es ilegal que nos obliguen —dice Daneca, negando con la cabeza—. Nos retienen aquí ilegalmente. No nos han fichado correctamente ni nos han leído nuestros derechos. No hemos cometido ningún delito. Es un caso clarísimo de abuso de poder del gobierno con fines antiobradores.

—¿Tú crees? —Me siento en el suelo, al lado de Lila. Pero a pesar de mi respuesta burlona, Daneca me impresiona. Es la primera vez que se mete en un lío, e incluso en el calabozo su prioridad es que las cosas se hagan bien.

—Estás temblando —dice Lila en voz baja, poniéndome una mano enguantada en el brazo.

Eso me pilla desprevenido. Me miro las manos como si ya no recordara de quién son. Los nudillos del guante izquierdo están raspados por el puñetazo. Raspados y temblorosos.

—Sam —digo, intentando serenarme—. Tú no hace falta que te quedes.

Sam me mira y se gira hacia Daneca.

—Sé que quieres hacer lo correcto, pero ¿qué pasa si no accedemos a hacernos la prueba? —Baja la voz—. ¿Y si nos obligan?

—¿Y si no nos dejan libres después de hacérnosla? —contrataca Daneca—. No pienso hacérmela. Se opone totalmente a mis convicciones.

—¿Crees que no sé que está mal? —le espeta Sam—. ¿Crees que no sé que es injusto? ¿Que es una mierda?

No quiero que discutan por esto.

—Da igual —digo en voz alta, tratando de aparentar que sé de lo que hablo—. Vamos a esperar. Nos dejarán libres pronto. No les queda otra. Como ha dicho Daneca, no nos han fichado. Todo saldrá bien.

Se hace un silencio incómodo.

Al cabo de una hora, justo cuando el pánico empieza a roerme las entrañas, justo cuando estoy a punto de reconocer que me he equivocado y que van a dejar que nos pudramos aquí dentro, justo cuando estoy a punto de aporrear la puerta y suplicar que me dejen hablar con el agente Jones, llega un policía y nos dice que podemos irnos. Sin explicaciones. Nos acompañan a la salida.

El coche está tal y como lo dejamos, salvo por que el retrovisor del conductor está resquebrajado.

Llegamos a Wallingford a las diez. Cuando cruzamos el patio, tengo la extraña sensación de que llevamos fuera varios días y no un par de horas. Ya es tarde para la hora de estudio, pero estamos a tiempo para la ronda del supervisor.

—He oído que Ramírez os ha dejado ir a la manifestación —dice el señor Pascoli, mirándome con suspicacia—. ¿Cómo ha ido?

—Al final hemos decidido ir a la playa —dice Sam—. Y menos mal. He oído que la protesta se les fue de las manos. —Se le encienden un poco las mejillas al hablar, como si le diera vergüenza mentir.

No dice nada más sobre el tema.

Cuando se apagan las luces, es como si todo esto nunca hubiera pasado.

El viernes por la tarde, estoy sentado al fondo del aula de Física, mirando el examen que tengo delante. Me concentro en el problema: una niña que aumenta la amplitud de la oscilación de un columpio acompañando el movimiento con las piernas. No sé si es un caso de resonancia, de transmisión de ondas o de alguna otra cosa que se me ha olvidado. Lo único que sé es que a este examen lo voy a suspender.

Estoy rellenando una pregunta de respuesta múltiple, dibujando un círculo con el lápiz, cuando Megan Tilman suelta un grito. El lápiz patina, trazando una raya de grafito por la hoja de papel.

—Señorita Tilman —dice la doctora Jonahdab, levantando la vista de su escritorio—. ¿Qué le pasa?

Megan se aferra el pecho y mira fijamente a Daneca, sentada en el pupitre vecino.

—Se me acaba de romper el amuleto de la suerte. Se ha partido por la mitad. —Se oyen varios jadeos de espanto—. Me has obrado, ¿a que sí?

—¿Yo? —dice Daneca, parpadeando como si Megan hubiera perdido la cabeza.

—¿Cuándo ha notado que se rompía? —pregunta la doctora Jonahdab—. ¿Está segura de que se ha roto en este preciso momento?

Megan niega con la cabeza.

—No lo sé. Lo… lo he tocado y he notado que solo quedaba la mitad en la cadena. Y al moverme, la otra mitad ha caído en la mesa. Se me debe de haber enganchado en la blusa.

Sí, dice «blusa», como las abuelas.

—A veces las piedras se rompen sin más —dice la doctora Jonahdab—. Son frágiles. Nadie la ha tocado, Megan. Aquí todo el mundo lleva guantes.

—Ella sale en el vídeo de esa reunión de obradores —insiste Megan, señalando a Daneca—. Y se sienta justo a mi lado. Tiene que haber sido ella.

Casi espero que Daneca le eche un sermón. De verdad. Seguro que Daneca lleva esperando mucho tiempo, desde que la conozco, a que surja la oportunidad de cantarle las cuarenta a algún idiota, sobre todo después de lo de ayer. Pero en vez de eso, se hunde en su asiento y se pone roja como un tomate. Tiene los ojos húmedos.

—Yo no soy obradora —dice en voz baja.

—¿Y por qué vas a esas reuniones? —pregunta otra chica.

—Hachebegé —murmura alguien, disimulando la palabra con una tos.

Miro fijamente a Daneca. Quiero que hable. Que le diga a Megan que una persona decente se preocupa por los demás, no solo por sí misma. Que le explique lo mal que lo pasan los obradores y los ponga a todos en su sitio. Que diga todas las santurronerías que nos suelta a Sam y a mí. Todo lo que dijo en el calabozo. Abro la boca, pero el discurso se enmaraña en mi mente. No recuerdo los eslóganes. No sé cómo defender los derechos de los obradores.

Además, no sé por qué, pero creo que eso es lo último que Daneca quiere que haga ahora.

Me giro hacia la doctora Jonahdab, pero su mirada oscila entre Daneca y Megan, como si pudiera averiguar la verdad si las sigue observando unos segundos más. Alguien tiene que hacerla espabilar. Me inclino hacia el pupitre vecino, el de Harvey Silverman.

—Oye, ¿qué has puesto en la pregunta tres? —digo lo bastante alto como para que mi voz llegue a la parte delantera del aula.

Daneca se gira hacia mí y sacude la cabeza discretamente, advirtiéndome.

Harvey baja la mirada hacia su examen y la doctora Jonahdab parece salir por fin de su trance.

—¡Ya está bien! Estamos en mitad de un examen. Megan, venga aquí y continúe con el examen en mi mesa. Después la acompañaré al despacho.

—No me puedo concentrar —protesta Megan, poniéndose de pie—. Si ella sigue aquí, no puedo.

—En ese caso puede ir directamente al despacho. —La doctora Jonahdab anota algo en un cuaderno y arranca la hoja. Megan deja todos sus libros en el aula y sale con su mochila y la hoja de papel.

En cuanto suena el timbre, Daneca se dirige enseguida a la puerta, pero la doctora Jonahdab la llama:

—Señorita Wasserman, seguro que querrán hablar con usted.

Daneca mete la mano en la mochila.

—Voy a llamar a mi madre. Yo no…

—Mire, las dos sabemos que no ha hecho nada malo… —La profesora se interrumpe al darse cuenta de que me he quedado merodeando junto a la puerta—. ¿Quería algo, señor Sharpe?

—No —contesto—. Solo estaba… no.

Daneca me sonríe temblorosamente mientras me voy.

De camino a la clase de Francés, paso junto a un tablón de anuncios lleno de carteles oficiales de esos que salen en las revistas, los que dicen ANTES DESNUDO QUE SIN GUANTES o también QUE LOS DEMÁS LO HAGAN NO SIGNIFICA QUE ESTÉ BIEN. CONTRATAR OBRADORES DE MALEFICIOS ES UN DELITO, o simplemente EL GUANTE

SIEMPRE POR DELANTE. La diferencia es que han cambiado las caras de los modelos por imágenes de los estudiantes que salían en el vídeo. La secretaria de la escuela está intentando arrancar frenéticamente los carteles.

Para cuando llego al aula de Francés, todo el colegio sabe ya lo que le ha pasado a Megan.

—Daneca le ha echado un maleficio de mala suerte y ha suspendido el examen —dice alguien al pasar—. Con razón tiene una nota media tan alta. Seguro que lleva años haciéndonos lo mismo a todos.

—Y Ramírez lo sabía. Por eso se marcha.

Me doy la vuelta.

—¿Cómo?

Resulta que la que hablaba era Courtney Ramos. Abre los ojos de par en par. Se estaba poniendo brillo de labios y sostiene la barrita en el aire, como si se hubiera quedado helada.

—¿Qué has dicho? —vocifero. Todos se giran para mirarnos.

—La señora Ramírez ha dimitido —dice Courtney—. Lo he oído en el despacho, mientras esperaba a mi orientadora.

Ramírez, la que nos dejó ir a la manifestación. La única dispuesta a apoyar a HEX para que Daneca pudiera fundar un club en el campus hace dos años. La que no se merece caer por nuestra culpa. El señor Knight se la saca delante de la clase y sigue aquí. Pero Ramírez se va.

Agarro a Courtney por el hombro.

—No puede ser verdad. ¿Por qué iba a hacer eso?

Ella se zafa de mí.

—Suéltame. Eres raro de narices, tío. ¿Nunca te lo han dicho?

Le doy la espalda y me dirijo al aula de música de Ramírez. Mientras cruzo el campus la veo en el aparcamiento de los profesores, guardando una caja de cartón en el maletero de su coche. La acompaña la señora Carter, con una caja de leche bajo el brazo.

Ramírez me mira y cierra el maletero con un golpe tan rotundo que decido no acercarme.

Todo el mundo sabe que «dimitir» es un eufemismo de «despedir».

Me resulta totalmente surrealista llevar a Lila al cine. Los dos tenemos autorizaciones de nuestros padres para salir los viernes después de clase, así que podemos ir en mi coche y quedar con Daneca y con Sam en el cine.

Se sienta delante. Se ha puesto unos largos aretes de plata que penden como dagas y un vestido blanco que se le sube hasta los muslos cuando se sienta. Intento no mirar. Bueno, más bien intento no quedarme embobado, porque estamparía el coche y nos mataríamos los dos.

—Así que esto es lo que hacen los alumnos de Wallingford cuando salen por ahí… —dice Lila.

—Eh, venga ya —contesto riendo—. Te has perdido tres años, pero no vienes de otra época. Ya sabes lo que es una cita.

Lila me da un golpe en el brazo. Me duele; sonrío.

—Lo digo en serio —insiste—. Es que es todo muy formal. Cualquiera diría que luego nos prometeremos amor eterno y llegar vírgenes al matrimonio.

—¿Qué hacíais en tu otro colegio? ¿Orgías romanas o qué?

Me pregunto si habrá vuelto a ver a alguno de sus amigos de aquel colegio pijo de Manhattan. Me acuerdo de cuando los vi en el cumpleaños de catorce de Lila, rebosantes de superioridad. Niños ricos obradores, preparados para dominar el mundo.

—Había muchas fiestas. A veces la gente solo se enrollaba. No había parejas formales. —Se encoge de hombros y me mira entornando las pestañas rubias—. Pero no sufras. Me divierten vuestras pintorescas costumbres.

—Gracias a Dios —digo, llevándome la mano al corazón con exagerada emoción.

Sam y Daneca nos esperan en el puesto de palomitas, discutiendo sobre si el regaliz rojo es más o menos repugnante que el negro. Sam acuna un enorme y reluciente cubo de palomitas.

—Bueno, eh… ¿quieres algo? —le pregunto a Lila.

—¿Me vas a invitar? —dice ella, fascinada. Al ver que Sam se ríe, le lanzo mi mejor mirada asesina—. Un granizado de cereza —se apresura a añadir Lila.

Quizá piense que se está pasando un poco conmigo, porque me acompaña al mostrador. Nos quedamos mirando cómo el hielo picado se va tiñendo de rojo. Lila se apoya en mi hombro.

—Siento ser tan borde —me dice con la boca apoyada en mi manga—. Estoy muy nerviosa.

—Creía que ya habíamos dejado claro que me gusta que seas borde —susurro mientras recojo los dos granizados.

Su sonrisa es tan resplandeciente como las luces de la marquesina.

Nos rasgan las entradas y los cuatro entramos en la sala. Ya están poniendo los créditos iniciales. El cine no está muy lleno, así que nos sentamos al fondo.

Todos hemos acordado tácitamente no mencionar los acontecimientos de ayer: ni la manifestación ni el calabozo. El frescor de la sala de cine parece sólido y real; hace que todo lo demás resulte muy lejano.

La invasión de las arañas gigantes es la hostia. Sam no deja de hablar durante toda la película: nos explica qué arañas son marionetas y de qué están hechas las telarañas. No me entero bien del argumento, pero la crisis de las arañas gigantes parece estar provocada por una especie de energía del espacio exterior. Una pareja de científicos se besa. Las arañas se mueren.

Hasta Daneca se lo pasa bien.

Después del cine, vamos a un restaurante y cenamos sándwiches de dos pisos con patatas fritas e infinitas tazas de café. Sam nos enseña a mezclar kétchup, azúcar y salsa Worcestershire para fabricar una sangre falsa bastante convincente. A la camarera no le hace demasiada gracia.

Lila me dice que puedo dejarla en la estación de tren, pero la llevo en coche a Manhattan. Y cuando nos detenemos en Park Avenue, delante del apartamento de su padre y rodeados por las luces de la ciudad, Lila se inclina para darme un beso de buenas noches.

Todavía tiene los labios y la lengua manchados de rojo cereza.

Capítulo diez

Esa noche voy a la casa vieja y me quedo dando vueltas en la cama de mi antiguo cuarto. Procuro no pensar en el fiambre que está tomando el fresco en el congelador de abajo, pero no puedo dejar de imaginarme los ojos muertos de Janssen mirándome a través del suelo de madera, pidiendo en silencio que alguien lo descubra.

Independientemente de lo que haya hecho en vida, se merece un féretro más digno que una hielera. Y solo Dios sabe lo que me merezco yo por haberlo metido ahí.

Como de todas formas no consigo conciliar el sueño, abro la carpeta que me dieron los federales y despliego las páginas sobre el colchón. Averiguo el nombre de la novia de Janssen (Bethenny Thomas) y algunos detalles sobre sus declaraciones de esa noche. Nada demasiado interesante. Me la imagino entregándole con fastidio un sobre con dinero a Anton. Y me imagino a mí mismo inclinado sobre Janssen, extendiendo la mano desnuda y flexionando los dedos.

Me pregunto si yo habré sido lo último que vio: un quinceañero delgaducho con un peinado horroroso.

Me tumbo bocarriba, desperdigando los documentos. En el fondo dan igual; no me van a dar al asesino de Philip. Es normal que los federales estén dando palos de ciego. Buscan ese gran secreto que guardaba Philip, pero no está aquí. Seguro que les saca de quicio estar tan cerca de resolver algo y que de pronto un nuevo misterio caiga encima del primero. ¿Cuál era el gran secreto de Philip y quién lo mató para protegerlo?

La primera pregunta es fácil. Yo soy ese secreto.

¿Quién sería capaz de matar para protegerme?

Pienso en la silueta del abrigo holgado y los guantes rojos. Y luego sigo pensando en ella.

A la mañana siguiente bajo las escaleras despacio y preparo café. Apenas he dormido. En algún momento de la noche he decidido que la única forma de descubrir algo es empezar a buscar.

Me figuro que el mejor lugar para comenzar es la casa de Philip. Puede que la policía y los federales ya la hayan registrado, pero ellos no saben lo que están buscando. Yo tampoco, pero conozco a Philip.

Y me quedo sin tiempo.

Me bebo el café, me ducho, me pongo una camiseta negra y unos vaqueros gris oscuro y subo al coche. No arranca. Levanto el capó y me quedo mirando el motor un rato, pero los diésel no son precisamente mi especialidad.

Le doy unas paraditas a los neumáticos. Luego llamo a Sam.

Poco después, su coche fúnebre aparca en la entrada de la casa.

—¿Qué le has hecho? —me pregunta, acariciando el capó de mi coche y lanzándome una mirada acusadora. Va vestido de fin de semana: camiseta de Eddie Munster, vaqueros negros y gafas de sol polarizadas de estilo aviador. No me cabe en la cabeza que sus padres no se hayan dado cuenta todavía de que Sam quiere trabajar haciendo efectos especiales cinematográficos.

Me encojo de hombros.

Sam trastea un par de minutos con el coche y me dice que tengo que cambiar un fusible y seguramente la batería también.

—Genial. Pero primero necesito hacer una cosa hoy.

—¿El qué?

—Resolver un crimen.

Sam ladea la cabeza, como si estuviera pensándose si va a creerme o no.

—¿De verdad?

Me encojo de hombros de nuevo.

—Probablemente, no. ¿Qué tal cometer uno?

—Eso ya parece más propio de ti. ¿Tienes algo concreto en mente?

Me echo a reír.

—Allanamiento de morada. Pero es la casa de mi hermano. Así es menos grave, ¿no?

—¿Qué hermano? —pregunta Sam, bajándose las gafas de sol por la nariz para mirarme por encima y enarcar una ceja. Parece un policía de una serie mala de televisión. Es más, creo que es lo que intenta parecer.

—El muerto.

Sam suelta un gemido.

—¡Oh, venga ya! ¿Por qué no le pedimos la llave a tu madre o algo así? ¿Su piso no es vuestro ahora? Por ser los parientes más cercanos y tal.

Me subo al asiento del copiloto. Sam está buscando una forma más fácil de entrar en el piso, así que supongo que ha aceptado.

—Creo que ahora pertenece a su mujer, pero dudo mucho de que vaya a venir a reclamarlo.

Le indico la dirección. Mientras conduce, Sam no deja de negar con la cabeza.

A diferencia del lujoso bloque de apartamentos con portero de Bethenny, Philip vivía en un edificio con pinta de haber sido construido en los setenta. Cuando aparcamos, oigo a lo lejos la música *jazz* de una radio y noto un olorcillo a ajo rehogado. Pero sé que los pisos son enormes por dentro.

—Yo te espero en el coche —me dice Sam, mirando de un lado a otro furtivamente—. El escenario de un crimen me da mal rollo.

—Vale. No tardaré. —La verdad es que no puedo reprochárselo.

Sé que hay una cámara de seguridad, porque he visto las imágenes que grabó de la mujer de los guantes rojos. No me cuesta mucho desconectarla antes de acercarme a la puerta.

Luego, mientras saco un alambre rígido de mi mochila y me arrodillo frente a la cerradura, me pueden los nervios. No sé si estoy listo para ver la casa desierta de mi hermano. Inspiro hondo un par de veces y me concentro en la cerradura. Es de la marca Yale, lo que significa que tengo que girar en sentido horario y que los pernos son biselados. Esta tarea tan familiar logra distraerme de mis pensamientos.

Abrir cerraduras no es difícil, pero puede ser irritante. Normalmente uno mete la llave dentro, esta hace girar los pernos y bingo, la puerta se abre. Para forzarla, lo más fácil es ir deslizando la ganzúa por los pernos, presionándolos hasta que se colocan en su sitio. Hay técnicas más sofisticadas, pero yo no soy un experto como mi padre.

Al cabo de unos minutos, estoy dentro.

Cuando abro la puerta del apartamento de Philip, me recibe un tufo a comida podrida y rancia. Hay un precinto policial, pero se despega con facilidad. Aparte de eso, solo veo un desorden normal. Cajas de comida a domicilio, botellines de cerveza. Lo típico que un hombre deprimido va dejando por ahí cuando no tiene mujer e hijos que se lo echen en cara.

Cuando vivía, Philip me daba miedo. Le guardaba rencor. Quería que sufriera igual que él me había hecho sufrir. Pero al echar un vistazo a su salón, me doy cuenta por primera vez de lo absolutamente infeliz que era. Lo había perdido todo. Maura se había fugado con su hijo. A Anton, su mejor amigo, lo había matado nuestro abuelo. Y si el jefe mafioso para el que trabajaba desde adolescente no lo había matado todavía era solo gracias a mí.

Recuerdo lo orgulloso que estaba cuando le hicieron la marca: le abrieron un largo tajo en la piel de la garganta y luego embadurnaron la herida con ceniza para que se le formaran las escarificaciones. Las llamaba «mi segunda sonrisa». Era un símbolo, una señal de que Philip pertenecía a los Zacharov, de que era un iniciado, un asesino. Se paseaba con el cuello de la camisa abierto, pavoneándose y sonriendo cada vez que alguien se cambiaba de acera al verlo. Pero también lo recuerdo en el cuarto de baño de la casa vieja, a punto de llorar mientras se abría la piel hinchada e infectada con una cuchilla de afeitar para volver a echarse ceniza en las cicatrices.

Le dolía. Philip sentía dolor, aunque a mí me resulte más fácil fingir que no sentía nada.

Hay una silueta dibujada con tiza sobre la moqueta y unas manchas parduzcas alrededor de una zona recortada. Supongo que se la han llevado los forenses.

Recorro estas habitaciones que ya conozco, intentando ver si hay algo fuera de lugar. Todo y nada. No sé qué pudo cambiar de sitio Philip antes de morir; he estado en su casa suficientes veces para saber a grandes rasgos dónde estaba todo, pero no para quedarme con los detalles. Subo las escaleras y entro en su despacho, una sencilla habitación con una cama y un escritorio. Falta el ordenador; seguro que se lo han llevado los federales. Abro un par de cajones, pero lo más interesante que encuentro son unos bolígrafos y una navaja automática.

El dormitorio de Philip está sembrado de ropa. Claramente lo tiraba todo al suelo cuando se desvestía y de vez en cuando juntaba las prendas a patadas. Hay trozos de cristal cerca del zócalo, incluido el culo de un vaso de tubo con restos de un líquido parduzco.

En el armario está la ropa limpia que le quedaba y poco más. En una caja de zapatos encuentro el molde de espuma de una pistola, pero falta el arma. En otra caja hay varias balas sueltas.

Pienso en cuando éramos pequeños y papá aún vivía. No recuerdo ningún escondite especial. Solo recuerdo a papá entrando en mi habitación para…

Oh.

Entro en el cuarto del hijo de Philip. La cama todavía está pegada a la pared y llena de peluches. Los cajones de la cómoda están abiertos, aunque en algunos todavía queda ropa. ¿Maura dejó la habitación así? O quizá los policías han estado revolviéndolo todo.

La puerta del armario está entreabierta. Acerco un taburete en forma de seta y me subo encima para buscar en el mismo sitio donde yo guardo mi libro de apuestas en mi habitación de la residencia, palpando el hueco oscuro arriba del armario. Toco una superficie de cartón. La arranco.

El cartón está pintado del mismo color azul claro de la pared. Habría sido casi imposible encontrarlo a simple vista, ni siquiera buscando con linternas. Detrás hay pegado un sobre de papel amarillo.

Bajo del taburete con el sobre; mis movimientos han hecho que el móvil de veleros que cuelga sobre la camita se pusiera a danzar. Bajo la mirada de vidrio de los ositos de peluche, abro la presilla de latón y saco un fajo de papeles. Lo primero que veo es lo que parece ser un acuerdo legal que otorga a Philip Sharpe inmunidad jurídica por cualquier delito anterior. Es bastante detallado (tiene muchas páginas), pero reconozco las firmas del final: Jones y Hunt.

Detrás encuentro tres hojas escritas con la caligrafía curvada de Philip. En ellas confiesa a cuánta gente tuvo que convencer con alguna que otra costilla rota para asegurarse de que la apelación de mamá saliera bien. No sé qué significa que este documento esté aquí, con los demás. ¿Es porque Philip no llegó a dárselo a los federales? ¿O justamente al contrario?

Lo único que sé es que esto bastaría para que mi madre volviera a la cárcel.

Y que ella nunca se lo habría perdonado a Philip.

Me aparto esa idea de la cabeza mientras regreso al salón, me guardo el sobre en la cintura del pantalón y lo cubro con la camiseta. En la mesita auxiliar hay un gran cenicero de latón en el que descansa una única colilla. Al acercarme más, veo que es blanca con un distintivo dorado. La reconozco.

Es un Gitanes. La misma marca que fumaba Lila cuando volvió de Francia hace tantos años. La levanto y la miro; tiene una huella de pintalabios. El primer pensamiento que me viene a la cabeza es que no sabía que Lila seguía fumando.

El segundo es que los federales ya se han llevado cosas del piso de Philip. Si el cenicero está vacío, es porque los forenses se llevaron todas las colillas, además del trozo de moqueta, el ordenador de Philip y la pistola. Lo cual quiere decir que Lila ha entrado después.

La puerta se abre. Me doy la vuelta, pero solo es Sam.

—Me aburría —me dice—. Además, ¿sabes qué da todavía peor rollo que pasearse por el piso de tu hermano muerto? Esperar en un coche fúnebre delante de su piso.

Sonrío.

—Estás en tu casa.

Sam me mira la mano.

—¿Qué es eso?

—Creo que Lila ha estado aquí. —Le muestro los restos del cigarrillo—. Solía fumar esta marca. Y el pintalabios parece suyo.

Sam parece un poco perplejo.

—¿Crees que Lila mató a tu hermano?

Niego con la cabeza, pero lo que quiero decir es que no creo que el cigarrillo demuestre nada. No demuestra que Lila lo haya hecho, pero tampoco lo contrario.

—Debió de entrar aquí después de que la policía registrara la casa en busca de pruebas. Entró, se sentó en este sofá y se fumó un cigarrillo. ¿Por qué?

—Volvió al escenario del crimen —dice Sam, como los detectives de la tele.

—Creía que Lila te caía bien.

—Y me cae bien. —De pronto se pone serio—. Lila me cae bien, Cassel. Pero es raro que entrara en casa de tu hermano después de que lo hayan asesinado.

—Nosotros también estamos en casa de mi hermano después de que lo hayan asesinado.

Sam encoge sus anchos hombros.

—Deberías hablar con ella y preguntárselo.

Lila me quiere. No tiene más remedio: la obliga un maleficio. Creo que es incapaz de hacer algo que me haga daño, pero no puedo explicárselo a Sam sin contarle también el resto. Y prefiero no decirle nada acerca del sobre.

No quiero ni pensar en esas tres páginas y en su posible significado. No quiero ni imaginar que mi madre sea la mujer de los guantes rojos. Quiero que el asesino sea un desconocido, un sicario. Mientras no sea un conocido mío, soy libre de odiarlo. Al menos tanto como odiaba a mi hermano.

Cuando volvemos al coche, le pido a Sam que me lleve al aparcamiento de un hipermercado que veo de camino a la autopista; detrás hay unos tristes arbolillos y varios contenedores de basura grandes. Sam me observa mientras busco en mi mochila, saco unas cerillas y preparo (lo más discretamente posible) una pequeña fogata con restos de vegetación, el acuerdo de inmunidad y la confesión manuscrita de Philip. Cuando el fuego se aviva, echo también el cigarrillo.

—Estás destruyendo pruebas.

Miro a Sam.

—¿Y?

Se da una palmada en la frente.

—¡Que no puedes hacer eso! ¿Qué son esos papeles?

A pesar de todo lo que ha visto, Sam es un buen ciudadano.

Los bordes de los papeles se van rizando y el filtro del cigarrillo echa humo. Sabía que Philip había negociado con sus secretos (y con los míos), pero ni se me había pasado por la cabeza que pudiera hacer lo mismo con los de nuestra madre.

—Esos documentos prueban que mi hermano era un hipócrita. Le cabreaba muchísimo que yo me hubiera atrevido a traicionar a la familia… Pero resulta que lo que no le gustaba era que yo lo hubiera hecho antes que él.

—Cassel, ¿sabes quién lo mató? —La voz de Sam tiene un tono extraño.

Al mirarlo, me doy cuenta de lo que está pensando y me echo a reír.

—Hay imágenes de una mujer entrando en su piso la noche del asesinato. Así que no fui yo.

—Yo no he dicho que fueras tú —se apresura a decir.

—Lo que tú digas. —Me pongo de pie. Sinceramente, es normal que sospeche—. Tampoco pasaría nada si lo pensaras. Y gracias por ser mi cómplice.

Sam suelta un resoplido mientras disperso los restos ennegrecidos de mis hallazgos con el pie.

—¿Te importa que vayamos a casa de Daneca? —pregunta Sam—. Le prometí que pasaría.

—Se va a llevar un chasco si voy contigo —digo con una sonrisa.

Sam niega con la cabeza.

—Querrá saber qué has averiguado. ¿No recuerdas lo obsesionada que estaba con esos expedientes?

—Le vas a contar lo de la hoguera, ¿verdad? Macho, ya entiendo por qué quieres que vaya contigo. Prefieres que me grite a mí.

Pero no estoy enfadado. Me gusta que Sam no quiera mentirle a su novia. Me gusta que estén enamorados. Incluso me gusta que Daneca meta las narices en el caso.

—Si no quieres, no se lo contaré —me dice Sam—. Pero no me parece que estés siendo imparcial con esta, eh… investigación.

Siento tal gratitud que me entran ganas de contárselo todo, pero las cenizas que dejamos a nuestras espaldas me recuerdan que no debo fiarme completamente de nadie.

Sam enciende la radio del coche. Es un programa de noticias; los presentadores están hablando sobre la manifestación de Newark. La policía asegura que hubo disturbios, pero varios vídeos de YouTube muestran detenciones de manifestantes pacíficos. Algunos siguen detenidos, pero no se sabe cuántos. La tertulia deriva enseguida en chistes sobre chicas sin guantes.

Sam cambia de emisora sin previo aviso. Miro por la ventanilla para no tener que mirarlo a él. Paramos en una tienda de repuestos para comprar un pack de fusibles y una batería nueva. Entre la música enlatada, Sam me explica cómo instalarlo todo. Finjo ser aún más incompetente de lo que soy con los coches, principalmente para sacar de quicio a Sam hasta que se echa a reír.

Minutos después, aparcamos en la entrada de la lujosa casa familiar de Daneca, en Princeton. Un jardinero con uniforme verde está pasando un soplahojas por el césped. Al fondo veo a la señora Wasserman en su jardín, cortando un girasol de color naranja oscuro; lleva una cesta llena colgada del brazo. Nos saluda al vernos.

—Cassel, Sam. —Se acerca a la verja—. Qué agradable sorpresa.

Yo creía que la gente no decía esa clase de cosas en la vida real, pero parece que las personas que viven en casas como esta son la excepción. Aunque el aspecto de la señora Wasserman no es tan refinado como sus palabras: tiene la mejilla sucia de tierra, lleva unos zapatos Crocs verdes muy viejos y se ha recogido el cabello en una coleta mal hecha. Curiosamente, esa falta de esmero intimida más, si cabe.

Ahora no parece una incansable activista por los derechos de los obradores. Nadie pensaría que esta es la mujer que salió por la televisión nacional y reconoció que era obradora. Pero es ella.

—Ah, hola —dice Sam—. ¿Está Daneca?

—Está dentro —contesta. Nos tiende la cesta de girasoles—. ¿Podéis llevar esto a la cocina? Tengo que recoger los últimos calabacines. Aunque siempre planto muy pocos, salen todos a la vez y no doy abasto.

—¿Le echo una mano? —pregunto sin pensar. La señora Wasserman me mira extrañada.

—Muchas gracias, Cassel.

Sam toma la cesta de girasoles, me mira y niega con la cabeza. Ha adivinado que intento ganar tiempo para no responder a las inevitables preguntas de Daneca.

Sigo a la señora Wasserman al jardín trasero mientras Sam entra en la casa. Dentro del cobertizo hay varias cestas apiladas.

—¿Qué tal va todo? Me he enterado de la dimisión de la señora Ramírez. Es ridículo que el colegio piense que puede hacer algo así impunemente.

El jardín es idílico, inmenso, con arbustos de lavanda y enredaderas en flor que trepan por pirámides entramadas. En un plantero hay diminutos tomates cherry; otro está repleto de calabacines.

—Sí —contesto—. Ridículo. Pero estaba pensando... Esperaba poder preguntarle una cosa.

—Por supuesto.

Se arrodilla y empieza a arrancar las hortalizas verdes y rayadas, retorciéndolas con las manos cubiertas por los guantes de jardinería. Los calabacines salen de una gran planta central con flores amarillas y arrastran por el suelo. Al cabo de un momento caigo en la cuenta de que me he ofrecido a ayudarla y debería estar haciendo lo mismo que ella.

—Hum... —digo, agachándome—. He oído hablar de... una organización del gobierno federal. Para jóvenes obradores. Y me preguntaba si usted sabría algo al respecto.

La señora Wasserman asiente, sin mencionar que la última vez que hablamos insistí por activa y por pasiva en que yo no era obrador y que pasaba del tema.

—Nadie termina de confirmarlo, pero todos los que intentan legislar para proteger a los niños obradores terminan chocando contra el programa que dirige el gobierno. He oído que lo llaman División de Minorías Autorizadas.

Reflexiono sobre ese nombre.

—¿Entonces es legal?

—Lo único que sé es que yo estaba en contacto con un chaval más o menos de tu edad, y un buen día lo reclutaron. No he vuelto a saber nada de él. Los obradores adolescentes son un recurso valioso hasta que la reacción los deja inútiles, y la DMA procura reclutarlos antes de que lo hagan las mafias. La DMA persigue a los demás obradores, unas veces por delitos verdaderamente graves y otras por faltas leves. Pueden amargarte la vida. Si te han hablado de la División de Minorías, necesitas un abogado, Cassel. Alguien tiene que recordarles que sigues siendo un ciudadano con libertad para decidir.

Me echo a reír, pensando en el calabozo y en todos los manifestantes que quizá sigan dentro. Supongo que Daneca no se lo ha contado a su madre. Pero aunque creyera que los ciudadanos tenemos libertad de decisión, la única persona que conozco con experiencia jurídica es Barron, y no consiguió cursar más que un par de años del curso preparatorio. Mamá tiene un abogado, pero yo no puedo pagarle tanto como ella. Y luego está la señora Wasserman, claro. Ella es abogada, pero tampoco se está ofreciendo voluntaria exactamente.

—De acuerdo. Procuraré no meterme en líos.

Ella se aparta un grueso mechón castaño de la cara, manchándose la frente con tierra.

—No estoy diciendo que no sea una organización valiosa. Y seguro que algunos chicos consiguen buenos puestos de funcionarios. Solo quiero que vivamos en un mundo en el que los niños obradores no tengan que elegir entre policías o ladrones.

—Ya. —No me imagino ese mundo. Ni creo que pudiera encajar en él.

—Deberías entrar en casa. —Me sonríe—. Yo me ocupo del resto de la cosecha.

Me incorporo. Sé pillar las indirectas.

—No sabía lo que era —digo, tragando saliva—. La otra vez. No era mi intención mentirle.

La señora Wasserman levanta la cabeza y me mira, protegiéndose los ojos con la mano enguantada. Por primera vez en esta conversación, parece inquieta.

Daneca y Sam están sentados en sendos taburetes, en la inmensa isla de la cocina. Sobre la encimera de mármol, delante de Sam, hay un vaso de té helado con una ramita de menta dentro.

—Hola, Cassel —me saluda Daneca. Lleva una camiseta blanca, vaqueros y botas de ante marrón hasta la rodilla. Una de las trenzas con la punta morada le pende delante del rostro—. ¿Te apetece beber algo? Mi madre acaba de hacer la compra.

—No, estoy bien. —Niego con la cabeza. Siempre me siento incómodo en casa de Daneca. No puedo evitar mirarlo todo y calcular cuánto sacaría.

—¿Por qué habéis ido a investigar sin mí? —se lanza Daneca; parece que ya ha cumplido con el papel de anfitriona—. Creía que era cosa de todos.

—Nos pillaba de camino —contesto—. Y Sam se ha quedado esperando en el coche casi todo el rato. En cualquier caso, la policía y los federales ya lo habían registrado todo. Solo quería ver si encontraba algo que a ellos se les hubiera pasado por alto.

—¿Como el cigarrillo?

—Veo que Sam te lo ha contado. Sí, como el cigarrillo. Pero estoy casi seguro de que lo dejaron después.

—Cassel, sé que es duro, pero ella tiene muchos motivos para querer matar a tu hermano. Nos dijiste que él la secuestró.

Seguramente no debo estar pensando con claridad, pero ahora mismo me arrepiento de haberles contado nada. El problema de empezar a decir la verdad es que las partes que omites resultan demasiado obvias. Por no hablar de la tentación de soltarlo todo.

Y eso no puedo hacerlo. Ahora que tengo amigos, no quiero perderlos.

—Lo sé. Pero creo que ella no lo hizo. En el funeral no parecía sentirse culpable.

—Pero fue al funeral —insiste Daneca. Sam no dice nada, pero lo veo asentir—. ¿Por qué iba a asistir al funeral de alguien a quien odiaba? Eso es propio de asesinos. Lo he leído.

—Volver al lugar del crimen… —empieza de nuevo Sam.

—¡A Philip no lo mataron en un tanatorio! Además, fue con su padre. Zacharov quería ofrecerme un trabajo.

—¿Qué clase de trabajo? —pregunta Daneca.

—La clase de trabajo de la que uno no habla. La clase de trabajo con la que consigues un collar de escarificaciones y un apodo.

—No aceptaste, ¿verdad? —dice Daneca. Estoy bastante seguro de que, al igual que los federales, Daneca y Sam han llegado a la conclusión de que soy un obrador de la muerte, como mi abuelo.

Me tironeo del cuello de la camiseta.

—¿Quieres verme el cuello?

—Oh, venga ya. Responde a la pregunta.

—No acepté el trabajo. Os lo prometo. Y no tengo intención de hacerlo. Y quiero un vaso de ese té helado que está tomando Sam. Con la ramita de menta, por favor.

Daneca muestra una sonrisa tensa y baja de un salto del taburete.

—Vale, pero no hemos terminado de hablar de Lila. A ver, está claro que estás enamorado de ella hasta las trancas, pero eso no quiere decir que no sea sospechosa.

Procuro no tomármelo demasiado mal. A Lila la han obrado para amarme, pero es a mí a quien tienen calado.

—Vale. ¿Y qué pasa si ella mató a mi hermano? ¿De qué sirve saberlo?

—Te serviría para protegerla —dice Sam—. Si quieres.

Lo miro sorprendido, porque eso no es en absoluto lo que esperaba que dijera. Y porque es totalmente cierto.

—Vale. Está bien. ¿Tanto se nota que me gusta? —Pienso en Audrey, que prácticamente me dijo lo mismo frente a la cafetería. Pues sí que soy patético.

—Fuimos al cine juntos —dice Daneca—. Anoche. ¿No te acuerdas?

—Ah, sí. Claro.

Sam frunce el ceño mientras Daneca me sirve el té.

—A lo mejor deberías llamarla y preguntarle si mató a Philip —dice Sam.

—¡No! —exclama Daneca—. Si lo haces, te dará una excusa. Ocultará las pruebas. Primero hay que trazar un plan.

—Está bien. —Levanto la mano—. No creo que Lila lo haya hecho. De verdad que no. Y no porque piense que es incapaz de matar. Estoy seguro de que es capaz. Y estoy seguro de que odiaba a Philip, aunque si fuera a matar a uno de mis hermanos, me parece que habría empezado por Barron. Pero a Lila... Sé que no os va a sonar convincente... A Lila le gusto mucho. Le gusto tanto que creo que nunca haría nada que pudiera perjudicarme o ponerme en su contra.

Los dos se miran.

—A ver, tienes carisma —dice Sam con cautela—. Pero nadie tiene tanto.

Suelto un gruñido.

—No, no estoy alardeando. La han obrado para que me amase. ¿Lo entendéis ahora? Sus sentimientos son inquebrantables porque no son de verdad. —Me quedo sin voz al pronunciar las últimas palabras. Miro al suelo.

Se hace un largo silencio.

—¿Cómo has podido hacerle eso? —dice finalmente Daneca—. Eso es... como una violación mental. O incluso física si luego... ¿Cómo has podido, Cassel?

—No fui yo. —Escupo las palabras con los dientes apretados. Al menos Daneca podría haberme dado el beneficio de la duda durante un minuto. ¿No dice que es mi amiga?—. Yo no obré a Lila. Y no quería que... que pasara esto.

—Se lo voy a contar —dice Daneca—. Hay que decírselo.

—Daneca. Escúchame un momento. Ya se lo he dicho. ¿Qué clase de tío crees que soy? —Por su expresión, sé exactamente la clase de tío que cree que soy, pero continúo—: Se lo dije y he procurado no acercarme a ella, pero no es fácil, ¿vale? Parece que no hago más que meter la pata.

—Entonces por eso... —Sam se interrumpe.

—¿Por eso estoy tan raro cuando ella está cerca? Sí.

—¿Pero no eres un obrador de las emociones? —pregunta Daneca con cautela, un poco menos asqueada. Al menos ahora está intentando comprender lo que les he dicho, pero me molesta que me acuse precisamente de lo único que no he hecho.

—No. No lo soy. Claro que no.

Sam se vuelve hacia la puerta. Sigo su mirada: el niño obrador rubio al que acogió la señora Wasserman nos está observando.

—Entonces, si no fuiste tú quien la maldijo, ¿quién…? —pregunta Daneca en un susurro.

—Eso es lo de menos —replico.

El niño hace un mohín.

—Ya os he oído. No hace falta que susurréis.

—Déjanos tranquilos, Chris —dice Daneca.

—Solo vengo a por un refresco. —Abre la nevera.

—Tenemos que hacer algo —continúa Daneca, todavía en voz baja—. Hay un obrador emocional maldiciendo a la gente. No podemos dejar que…

—Daneca —la interrumpe Sam—. A lo mejor Cassel todavía no…

—Los obradores emocionales son peligrosos —insiste Daneca.

—Oh, cállate ya —le espeta Chris de repente. Ha dejado la nevera abierta y sostiene el refresco en la mano enguantada; parece tener ganas de tirárnoslo a la cabeza—. Te crees mejor que todo el mundo.

—No te metas donde no te llaman. Si no te largas de aquí con tu refresco, llamo a mi madre.

Sam y yo nos miramos, como dos intrusos en mitad de una riña familiar.

—¿Ah, sí? —dice Chris—. Pues a lo mejor deberías decirles a tus amigos que tú también eres una obradora emocional, en lugar de ocultárselo. ¿O crees que ya no te harán caso?

Durante un momento, todo se queda inmóvil.

Miro a Daneca. Está perpleja, con los ojos muy abiertos. Tiene la mano levantada, como si pudiera ahuyentar las palabras. El chaval no miente.

Lo que significa que Daneca sí miente.

Sam se cae del taburete. Creo que ha intentado levantarse sin pensar, pero termina cayéndose de espaldas y el taburete choca contra el suelo. Se golpea la espalda contra el aparador. Su expresión es descorazonadora. Ya no conoce a Daneca. Me siento fatal; es la misma expresión que temo ver algún día cuando Sam me mire a mí.

Me inclino y levanto el taburete; menos mal que tengo algo que hacer.

—Tenemos que irnos —dice Sam—. Venga, Cassel. Nos vamos de aquí.

—No, esperad —dice Daneca. Avanza hacia Sam, pero titubea como si no supiera qué hacer. Entonces se vuelve hacia Chris—. ¿Cómo has podido hacerme esto? —Su voz es un débil gemido.

—No es culpa mía que seas una embustera —dice Chris con vacilación. Parece aterrorizado. Si pudiera, creo que retiraría lo que ha dicho.

Sam sale por la puerta a trompicones.

—Hablaré con él —le digo a Daneca.

—Tú también mientes —me dice ella, agarrándome del brazo con desesperación. Siento sus uñas a través del fino cuero de los guantes—. Tú le mientes todo el tiempo. ¿Por qué no pasa nada cuando lo haces tú?

Me zafo de ella sin dejarle ver lo mucho que me duelen sus palabras. Ahora mismo todos mis impulsos son malos. Hasta esta tarde, no me había dado cuenta de lo poco que se fiaba de mí. Y si se parece en algo a mi madre (la única obradora de las emociones que conozco), quizá yo tampoco deba fiarme de Daneca.

—Te he dicho que hablaré con él. Es lo único que puedo hacer.

El coche de Sam sigue en la entrada, pero a él no lo veo por ninguna parte. No está en el elegante jardín de la madre de Daneca. Miro por encima del seto, pero tampoco está en el jardín con piscina del vecino. Ni caminando por la acera. De pronto, una de las puertas del coche fúnebre se abre. Sam está en la parte trasera, tumbado bocarriba.

—Sube —me dice—. Por cierto, las tías son un asco.

—¿Qué haces? —Me subo con él. Qué mal rollo. El techo tiene un forro de satén gris fruncido y las ventanillas están tintadas.

—Pensar.

—¿En Daneca? —No me imagino que pueda estar pensando en ninguna otra cosa.

—Supongo que ya sabemos por qué no quería hacerse la prueba. —Parece resentido.

—Le daba miedo.

—¿Tú sabías que era obradora? Di la verdad.

—No. Claro que no. A ver, supongo que alguna vez pensé que podía serlo, antes de hacernos amigos, por lo obsesionada que estaba con HEX. Pero luego supuse que sencillamente le habría gustado ser obradora. Es lo que me pasaba a mí. Pero tienes que entender el miedo que da…

—No —dice Sam—. No tengo que entender nada.

Ya sé por qué el coche fúnebre me resulta tan siniestro. La parte trasera me recuerda a cuando Anton me encerró en el maletero de su coche, al lado de unos cadáveres metidos en bolsas de basura. Recuerdo claramente el olor de las entrañas.

—Le importas mucho —digo, intentando volver al presente—. Cuando alguien te importa tanto, cuesta más…

—Nunca te he preguntado qué clase de obrador eras. —Sam me lanza esas palabras como un desafío.

—No —respondo con cautela—. Y te lo agradezco.

—Si… —Se interrumpe—. Si te lo preguntara, ¿me lo dirías?

—Eso espero.

Ya no dice nada más. Nos quedamos tumbados el uno al lado del otro, como dos cadáveres gemelos a la espera de que vengan a enterrarlos.

Capítulo once

No podemos quedarnos eternamente delante de la casa de Daneca, así que vamos a la de Sam, le birlamos un pack de cervezas a su padre y nos lo bebemos en el garaje. Hay un viejo sofá granate al lado de una batería del grupo en el que toca su hermana mayor. Me dejo caer en un lado del sofá y Sam en el otro.

—¿Y tu hermana? —le pregunto, metiéndome en la boca un puñado de cacahuetes garrapiñados con sésamo (había una bolsa cerca de las cervezas y nos la hemos llevado también). Me crujen en la boca como caramelos.

—Estudiando en la Bryn Mawr —Sam suelta un sonoro eructo—. Y sacando de quicio a mis padres; se ha echado una novia que va hasta arriba de tatuajes.

—¿En serio?

Sam sonríe.

—Sí, ¿por qué lo preguntas? ¿Tan raro es que alguien de mi familia sea una rebelde?

—¿Hasta qué punto se puede ser rebelde en esa universidad para pijos?

Me lanza un cojín mohoso, pero lo paro con el brazo y cae al suelo de cemento.

—¿Tu hermano no iba a Princeton?

—*Touché* —contesto, bebiendo un trago de cerveza. Está tibia—. ¿Nos batimos en duelo por la deshonra de nuestros hermanos?

Sam frunce el ceño, repentinamente serio.

—¿Sabes una cosa? El primer año que tú y yo compartimos habitación… creía que ibas a matarme. —Suelto una carcajada tan bestia que casi escupo la cerveza—. No, escucha. Vivir contigo es como saber que hay una pistola cargada en la habitación. Eres como un leopardo que se hace pasar por un gato doméstico. —Eso solo consigue que me ría todavía más—. Cállate. Tú haces cosas normales, pero los leopardos también pueden beber leche o caerse como un gato doméstico. Es evidente que tú no eres… no eres como los demás. De pronto te miro y te veo sacando las garras o… no sé, merendándote a un antílope.

—Ya. —Es una metáfora ridícula, pero se me han pasado las ganas de reír. Yo creía que se me daba bastante bien pasar inadvertido. O desde luego no tan mal como lo pinta Sam.

—Igual que con Audrey —continúa Sam, clavando un dedo en el aire; está claro que ya va un poco achispado y está decidido a hacerme comprender su teoría—. Daba la impresión de que tú creías que ella salía contigo porque te esforzabas por ser un buen tío.

—Es que soy un buen tío.

O lo intento.

Sam suelta un resoplido.

—A Audrey le gustabas porque le dabas miedo. Hasta que la asustaste demasiado.

Suelto un gemido.

—¿Hablas en serio? Venga ya, si yo nunca hice nada que…

—Y tan en serio. Eres un tío peligroso. Lo sabe todo el mundo.

Me tapo la cara con el otro cojín para no respirar.

—Para ya —le digo.

—¿Cassel?

Asomo la cabeza por encima del cojín.

—No me traumatices más de lo que ya…

—¿Qué clase de obrador eres? —Sam me mira con la curiosidad inocente de los borrachos.

Me trago lo que estaba a punto de decir y titubeo. El momento se alarga, fosilizado en ámbar.

—No hace falta que me lo digas. No importa.

Sam cree que sabe la respuesta. Supone que soy un obrador de la muerte. Tal vez incluso crea que he matado a alguien. Si es especialmente listo (y a estas alturas debo suponer que es más listo que yo, porque al parecer se dio cuenta de que yo era peligroso mucho antes de que lo supiera yo mismo), tendrá la teoría de que he matado a alguno de los hombres que buscan los federales. Si le digo que soy un obrador de la muerte, se lo tragará. Creerá que estoy siendo un buen amigo. Que soy sincero con él.

Me sudan las manos.

Quiero ser ese amigo.

—De la transformación. —La palabra me sale como un graznido.

Sam se incorpora de golpe y me mira fijamente. Ya no hay ni rastro de humor en su expresión.

—¿Qué?

—¿Lo ves? Cada vez se me da mejor lo de decir la verdad —digo, intentando relajar el ambiente. Me duele la tripa. Ser sincero me acojona.

—¿Estás loco? ¿Por qué me lo has contado? ¡No se lo cuentes a nadie! Espera, ¿de verdad eres…?

Asiento con la cabeza.

Sam tarda un buen rato en volver a hablar.

—Guau —dice finalmente con admiración—. Podrías crear los mejores efectos especiales del mundo. Caretas de monstruo, cuernos, colmillos… Todo permanente.

No lo había pensado; nunca se me había ocurrido usar mi poder para algo divertido. Esbozo una sonrisa inesperada.

Sam se interrumpe.

—Los maleficios son permanentes, ¿verdad?

—Sí. —Pienso en Lila. Y en Janssen—. Es decir, puedo volver a transformar las cosas y dejarlas como estaban. Más o menos.

Sam me evalúa con la mirada.

—Entonces, ¿podrías tener juventud eterna?

—No veo por qué no —contesto, encogiéndome de hombros—. Pero el mundo no está lleno de obradores de la transformación, así que supongo que no funciona.

De pronto soy mucho más consciente de la enorme cantidad de cosas que desconozco sobre mis propios límites. Son cosas en las que no quiero ni pensar.

—¿Y podrías transformarte para tener enorme la… ya sabes? —Se echa hacia atrás y se señala los pantalones con ambas manos—. Tenerla anormalmente grande.

Suelto un lamento.

—¿Estás de coña? ¿Eso es lo que quieres saber?

—Yo tengo claras mis prioridades —se defiende Sam—. Eres tú el que no se hace las preguntas adecuadas.

—La historia de mi vida.

Sam encuentra una botella polvorienta de Bacardi en la despensa. Nos la bebemos entre los dos.

El domingo por la tarde me despierta el timbre de la puerta. No recuerdo cómo llegué a casa. ¿A pie? La boca todavía me sabe a alcohol y estoy seguro de que llevo todo el pelo revuelto y de punta. Procuro alisármelo con las manos mientras bajo las escaleras.

No sé qué esperaba, la verdad. A un repartidor con un paquete, quizá. Misioneros, niñas vendiendo galletas o algo así. Incluso a los federales. Pero desde luego no al señor Zacharov, tan inmaculado como un billete falso de cien dólares, en la puerta de mi cochambrosa cocina.

Quito los cerrojos.

—Hola —lo saludo, antes de caer en la cuenta de que seguramente me apesta el aliento.

—¿Estás muy ocupado hoy? —me pregunta, fingiendo que no sabe que acabo de levantarme—. Me gustaría que me acompañaras.

—Detrás de él hay un mafioso con un abrigo largo y oscuro. En el cuello, por encima de las escarificaciones, se distingue una calavera tatuada.

—Sí. Claro. ¿Me da un minuto?

Zacharov asiente.

—Vístete. Puedes desayunar de camino.

Dejo la puerta de la cocina abierta para que Zacharov pase si quiere y vuelvo a subir las escaleras.

En la ducha, mientras el agua caliente se me clava en la espalda como una lluvia de agujas, me doy cuenta de lo rarísimo que es que Zacharov me esté esperando abajo. Cuanto más me espabilo, más surrealista me parece.

Regreso a la cocina al cabo de quince minutos, masticando una aspirina, vestido con unos vaqueros negros, un jersey y la cazadora de cuero. Zacharov está sentado ante la mesa de la cocina, relajado, tamborileando con los dedos sobre la superficie de madera gastada.

—Bueno, ¿y a dónde vamos?

Se levanta y enarca sus cejas grises como el acero.

—Al coche.

Lo sigo hasta un elegante Cadillac negro. El motor ya está encendido, y Stanley (un guardaespaldas que ya conozco) está sentado en el asiento del conductor. El tío del tatuaje de la calavera se sienta a su lado. Zacharov me invita a subir a la parte de atrás.

—Hola, chaval —me dice Stanley. En el posavasos hay un vaso de café humeante; en mi asiento, una bolsa de comida para llevar. La abro y saco un *bagel* y un sándwich de huevo.

—Hola, Stanley. —Lo saludo con la frente—. ¿Qué tal la familia?

—De maravilla.

Zacharov se sienta a mi lado mientras un cristal tintado va subiendo y nos separa de los guardaespaldas.

—Tengo entendido que mi hija y tú salisteis por ahí el viernes —me dice mientras Stanley saca el Cadillac marcha atrás.

—Espero que lo haya pasado bien —contesto entre bocado y bocado. De pronto me pregunto si Zacharov se habrá enterado de lo del maleficio. Si es así, es muy amable por su parte dejar que me duche y desayune antes de asesinarme.

Pero Zacharov tiene una sonrisa divertida en los labios.

—Y tengo entendido que el día anterior charlaste con ciertos agentes federales.

—Sí. —Procuro no parecer excesivamente aliviado. Uno no puede estar relajado cuando un jefe mafioso te pregunta por tu relación con los federales—. Vinieron a verme al colegio. Para preguntarme por Philip.

Entorna los ojos.

—¿Por Philip?

—Mi hermano había hecho un trato con ellos. —No tiene sentido mentirle a Zacharov sobre eso. Philip está muerto. No pasa nada por contárselo. Aun así, siento una punzada de culpa—. Dicen que era un soplón. Y que alguien lo ha asesinado.

—Ya veo —dice Zacharov.

—Quieren que yo los ayude a encontrar al asesino. —Titubeo—. Al menos eso dicen.

—Pero crees que no es así.

—No lo sé. —Bebo un largo trago de café—. Solo sé que son dos capullos.

Se echa a reír.

—¿Cómo se llaman?

—Jones y Hunt. —La combinación de café y grasa me reconforta el estómago. Me encuentro tan bien que me reclino en el asiento. Me sentiría aún mejor si supiera a dónde vamos, pero de momento no me importa esperar.

—Hum. Los dos son obradores de la suerte.

Miro a Zacharov con cara de sorpresa.

—Yo creía que odiaban a los obradores.

Sonríe.

—Y quizá los odien. Lo único que sé es que ellos dos son obradores. Casi todos los agentes de la división que se ocupa de nosotros son obradores.

Con «nosotros» supongo que se refiere a las familias del crimen organizado de la costa este. Familias como la suya.

—Ah.

—Eso no lo sabías, ¿eh? —Parece complacido. Niego con la cabeza—. También te han estado incordiando con lo de tu madre, ¿a que sí? Sé cómo trabajan esos tipos. —Zacharov inclina la cabeza, como dándome a entender que puedo responder si quiero, pero que no hace falta—. Yo podría quitártelos de encima. —Me encojo de hombros—. Ya, no estás seguro. Quizá te presioné demasiado en el funeral de Philip. Eso me dice Lila.

—¿Lila?

Su sonrisa refleja algo parecido al orgullo.

—Algún día ella liderará a la familia Zacharov. Muchos hombres morirán por ella. Y matarán por ella.

Asiento con la cabeza porque, por supuesto, eso es lo que implica ser la hija de Zacharov. Sencillamente, el hecho de que lo diga en voz alta lo convierte en algo incómodamente real. Hace que parezca que el futuro va a llegar demasiado pronto.

—Pero puede que a algunos no les guste tener que obedecer a una mujer —dice Zacharov mientras el coche gira bruscamente. Entramos en el garaje cubierto de un edificio y nos detenemos—. Y menos a una mujer a la que conocen demasiado bien.

—Espero de verdad que no se esté refiriendo a mí —le digo. Las puertas del coche se desbloquean.

—Sí —dice Zacharov—. Yo también lo espero.

El garaje está a medio construir. Todo es de cemento visto, sin señales ni líneas pintadas para delimitar las plazas de aparcamiento. Alguien debió de quedarse sin presupuesto en mitad de la obra.

Supongo que eso significa que ya puedo olvidarme de pedir ayuda a gritos.

Salimos del coche. Sigo a Zacharov y a Stanley al interior del edificio. El matón tatuado camina detrás de mí y me da un discreto empujón con la mano enguantada al ver que me quedo mirando a mi alrededor.

El aparcamiento es nuevo y está sin terminar, pero el edificio al que está conectado es muy antiguo. La placa dice: FÁBRICA DE CORDELES Y AGUJAS TALLINGTON. Está claro que lleva mucho tiempo abandonado: las ventanas están tapadas con tablones de madera cubiertos por una gruesa capa de mugre. Supongo que alguien quiso convertir este sitio en un bloque de apartamentos antes de que llegara la crisis.

De pronto se me ocurre que me han traído aquí para matarme. El abuelo me contó que suelen hacerlo así. Te llevan a dar una vuelta en coche, muy majos ellos. Y luego... bang. Tiro en la nuca.

Me meto la mano derecha en el bolsillo de la cazadora y empiezo a quitarme el guante como puedo. Se me ha acelerado el corazón.

Al llegar a las escaleras, Stanley se queda esperando. Zacharov extiende la mano, indicándome que suba primero.

—Suba usted, yo le sigo —le digo—. Usted es el que sabe a dónde vamos.

Se ríe.

—Qué precavido.

Zacharov sube las escaleras. Luego va Stanley, después el tío de la calavera y yo el último. He conseguido quitarme el guante; ahora lo tengo en la palma de la mano.

El pasillo al que llegamos está iluminado con fluorescentes parpadeantes. Parecen amarillentos y algunos incluso están quemados. Avanzo mirando la espalda trajeada del tatuado hasta que llegamos a una gran puerta de acero.

—Ponte esto —me dice Zacharov, sacando un pasamontañas negro del abrigo.

Me lo pongo en la cabeza a duras penas, ya que solo puedo usar la mano enguantada. Seguro que Zacharov y sus hombres se han dado cuenta de que no saco la otra mano del bolsillo, pero no dicen nada.

Stanley llama a la puerta tres veces.

No reconozco al tipo que abre. Es alto, de unos cuarenta años. Va descamisado, vestido solo con unos vaqueros sucios. Está tan flaco que su pecho parece cóncavo, y va lleno de tatuajes. Mujeres desnudas decapitadas por esqueletos, demonios con lenguas enroscadas, palabras en alfabeto cirílico. Ningún tatuaje es en color, todos están dibujados con tinta negra y trazo torpe. Parece un trabajo de aficionados. De la cárcel, deduzco. El tipo lleva el pelo largo, a la altura de las mejillas, grasiento y apelmazado. Una de sus orejas está tan ennegrecida como los dedos de mi abuelo. Es evidente que lleva bastante tiempo viviendo en la habitación a la que ahora nos invita a pasar. Hay un catre con una manta mugrienta y, en el centro del cuarto, una mesa hecha con dos caballetes y una lámina de contrachapado, cubierta de cajas de pizza, una botella de vodka casi vacía y un paquete de papel de aluminio con *pelmeni* a medio terminar.

Su mirada ávida y furtiva pasa de Zacharov a mí.

—¿Es este? —dice el fulano. Escupe en el suelo.

—Oye —le dice Stanley, interponiéndose entre nosotros. El otro guardaespaldas, que se ha reclinado contra la pared, se yergue un poco, como si fuera a haber bronca.

Me giro hacia Zacharov para ver cómo reacciona él.

—Vas a cambiarle el rostro —me dice con tranquilidad, como si estuviera comentando que parece que va a llover—. Por los viejos tiempos. Aún estás en deuda conmigo.

—Ponme guapo —dice el hombre, acercándose a mí cuanto puede (teniendo en cuenta que nos separa Stanley). Huele a sudor rancio y a vómito—. Quiero parecer una estrella de cine.

—Sí, muy bien —digo, sacando la mano del bolsillo. Sin guante. Siento el frescor del aire en la piel. Deslizo el pulgar por los dedos en un gesto poco familiar.

El hombre se aparta de un brinco. Stanley se da la vuelta para ver de qué se ha asustado y él también retrocede. Una mano sin guante llama mucho la atención.

—¿Seguro que es lo que dice que es? —le pregunta el tipejo a Zacharov—. No estarás intentando librarte de un problema, ¿verdad? ¿O hacer que me olvide hasta de cómo me llamo?

—No me hace falta traer a un chaval para ninguna de esas dos cosas —contesta Zacharov.

Eso no parece tranquilizar al tipo. Me mira y se señala el cuello.

—Enséñame las marcas.

—No tengo —replico, tirándome del cuello del jersey.

—No hay tiempo para estas tonterías —dice Zacharov—. Emil, siéntate de una vez, tengo muchas cosas que hacer. Además, no supervisó asesinatos. Ni me expongo a riesgos innecesarios.

Eso parece aplacarlo. Trae una silla plegable de metal y se sienta. Las bisagras están devoradas por el óxido, pero no parece reparar en ello. Está demasiado ocupado mirándome la mano.

—¿Para qué vamos a hacer esto?

—Responderé a todas tus preguntas después —dice Zacharov—. Por ahora, haz lo que te pido.

Stanley me mira con frialdad. Zacharov no me lo está pidiendo. Aquí no hay opción correcta.

Los ojos de Emil se abren de par en par cuando le toco la sucia mejilla con las yemas de los dedos. Apuesto a que el corazón le late tan deprisa como a mí.

Nunca he hecho una transformación como esta, que requiere detallismo y minuciosidad. Cierro los ojos para poder ver con ese extraño segundo sentido, para que todas las partes de Emil se vuelvan infinitamente maleables. Pero entonces me entra el pánico. No consigo recordar detalladamente los rasgos de ningún actor de cine, únicamente de alguna actriz. Solo veo ojos y narices borrosos y vagamente familiares. El único actor que me viene a la mente es Steve Brodie, en su papel del doctor Vance en *La invasión de las arañas gigantes*.

Transformo a Emil. Le estoy pillando el truco. Cuando abro los ojos, parece un galán de los años setenta bastante decente. Ya no hay tatuajes. Ni cicatrices. También le he curado la oreja.

Stanley se queda sin aliento. Emil levanta las manos y se palpa el rostro con los ojos muy abiertos.

Zacharov me mira fijamente. La comisura de su boca delgada se alza en una sonrisa hambrienta.

Entonces se me agarrotan las rodillas y me desplomo. Noto que mi cuerpo empieza a desparramarse, que los dedos se me dividen en docenas de clavos de hierro. Me dan espasmos en la espalda y siento que la piel se me despega del cuerpo. Emito un sonido más parecido a un gemido que a un grito.

—¿Qué diablos le pasa? —exclama Emil.

—Es la reacción —contesta Zacharov—. Dejadle sitio.

Oigo que corren la mesa mientras yo me retuerzo por el suelo.

—¿Y si se muerde lengua? —Es la voz de Stanley—. Así no está bien. Se va a provocar una conmoción. Al menos deberíamos ponerle algo debajo de la cabeza.

—¿De cuál de ellas? —pregunta otra voz. ¿Emil? ¿El matón de la puerta? Ya no lo sé.

Me duele. Me duele muchísimo. La oscuridad se alza, amenazante y terrible, antes de abatirse sobre mí como una ola, arrastrándome hasta el fondo de un mar sin sueños.

Cuando despierto, estoy tumbado en el catre, arropado con la apestosa manta de Emil. Solo veo a Zacharov y a Stanley. Están sentados en las sillas plegables, jugando a las cartas. Por las ventanas tapiadas se filtra un halo de luz. Aún es de día. No puedo haber estado inconsciente mucho tiempo.

—Eh —dice Stanley cuando empiezo a moverme—. El chaval se ha despertado.

—Lo has hecho bien, Cassel —dice Zacharov, girando la silla para mirarme—. ¿Quieres dormir un poco más?

—No —contesto mientras me incorporo. Me siento un poco avergonzado, como si hubiera vomitado delante de ellos. Ya no llevo el pasamontañas. Me lo habrán quitado ellos mientras dormía.

—¿Tienes hambre? —me pregunta Zacharov. Niego con la cabeza. Estoy un poco mareado después de la transformación, como si tuviera el estómago desubicado. Lo que menos me apetece ahora es comer—. Luego te entrará —añade con tal certeza que me parece imposible contradecirlo. Además, estoy demasiado cansado para intentarlo.

Stanley me ayuda a levantarme y prácticamente carga conmigo hasta el coche.

Durante el viaje de vuelta, apoyo la cabeza en la ventanilla. Creo que me he vuelto a quedar dormido, porque he manchado el cristal de babas.

—Arriba. —Alguien me zarandea el hombro. Suelto un gemido de protesta. Tengo todo el cuerpo agarrotado, pero por lo demás estoy bien.

Zacharov me sonríe desde el otro lado del coche. Su cabello plateado contrasta vivamente con el abrigo de lana negro y los asientos de cuero.

—Dame las manos.

Obedezco. Una está enguantada y la otra no.

Zacharov me quita el otro guante y sostiene mis manos desnudas, con las palmas hacia arriba, con las suyas enguantadas. Me siento extrañamente vulnerable, aunque el que se está arriesgando a un maleficio es él.

—Con estas manos construirás el futuro —me dice—. Asegúrate de que sea un futuro en el que quieras vivir.

Trago saliva. No tengo ni idea de a qué se refiere. Cuando me suelta, busco el otro guante en el bolsillo, sin mirar a Zacharov a la cara.

Un momento después se abre la puerta de mi lado; Stanley la sujeta para que salga. Estamos en Manhattan, con sus altísimos rascacielos. Los coches pasan a toda velocidad.

Salgo del coche con torpeza, inspirando el olor a humo de los vehículos y a cacahuetes tostados. Parpadeo, adormilado, pero si no estamos en Nueva Jersey es que todavía no hemos terminado.

—Ah, venga ya —le digo a Zacharov—. No puedo. Otra vez, no. Hoy, no.

Se echa a reír sin más.

—Solo quiero que cenemos. Lila no me perdonaría que te dejara en casa con el estómago vacío.

Me sorprende. Debía de tener una pinta horrible en el almacén, porque estoy seguro de que Zacharov tiene mejores cosas que hacer que llevarme a cenar.

—Por aquí.

Zacharov se dirige a una gran puerta de bronce con un oso grabado en relieve. No hay letreros en el edificio, así que no tengo ni idea de lo que me espera cuando entramos. No parece un restaurante. Miro de reojo a Stanley, pero ya se está volviendo a sentar en el Cadillac.

Zacharov y yo entramos en un pequeño vestíbulo lleno de espejos, con un ascensor de latón reluciente. No hay más muebles que un banco dorado y negro. Por lo que veo, tampoco hay timbre ni intercomunicador. Zacharov busca en su bolsillo y saca un manojo de llaves. Introduce una de ellas en el orificio de un solitario panel y la gira. Las puertas del ascensor se abren.

Por dentro, el ascensor es de madera cara y nudosa. Encima de las puertas hay una pantalla de vídeo que muestra una película en blanco y negro sin sonido. No la conozco.

—¿Qué sitio es este? —pregunto finalmente cuando las puertas se cierran.

—Un club social —contesta Zacharov, entrelazando las manos enguantadas. No hemos pulsado botón alguno—. Para asuntos privados.

Asiento como si entendiera a qué se refiere.

Cuando el ascensor se detiene salimos a una sala inmensa, pero inmensa de verdad; no me cabe en la cabeza que haya un sitio como este en Nueva York. El suelo de mármol está cubierto casi completamente por una enorme alfombra. A lo largo hay varias islas formadas por grupos de dos o cuatro butacas de respaldo alto. El altísimo techo está decorado con intrincadas molduras de yeso. En la pared más cercana hay una gran barra de bar con encimera de mármol reluciente y paneles de madera oscura. Detrás de la barra, en un aparador muy alto, se ven diversos recipientes grandes llenos de licor transparente en los que flotan frutas y especias: limones, pétalos de rosa, clavos de olor y jengibre. Varias personas uniformadas recorren la sala en silencio, llevando bebidas y bandejitas a los ocupantes de las butacas.

—Guau —digo.

Zacharov me dedica una media sonrisa, la misma que he visto ya en el rostro de Lila. Me desconcierta.

Un hombre mayor, de mejillas hundidas y traje negro, se acerca a recibirnos.

—Bienvenido, señor Zacharov. ¿Me permite su abrigo? —Zacharov se lo quita—. ¿Desea que le traigamos una americana a su amigo? —le pregunta sin apenas mirar en mi dirección. Parece que estoy infringiendo su código de etiqueta.

—No —contesta Zacharov—. Vamos a beber algo y luego cenaremos. Envíenos a alguien a la sala azul.

—Muy bien, señor —responde el hombre, como los mayordomos de las pelis.

—Ven —me dice Zacharov.

Cruzamos la estancia y salimos por unas puertas dobles que dan a una biblioteca mucho más pequeña. Hay tres hombres barbudos sentados juntos, riendo. Uno fuma en pipa. Otro tiene sobre sus rodillas a una chica, con un vestido rojo cortísimo, que esnifa cocaína con una cucharilla.

Zacharov se da cuenta de que los estoy mirando.

—Es un club privado —me recuerda.

Ya.

En la tercera habitación hay una chimenea encendida. La sala es más pequeña que las otras dos, pero no hay más puertas que estas por las que acabamos de entrar. No hay nadie dentro. Zacharov me indica que me siente. Me acomodo en un suave sillón de cuero. Hay una mesita baja entre él y yo. Una lámpara de araña se mece ligeramente sobre nosotros, proyectando líneas de colores por la sala.

Aparece un camarero uniformado. Me echa un vistazo con evidente escepticismo y se vuelve hacia el señor Zacharov.

—¿Qué van a tomar?

—Para mí, Laphroaig con un solo cubito de hielo, y el señor Sharpe tomará...

—Agua con gas. —Qué penoso.

—Muy bien —dice el camarero.

—Después, tráiganos cien gramos de Osetra iraní con blinis, huevo picado y abundante cebolla. Lo acompañaremos con un poco de vodka Imperial muy frío. Luego un rodaballo con la excelente salsa de mostaza del chef. Y por último, dos *pains d'amandes*. ¿Alguna objeción, Cassel? ¿Algo que no te guste?

Jamás he comido la mayoría de las cosas que acaba de mencionar, pero no pienso admitirlo. Niego con la cabeza.

—Suena estupendo.

El camarero asiente con la cabeza y se marcha sin dirigirme la mirada.

—Estás incómodo —dice Zacharov. Es cierto, pero no me parece un comentario de buen gusto—. Creía que Wallingford os preparaba para ocupar vuestro lugar en la sociedad.

—Creo que no esperan que mi lugar en la sociedad tenga nada que ver con este sitio. —Eso le hace sonreír.

—Pero podría ser así, Cassel. Con tu don te pasa lo mismo que con este club: te pone incómodo. Te abruma, ¿verdad?

—¿A qué se refiere?

—Uno puede jugar a imaginar qué se compraría con un millón de dólares, pero con mil millones la fantasía pierde su encanto. Las posibilidades se disparan. La casa que antes anhelaba con todo su corazón de pronto se le hace pequeña. El viaje se le hace barato. Quería visitar una isla, pero ahora se plantea comprársela. Me acuerdo de ti, Cassel. Querías ser uno de nosotros con todo tu corazón. Y ahora eres el mejor de todos.

Me pongo a mirar la chimenea. Solo me giro al oír el tintineo de los vasos que nos trae el camarero.

Zacharov menea su vaso de *whisky* escocés, haciendo bailar el líquido ambarino. Guarda silencio un momento.

—¿Recuerdas que te echaron de la fiesta de cumpleaños de Lila porque te peleaste con un chico de su colegio? —Se echa a reír de pronto, con una carcajada corta y brusca—. Le estampaste la cabeza contra un lavabo y lo dejaste todo perdido de sangre.

Me llevo la mano a la oreja, abochornado, y le muestro una sonrisa forzada. Dejé de llevar pendiente cuando me matriculé en Wallingford y el agujero ya casi se me ha cerrado, pero todavía me acuerdo de Lila con el cubito de hielo y la aguja esa misma noche, su aliento cálido en el cuello. Me revuelvo en el asiento.

—Ya entonces debería haberme dado cuenta de que tenías potencial. —Es halagador, pero está claro que no es verdad—. Sabes que me gustaría que trabajaras para mí. Y yo sé que tienes dudas. Quiero resolverlas.

El camarero vuelve con el entrante. Las diminutas perlas grises de caviar se deshacen en la lengua, dejando el sabor salobre del mar.

Zacharov parece un caballero benevolente, llenando un blinis de huevo picado y nata. Un tipo refinado con traje a medida y un bulto bajo la axila donde guarda la pistola. Probablemente no sea la mejor persona a la que confesarle mis dilemas morales. Pero algo tengo que decirle.

—¿Cómo empezó mi abuelo? ¿Lo conoció de joven?

Zacharov sonríe.

—Tu abuelo es de otra época. La generación de sus padres todavía se consideraba buena gente, que sus poderes eran una bendición. La de tu abuelo fue la primera generación que nació siendo ilegal. Cuando nació Desi Singer no habían pasado… ni diez años de la prohibición. No pudo elegir.

—Los diestros… —digo, pensando en la versión de la historia que me contó la señora Wasserman. Zacharov asiente.

—Sí, así nos llamaban antes de la prohibición. ¿Sabías que a tu abuelo lo concibieron en un campo de trabajo? Tuvo una infancia difícil, como mi padre. No les quedó otra que volverse duros. El país entero les había dado la espalda. Mi abuelo Viktor dirigía las cocinas; se aseguraba de que hubiera comida para todos. Hacía todo lo necesario para que las escasas raciones cundieran lo suficiente; tenía chanchullos con los guardias, se fabricó un alambique y destilaba alcohol para intercambiarlo por víveres. Así empezaron las mafias. Mi abuelo solía decir que nuestro deber era protegernos los unos a los otros. Por mucho dinero o poder que consiguiéramos, no debíamos olvidar nunca de dónde veníamos.

Zacharov deja de hablar cuando el camarero regresa con el pescado. Zacharov pide una copa de Pierre Morey Meursault del 2005 y se la traen al cabo de un momento: un líquido de color amarillo claro con el fondo turbio por la condensación.

—A los veinte años, estudiaba mi segundo curso en Columbia. Estábamos a finales de los setenta y yo creía que el mundo había cambiado. Habían estrenado la primera película de Superman en los cines, Donna Summer cantaba por la radio y yo estaba harto de las costumbres anticuadas de mi padre. Conocí a una chica de mi clase. Se llamaba Jenny Talbot. No era obradora y a mí no me importaba.

El pescado se va enfriando delante de nosotros mientras Zacharov se quita un guante. Tiene la mano surcada de cicatrices de color marrón rojizo, largas y finas, como si fueran de caramelo masticable.

—Tres tíos me acorralaron en una fiesta en el Village y me metieron la mano en el quemador de un hornillo eléctrico. El fuego me quemó el guante y la tela se me fundió con la carne. Fue como si me estuvieran despellejando vivo. Me dijeron que no me acercara a Jenny, que les daba asco pensar que alguien como yo pudiera tocarla.

Zacharov bebe un largo trago de vino y clava el tenedor en el rodaballo, con la mano aún desnuda.

—Desi vino a verme al hospital después de mis padres. Le dijo a mi hermana Eva que esperara fuera y me preguntó qué había pasado. Se lo conté a pesar de la vergüenza. Sabía que él era leal a mi padre.

Cuando terminé de contárselo, me preguntó qué quería que les hiciera a esos chicos.

—Los mató, ¿verdad?

—Quería que lo hiciera —contesta Zacharov, masticando un bocado de pescado e interrumpiéndose para tragar—. Cada vez que la enfermera me cambiaba el vendaje de la mano, cada vez que me clavaban las pinzas en la carne llena de ampollas para sacar trozos de tela, me imaginaba a esos chicos muertos. Se lo dije a tu abuelo. Y él me preguntó por la chica.

—¿Por la chica?

—Eso mismo dije yo, con el mismo tono incrédulo que tú. Desi se echó a reír y me dijo que alguien había incitado a esos chicos para que me hicieran eso. Alguien les había dicho algo para calentarlos. Quizás a Jenny le gustaba que los chicos se pelearan por ella. Pero tu abuelo estaba seguro de que mi chica quería cortar conmigo y había decidido deshacerse de mí como si fuera una bolsa de basura. Y eso era mucho más fácil si todos creían que era una víctima y no una de esas chicas que tonteaban con obradores.

»Tu abuelo tenía razón. Jenny no vino a verme al hospital. Cuando finalmente Desi les hizo una visita a esos chicos, se encontró a Jenny en la cama con uno.

Zacharov guarda silencio para comer un par de bocados más. Yo lo imito. El pescado está increíble: se deshace en lascas y tiene aroma a limón y a eneldo. Pero no sé qué pensar de la historia que me está contando.

—¿Qué le pasó a la chica?

Zacharov se detiene con el tenedor en la mano.

—¿Tú qué crees?

—Ah. Ya.

Sonríe.

—Cuando mi abuelo decía que teníamos que protegernos entre nosotros, yo lo tomaba por un viejo sentimental. Pero cuando tu abuelo dijo lo mismo, comprendí por fin lo que significaba. Nos odian.

Puede que nos sonrían. Puede que incluso nos metan en su cama, pero aun así nos odian.

La puerta se abre. Entran dos camareros con café y pastas.

—Y a ti te odiarían más que a ninguno —concluye Zacharov.

Hace calor, pero de pronto tengo mucho frío.

Ya es tarde cuando Stanley me deja en casa. Me quedan unos veinte minutos para recoger mis cosas y volver a Wallingford antes de la ronda del supervisor.

—No te metas en líos —me dice Stanley mientras me bajo del Cadillac.

Abro la puerta, voy a la habitación del fondo y recojo mis libros y la mochila. Luego busco las llaves; creía que las tenía en la mochila, pero no están. Hurgo bajo los almohadones del sofá. Luego me arrodillo para ver si se han colado debajo. Finalmente las encuentro en la mesa del comedor, tapadas por unos sobres.

Cuando me dispongo a salir de casa, caigo en la cuenta de que mi coche sigue jodido. Ni siquiera me acuerdo de si me traje los fusibles y la batería que compré o si se quedaron en casa de Sam. Presa del pánico, corro escaleras arriba y entro en mi dormitorio. Ni batería ni fusibles. Deshago mis pasos hasta la cocina, tratando de imaginar lo que hice cuando llegué borracho. Resulta que el armario está entreabierto y que (¡increíble!) la bolsa de la tienda de repuestos está dentro, al lado de una lata de cerveza vacía. También hay un abrigo arrugado en el suelo; creo que lo tiré de la percha sin querer. Lo levanto para colgarlo en su sitio cuando oigo un ruido metálico.

Hay una pistola en el suelo de linóleo. Es plateada y negra, con el logotipo de Smith & Wesson en el lateral. Me la quedo mirando y mirando como si mis ojos me engañaran. Como si de repente se fuera a transformar en una pistola de juguete. Después levanto de nuevo el abrigo de solapas anchas. Negro. Grande. Idéntico al del vídeo.

Lo que significa que esta pistola es la misma que mató a mi hermano.

Vuelvo a dejar el abrigo y la pistola con cuidado, escondiendo las pruebas en el armario, lo más hondo posible.

¿Cuándo decidió matar a Philip? Debió de ser después de volver de Atlantic City. No creo que supiera que mi hermano había hecho un trato con los federales antes de eso. Quizá fue a casa de Philip y vio parte de los documentos… No, mi hermano no sería tan tonto. Quizá vio a Jones o a Hunt hablando con él. Le bastaría un solo vistazo para saber que son polis.

Pero ni siquiera eso me parece suficiente. No sé por qué lo hizo.

Solo sé que esta casa y este armario son de mi madre. Por lo tanto, el abrigo es de mi madre.

Por lo tanto, la pistola también es de ella.

Capítulo doce

El lunes por la mañana, en el colegio, alcanzo a Lila de camino a clase de Francés. Le toco el hombro y ella se da la vuelta, con una sonrisa rebosante de anhelo. Detesto tener tanta influencia sobre ella, aunque también siento un insidioso placer al saber que siempre está pensando en mí. Un placer contra el que debo prevenirme.

—¿Estuviste en casa de Philip? —Lila abre la boca, pero titubea, así que continúo antes de que me mienta—: Encontré uno de tus cigarrillos.

—¿Dónde? —Se abraza el pecho en actitud defensiva, agarrándose un hombro con la mano enguantada.

—¿Tú qué crees? En el cenicero.

Al ver que su expresión se ensombrece, cambio de opinión sobre lo que tengo que hacer para que hable. Lila parece cerrada a cal y canto, como una casa a prueba de ladrones, incluso de ladrones que le caen bien.

—Si me dices que no es tuyo, te creeré.

Pero no lo pienso ni por un segundo. Sé que el cigarrillo era de Lila. Pero también sé que la mejor forma de entrar en una casa cerrada es que te abran la puerta principal.

—Tengo que irme a clase —me dice—. Hablamos a la hora del almuerzo, fuera.

Entro a zancadas en clase de Francés. Hoy nos toca traducir un pasaje de Balzac: *La puissance ne consiste pas à frapper fort ou souvent, mais à frapper juste.*

El poder no consiste en golpear fuerte ni rápido, sino en acertar.

Lila me está esperando al lado de la cafetería. A la luz del sol, su cabello rubio y corto parece blanco, como un halo alrededor de su rostro.
Lleva medias blancas hasta los muslos y la falda algo subida; cada vez
que se mueve, casi se le ve la piel.

—Hola —digo, decidido a no mirar.

—Hola. —Me muestra esa sonrisa suya, hambrienta y un poco
ida. Ha tenido tiempo para trazar un plan y se nota. Ya ha decidido lo
que va a contarme y lo que no.

—Bueno... —digo con las manos en los bolsillos—. No sabía que
seguías fumando.

—Vamos a dar un paseo. —Lila se despega de la pared y echamos
a andar por el sendero de la biblioteca—. Volví a empezar este verano.
A fumar. No quería, pero todos los conocidos de mi padre fuman. Y
además, así me entretenía con algo.

—Vale.

—Cuesta dejarlo. Incluso aquí, en Wallingford, lleno un tubo de
cartón de toallitas húmedas y suelto el humo dentro. Luego me lavo
los dientes como un millón de veces.

—Te vas a pudrir los pulmones.

—Solo lo hago cuando estoy muy nerviosa.

—¿Cuando entras en casa de un muerto, por ejemplo?

Lila asiente con rapidez, frotándose la falda con los guantes.

—Por ejemplo. Quería asegurarme de que nadie encontrara una
cosa que tenía Philip. —Me clava la mirada—. Uno de los cuerpos.

—¿Cuerpos?

—Una de las personas a las que tú... transformaste. He oído que
hay formas de saber si un amuleto es auténtico y pensé que... no sé,
que la policía o los federales podrían averiguar si un objeto ha sido
obrado. Lo hice porque estaba preocupada por ti.

—¿Y por qué no me lo dijiste?

Ella se gira hacia mí echando chispas por los ojos.

—Quiero que me ames, idiota. Pensé que si hacía algo por ti, algo muy gordo, me querrías. Quería salvarte para que no tuvieras más remedio que quererme, Cassel. ¿Lo entiendes ahora? Es horrible.

Durante un momento no sé por qué está tan enfadada. Entonces caigo en la cuenta de que siente vergüenza.

—La gratitud no es lo mismo que el amor —digo por fin.

—Ya debería saberlo: yo te estoy agradecida y no lo soporto.

—No me habrás hecho ningún otro favor que no me hayas contado, ¿verdad? —insisto—. ¿Como asesinar a mi hermano?

—No —contesta Lila con decisión.

—Tenías muchos motivos para desear su muerte. —Pienso en lo que dijeron Sam y Daneca en la cocina de la lujosa casa de Daneca.

—Que me alegre de que esté muerto no significa que lo haya matado yo —se defiende Lila—. Y tampoco ordené su asesinato, si es lo que ibas a preguntar ahora. ¿Eso querían esos agentes? ¿Decirte que yo asesiné a tu hermano? —Debo de haberme quedado perplejo, porque Lila se echa a reír—. Yo también voy a este colegio, ¿sabes? Todo el mundo se ha enterado de que dos fulanos trajeados te esposaron y te subieron a un coche negro.

—¿Y qué opina la mayoría?

—Corre el rumor de que te han reclutado como chivato. —Suelto un gemido—. Pero creo que el veredicto aún no está claro.

—Yo sé lo mismo que cualquiera sobre lo que quieren de mí esos agentes. Siento haberte preguntado por el cigarrillo. Pero tenía que hacerlo.

—Te estás volviendo muy popular. Apenas hay Cassel para todos.

Levanto la mirada. Hemos pasado la biblioteca y casi hemos llegado a la arboleda. Me doy la vuelta y ella me imita. Regresamos andando en silencio, perdidos en nuestros respectivos pensamientos.

Quiero darle la mano, pero no lo hago. No es justo. Sé que ella no puede rechazarme.

Me dirijo a clase de Física cuando Sam me alcanza en el pasillo.

—¿Te has enterado? A Greg Harmsford se le ha ido la olla y se ha cargado su portátil.

—¿Cuándo? —pregunto, frunciendo el ceño—. ¿A la hora de comer?

—Anoche. Por lo visto todos los de su pasillo se despertaron cuando lo estaba metiendo en un lavabo lleno de agua. La pantalla ya estaba rajada, como si primero le hubiera dado un puñetazo. —Al decir eso, Sam no puede seguir conteniendo las carcajadas—. Tiene un grave problema de gestión emocional. —Sonrío—. Dice que lo hizo en sueños. El tío te ha copiado la excusa. Además, todo el mundo vio que tenía los ojos abiertos.

—Ah. —La sonrisa se desvanece de mi rostro—. ¿Dijo que iba sonámbulo?

—Es un cuento chino —insiste Sam.

Me pregunto dónde habrá estado Lila mientras yo daba una vuelta en coche con su padre. Me pregunto si habrá estado en la habitación de Greg, si él la habrá dejado entrar, y si ella se habrá quitado lentamente los guantes antes de pasarle las manos por el pelo.

Sam se vuelve para decirme algo más.

Menos mal que suena el timbre y tengo que irme corriendo a clase. Me siento y escucho a la doctora Jonahdab. Hoy nos explica el principio de inercia y lo difícil que resulta detener algo una vez que lo pones en movimiento.

Daneca me adelanta cuando salimos de clase de Física, va al aula de Sam y lo espera en la puerta. Su expresión me deja claro que Sam sigue sin hablarle.

—Por favor —le dice cuando sale, abrazada a sus libros, pero Sam pasa de largo sin vacilar. Daneca tiene los ojos enrojecidos e hinchados; ha estado llorando hace poco.

—Todo se arreglará —le digo, aunque no sé si me lo creo. Es lo que dice la gente.

—Supongo que era de esperar. —Daneca se aparta un mechón de pelo de la cara y suspira—. Mi madre dice que mucha gente quiere conocer a un obrador, pero nunca saldría con uno. Creía que Sam era distinto.

Me ruge el estómago. Entonces me acuerdo de que me he saltado el almuerzo.

—No, no es verdad. Por eso le mentiste.

—Bueno, y tenía razón, ¿no? —pregunta con voz lastimera. Quiere que le diga que se equivoca.

—No lo sé.

La siguiente clase (Alfarería) se imparte al otro lado del recinto, en el centro de bellas artes Rawlings. Me extraña que Daneca todavía me siga; dudo mucho de que ella también tenga clase allí.

—¿Qué quieres decir? —me pregunta—. ¿Por qué crees que Sam se comporta así?

—A lo mejor está enfadado porque no confiaste en él. A lo mejor está enfadado porque no le contaste el verdadero motivo por el que no te querías hacer la prueba. O a lo mejor se alegra de llevar la razón por una vez. Ya sabes, está disfrutando de su ventaja.

—Sam no es así.

—¿Quieres decir que no es como yo? —En el aparcamiento cercano, una grúa se está llevando un coche.

Parpadea como si la hubiera sobresaltado. ¿Por qué? Daneca siempre está dando por sentadas cosas horribles sobre mí.

—Yo no he dicho eso.

—Bueno, pues es verdad. A mí me gustaría, pero no querría admitirlo. A todo el mundo le gusta tener un poco de poder, sobre todo a quienes se sienten impotentes. —Pienso en Sam a comienzos del semestre, cuando sentía que no estaba a la altura de Daneca. Pero dudo mucho de que ella lo sepa.

—¿Así eres con Lila? —Si antes no me estaba juzgando, ahora seguro que sí.

Niego con la cabeza, procurando que no se me note la irritación.

—Ya sabes que no es lo mismo… No es real. ¿Es que nunca has obrado…?

Dejo de hablar al darme cuenta de que el coche que se está llevando la grúa es el mío.

—¿Qué coño…? —Echo a correr—. ¡Oiga! —grito cuando el parachoques de mi coche golpea el último resalto antes de llegar a la carretera. Lo único que alcanzo a ver del conductor es que tiene una gorra tan calada que casi le tapa los ojos. Ni siquiera veo la matrícula de la grúa, porque la tapa mi coche. Leo el nombre serigrafiado en el lateral: Grúas Tallington.

—¿Qué acaba de pasar? —pregunta Daneca. Está en la plaza de aparcamiento vacía que hace un momento ocupaba mi Benz.

—¡Me ha robado el coche! —exclamo, totalmente perplejo. Me doy la vuelta y señalo los demás vehículos del aparcamiento—. ¿Por qué no ha robado uno de esos? ¡Son coches buenos! ¿Por qué se ha llevado ese trozo de chatarra…?

—Cassel —dice Daneca con seriedad, interrumpiéndome. Señala el suelo—. Mira esto.

Me acerco. Hay un pequeño joyero negro con un lazo negro en mitad de la plaza de aparcamiento vacía. Me acuclillo y le doy la vuelta a la tarjeta. En el cartón negro, dibujado con tinta aún más negra, hay un esbozo de las almenas de un castillo. Mientras lo miro con el ceño fruncido, siento la familiar pulsión del sombrío mundo del crimen y las estafas. Este regalo procede de ese mundo.

Castillo. En inglés, *castle*.

Cassel.

El lazo se deshace con facilidad. Antes de levantar la tapa, pienso fugazmente que dentro habrá algo desagradable, como una bomba o un dedo humano, pero si de verdad hay un trozo de una persona, la espera solo lo empeorará todo. Abro el joyero. Dentro, en un molde de espuma negra, está la llave cuadrada de un Benz. Reluciente. Con bordes plateados y tan moderna que más parece una memoria USB que la llave de un coche.

Pulso el botón de desbloqueo y se iluminan los faros de un coche, justo enfrente de mí. Es un Roadster negro con adornos cromados.

—¿Es una broma? —exclamo.

Daneca acerca la cara a la ventanilla. Su aliento empaña el cristal.

—Dentro hay una carta.

Oigo el timbre del colegio. Oficialmente, llegamos tarde a clase.

Daneca no parece oírlo. Abre la puerta y saca un sobre. Sus dedos enguantados lo abren enseguida, rasgando la solapa antes de que pueda impedírselo.

—¡Oye! —le digo—. Eso es mío.

—¿Sabes quién te lo manda? —pregunta ella mientras despliega la carta.

Claro. Solo puede ser una persona: Zacharov. Pero prefiero que Daneca no lo sepa.

Trato de arrebatarle la carta, pero se echa a reír y la pone fuera de mi alcance.

—No te pases —le digo, pero ya la está leyendo.

—Interesaaaaante. —Daneca levanta la vista para mirarme y me enseña la nota:

Un adelanto de tu futuro.

—Z

Se la quito de las manos y la estrujo.

—Vamos a dar una vuelta. —Meneo la llave delante de sus narices—. Puestos a saltarnos la clase, por lo menos nos lo pasaremos bien.

Daneca se sube al asiento del copiloto sin rechistar, lo cual me impresiona. Espera a que me haya puesto el cinturón antes de preguntar:

—Bueno, ¿a qué viene esa nota?

—A nada. Es solo que Zacharov quiere que me una a su alegre banda de ladrones.

—¿Te vas a quedar con el coche? —pregunta, deslizando los dedos enguantados por el salpicadero—. Es un soborno de los caros.

El coche es una preciosidad. El motor ronronea y el acelerador responde al más ligero roce.

—Si te lo quedas —continúa Daneca—, Zacharov podrá hacer lo que quiera contigo.

Todo el mundo hace lo que quiere conmigo. Todo el mundo.

Saco el coche a la calle y me dirijo a la carretera. Durante un rato avanzamos en silencio.

—Antes ibas a preguntarme si alguna vez he obrado a alguien. —Daneca mira por la ventanilla.

—Que sepas que yo soy literalmente la última persona en el mundo que pensaría mal de ti por eso.

Se echa a reír.

—¿A dónde vamos, por cierto?

—Se me ha ocurrido que podemos ir a tomar un café y un dónut. Combustible para la sesera.

—Yo soy más de infusiones —replica Daneca.

—Me dejas de piedra. —Suelto una mano del volante y me la llevo al corazón—. Pero estabas a punto de desvelarme todos tus secretos. Continúa, te lo ruego.

Daneca pone los ojos en blanco, se inclina hacia delante y trastea con la radio. Los altavoces son tan espectaculares como el resto del coche. No hay petardeo ni interferencias. El sonido es claro y nítido.

—No hay mucho que contar —dice Daneca, bajando el volumen—. A los doce años, poco antes de entrar en Wallingford, me gustaba un chico. Se llamaba Justin. Los dos íbamos a la misma escuela, un centro que fomentaba las capacidades artísticas, y Justin era actor infantil. Hasta había grabado varios anuncios. Yo apenas entraba en su círculo de amigos. —Asiento con la cabeza. La periferia de los círculos de amigos es mi hábitat natural—. Y lo seguía como un perrito. Cada vez que me hablaba, sentía que el corazón se me salía por la boca. Hasta le dediqué un haiku.

Miro a Daneca con las cejas enarcadas.

—¿En serio? ¿Un haiku?

—Ya lo creo. ¿Te lo recito? «Cabellos rubios, ojos de rayos láser que nunca me ven».

Suelto un resoplido de risa. Daneca también se ríe.

—No puedo creer que todavía lo recuerdes.

—Lo recuerdo porque Justin lo leyó. La profesora colgó todos nuestros haikus sin avisar y una chica de mi clase se lo contó. Fue horrible. Humillante. Todos sus amigos se burlaban de mí y él me miraba con una sonrisilla de chulo. Puaj.

—Parece un capullo.

—Era un capullo. Pero aun así me gustaba. Y lo más raro es que creo que me gustaba más precisamente por eso.

—¿Y lo obraste?

—No. Me obré a mí misma. Para dejar de sentirme así. Para no sentir nada.

Eso no me lo esperaba.

—Eres buena persona —le digo con sinceridad—. Me meto contigo por eso, pero en el fondo te admiro. Te importa muchísimo hacer lo correcto.

Daneca sacude la cabeza mientras aparco delante de la cafetería.

—Fue muy raro. Después de eso, cada vez que lo miraba me daba la impresión de que tenía algo en la punta de la lengua, como si no pudiera recordar una palabra que debería conocer. Notaba que algo estaba mal, Cassel.

Salimos del coche.

—No digo que obrarte a ti misma fuera la idea del siglo…

La cafetería tiene el techo de hojalata y un mostrador lleno de galletas recién hechas. Las mesas están repletas de estudiantes y autónomos que teclean en sus portátiles y se aferran a sus tazas con una veneración que me dice que están recién levantados.

Daneca pide un *chai latte* de yerba mate y yo un café normal y corriente. La bebida que le sirven es de un vivo color verde.

Hago una mueca. Nos dirigimos a la única mesa libre, al lado de la puerta y el revistero. Al sentarme, me fijo en el titular de un periódico.

—No me mires así —dice Daneca—. Está muy rico. ¿Quieres probarlo?

Niego con la cabeza. En el periódico hay una foto de un hombre que conozco, junto a la frase: «Sicario del Bronx bajo fianza se da a la fuga». El pie de foto dice: «El obrador mortal Emil Lombardo, también conocido como el Cazador, desaparece después de ser acusado de doble homicidio». Ni siquiera se molestaron en usar un nombre falso.

—¿Tienes una moneda? —le pregunto, hurgando en mis bolsillos.

Daneca busca en su bandolera hasta sacar un cuarto de dólar. Lo deja sobre la mesa.

—¿Sabes qué fue lo más raro de obrarme a mí misma por ese chico?

Yo encuentro cincuenta centavos. Meto las dos monedas en la máquina de periódicos.

—No. ¿El qué?

Saco el periódico. Las víctimas del doble homicidio son una mujer de treinta y cuatro años y su madre. Eran los dos testigos de otro crimen, un asunto de los Zacharov relacionado con bienes inmuebles. En la mitad inferior de la página aparecen fotos más pequeñas de las dos mujeres muertas. Parecen bastante majas.

Majas. Buena gente. Como Daneca.

—Lo más raro fue que, cuando Justin ya no me gustaba, me pidió salir. Cuando le di calabazas, le molestó mucho. No sabía qué había hecho mal.

Toco con el dedo enguantado los rostros de las mujeres asesinadas hasta que el cuero emborrona la tinta. Anoche ayudé a escapar al hombre que las mató.

—Sí que es raro —digo con un hilo de voz.

Volvemos al colegio justo a tiempo para mi clase de Informática. Entro en el aula en el momento en que deja de sonar el timbre.

—Señor Sharpe —dice la señora Takano sin levantar la vista—. Lo buscan en la secretaría.

Me entrega su justificante oficial para los alumnos que salen de su clase: un dinosaurio de plástico.

Cruzo el patio sin prisa. Pienso en mi coche nuevo reluciendo bajo el sol. Pienso en la representación de *Macbeth* de segundo curso y en Amanda Kerwick en su papel de Lady Macbeth, levantando las manos desnudas para buscar manchas de sangre.

Pero yo no tengo una simple mancha. Como dice el marido del personaje: «De sangre ahora vadeo tan ancho río / que si salir de él yo quisiera, / igualmente afanoso me sería / llegar de las dos orillas a cualquiera».

Sacudo la cabeza. Solo estoy buscando excusas para no devolver el coche.

Cuando entro en el despacho, la señora Logan frunce el ceño.

—Creía que tardarías más en volver. Cassel, ya sabes que necesitas una autorización para salir del campus.

—Lo sé —digo con aire arrepentido. Espero que Northcutt me casque una sola sanción por haberme fumado la clase. Hace menos de una semana estaba alardeando delante de Lila de mis estrategias para escaparme del campus. Y ahora voy y me largo en coche sin poner en práctica ninguna de ellas.

Pero la señora Logan se limita a pasarme el libro de ausencias.

—Anota la hora a la que saliste —me dice, deslizando el dedo enguantado por una línea—. Y aquí, la hora a la que has vuelto.

—Obedezco—. Muy bien. El abogado ha dicho que estabas un poco despistado cuando te ha llamado para recordarte lo de la reunión. Northcutt quiere que te diga que no tienes por qué volver a las clases si no te ves preparado.

—Estoy bien —respondo lentamente. Aquí hay gato encerrado. Más me vale averiguar lo que pasa antes de cagarla.

—Solo queremos que sepas que te acompañamos en el sentimiento, Cassel. Espero que lo de hoy haya ido lo mejor posible.

—Gracias —digo, aparentando solemnidad.

Me dirijo a la puerta, repasando mentalmente lo que acaba de ocurrir. Uno de los hombres de Zacharov habrá llamado haciéndose pasar por el abogado de mi familia (quizás incluso el fulano de la grúa) para así darme el coche y una excusa para estrenarlo. La verdad es que mola que te mime un mafioso. Ni punto de comparación con los agentes federales.

Mientras regreso al aula de Informática, veo que Daneca sale del despacho.

—Hola —le digo—. No te he visto entrar.

—Estaba en el despacho de Northcutt —dice con tristeza. Luego patea un montón de tierra del patio—. No puedo creer que me haya dejado convencer por ti.

Al parecer Daneca se ha ganado su primera sanción por haberse saltado las clases.

—Lo siento.

Hace una mueca, como si supiera que en realidad no lo siento.

—Bueno, ¿qué está tramando Lila?

—¿Lila? —Últimamente me siento de lo más zoquete.

—Tu novia, ¿sabes? Rubita, condenada a amarte por un maleficio... ¿Te suena?

Daneca me enseña su móvil para mostrarme un mensaje de texto de Lila: *Ven al aula de Español. Tercera planta. Es urgente.*

—Ni idea —contesto mientras leo el mensaje. Saco mi móvil, pero yo no tengo mensajes.

Daneca se echa a reír.

—¿Cómo que «ni idea»? Te he preguntado si sabes quién es Lila —bromea Daneca.

Cuando caigo en la cuenta del despiste, me río. Pero me quedo pensando. La Lila que yo recuerdo tenía catorce años. No se había pasado tres años transformada en un animal, encerrada en una jaula, ni la habían obligado a sentir nada. E incluso entonces ya era un misterio para mí. Tal vez en el fondo sea verdad que no tengo ni idea de quién es Lila.

Cuando entramos en el aula desierta, nos encontramos a Lila sentada en un pupitre, balanceando las piernas en el aire. Greg Harmsford está sentado en otro. Lleva gafas de sol, pero tiene la cabeza inclinada completamente hacia atrás y es evidente que ha perdido el conocimiento. Al menos espero que sea eso. Delante tiene dos latas de Coca-Cola abiertas.

—¿Qué le has hecho? —le pregunto a Lila.

—Ah, hola, Cassel. —Detecto un leve rubor en sus orejas. Me tiende una hoja de papel. Es un correo electrónico impreso. No lo leo.

Daneca carraspea y señala el cuerpo inerte de Greg, abriendo mucho los ojos. Quiere que yo haga algo.

—¿Está muerto? —Alguien tenía que preguntarlo, ¿no?

—Le he puesto Rohypnol —me contesta Lila como si tal cosa. La luz de la tarde le tiñe el cabello de dorado. Lleva una camisa blanca inmaculada y unos pendientes con diminutas gemas azules a juego con uno de sus ojos. Parece la última persona que drogaría a un compañero de clase en pleno día. «Como si no hubiera roto nunca un plato», dirían los abueletes de Carney.

—Mirad lo que he encontrado en su ordenador —dice Lila.

Entonces leo la hoja que tengo en la mano. El remitente es Greg, y los destinatarios son varias direcciones de correo electrónico que no conozco. El correo informa a los padres de que «Wallingford financia un club que fomenta actividades delictivas» y «se permite que los alumnos obradores alardeen descaradamente de sus actos ilegales». Vuelvo a mirar las direcciones; supongo que son de nuestros padres. El correo trae fotos adjuntas, y aunque Lila solo ha impreso la primera página, las dos fotos que se ven dejan bastante claro que Greg ha adjuntado imágenes de todos los participantes de la reunión de HEX.

—Vaya —digo mientras le paso la hoja a Daneca.

No menciono que, para poder sacar esto de su ordenador antes de que Greg intentara destruirlo en los lavabos de su residencia, Lila ha tenido que obrarlo. No menciono que ahora mismo el chico está inconsciente, dormido y vulnerable a cualquier invasión de sus sueños.

—¡Lo voy a matar! —dice Daneca. Nunca la había visto tan furiosa.

Lila inspira hondo y espira lentamente.

—Todo esto es culpa mía.

—¿Qué quieres decir?

Niega con la cabeza, rehuyendo mi mirada.

—Eso no importa. Lo que importa es que voy a solucionarlo. Vamos a devolvérsela. Por lo de Ramírez y el vídeo. Por este correo electrónico. Tengo un plan.

—¿Que consiste en…?

Se baja del pupitre de un salto.

—Greg Harmsford va a inscribirse en HEX —nos dice—. Hoy asistirá a su primera reunión. Ahora mismo, con suerte. Antes de que se despierte.

Los ojos le brillan de júbilo. Me doy cuenta de lo mucho que echaba de menos verla así, tan feroz. Echaba de menos a la chica intrépida que siempre me daba órdenes y me ganaba cuando disputábamos una carrera.

Suelto una carcajada.

—Eres mala.

—Adulador… —Pero parece complacida.

—No sé si conseguiré que alguien salga de clase para una reunión —dice Daneca. Camina hasta la puerta, se asoma al pasillo y se vuelve hacia nosotros—. ¿Crees que la gente se lo tragará? ¿Podrá salir bien?

Lila busca en su mochila y saca una diminuta cámara de fotos plateada.

—Habrá fotos. Además, esta clase de cosas pasan constantemente. Funcionarios antiobradores que resultan ser obradores. Es totalmente plausible. El hecho de que fuera Greg quien consiguió las otras imágenes hará que parezca todavía más culpable.

Sonrío de oreja a oreja.

—Pues hay que hacer unas cuantas llamadas si queremos organizar una reunión de HEX como Dios manda.

Daneca tiene que pedir un montón de favores para reunir un pequeño grupo; ahora mismo nadie quiere que lo relacionen con HEX. A todos los están acosando de una forma u otra. Algunos padres de otros alumnos incluso han contactado con ellos para intentar encargarles algún asunto turbio. Están asustados y no me extraña.

Daneca les da a todos el mismo discursito sobre lo importante que es permanecer unidos. Lila se mete en la conversación y jura y perjura que va a ser muy divertido. Yo sujeto a Greg Harmsford para que no se caiga.

Hacer posar a una persona inconsciente no es fácil. Greg no está en coma, solo dormido. Se mueve cuando lo coloco en una posición incómoda, hace muecas y me aparta las manos cuando intento incorporarlo. Hurgo en el escritorio y encuentro un rollo de cinta adhesiva y unos lápices con los que me construyo una especie de soporte para levantarle la nuca. Desde delante parece que está repantigado, pero al menos creerán que está despierto porque tiene la cabeza erguida. Suelta un ruido de protesta cuando le pego el celo, pero unos minutos después ya parece haberse acostumbrado.

—Buen trabajo —dice Lila, que está ocupada escribiendo REUNIÓN DE HEX con tiza en la pizarra.

—¿Cuánto tiempo aguantará así? —pregunta Daneca, pinchando a Greg con un dedo. Este se revuelve y está a punto de arruinar el efecto de la pose, pero no. Daneca se tapa la boca con las dos manos para ahogar un grito.

—No estoy segura, pero cuando despierte seguramente estará mareado. Un efecto secundario —responde Lila, distraída—. Cassel, ¿puedes hacer que apoye el brazo en la silla o algo así? No es una postura muy natural.

—Deberíamos avisar a Sam —digo con un suspiro—. Los efectos especiales son su fuerte. Yo no sé qué leches estoy haciendo.

—No —replica Daneca, quitándome el móvil de la mano y dejándolo en la mesa—. No lo vamos a llamar.

—Pero Sam…

—Que no.

Lila nos mira sin comprender.

—Es que se han peleado —le explico.

—Ah. —Ladea la cabeza y mira a Greg con los ojos entornados—. Todavía le falta algo. ¿Y si traemos algo para picar? En las reuniones de verdad siempre hay comida. Daneca, ¿puedes ir a la máquina expendedora antes de que lleguen los demás? Cassel, a lo mejor hay bolsas de patatas vacías en la papelera. Las podemos poner como atrezo. O puedo ir corriendo a la tienda y…

—Si Cassel promete no llamar a Sam, iré yo —dice Daneca. Suelto un gemido.

—Te lo juro con el meñique si hace falta.

Daneca me lanza una mirada asesina y sale al pasillo. En vez de seguirla, me vuelvo hacia Lila, que está hurgando en su mochila.

—¿Por qué crees que esto es culpa tuya?

Se gira para mirar a Greg.

—No tenemos mucho tiempo. Hay que…

Aguardo, pero no dice nada más. Se ha puesto colorada y clava la vista en el suelo.

—No sé qué pasó, pero me lo puedes contar.

—No es nada que no sepas ya. Estaba celosa y fui una tonta. Cuando te vi con Audrey, fui a hablar con Greg. Se podría decir que me puse a ligar con él. Sabía que tenía novia y que eso no se hace, pero no pensé que las cosas fueran a... Creí que no pasaría nada. Luego me preguntó por ti; quería saber si estábamos juntos. Le dije que más o menos.

—Más o menos —repito.

Lila se frota los ojos con las manos.

—Mi relación contigo era muy complicada. No sabía qué otra cosa decirle. Pero cuando Greg se enteró de que tú y yo estábamos... como quieras llamarlo, se lanzó a saco a por mí. Y yo solo quería sentir algo, algo diferente de lo que sentía.

—Yo no... —empiezo a decirle. *Yo no valgo tanto.* Extiendo la mano y le recojo un mechón de pelo detrás de la oreja.

Lila sacude la cabeza, casi enfadada.

—Al día siguiente me di cuenta de que estaba alardeando de lo que había hecho conmigo. Un amigo de él incluso me lo preguntó directamente. Así que fui a hablar con Greg y pensé qué era lo peor que podía decirle. Le dije que, si no cerraba la boca, le contaría a todo el mundo que es un desastre en la cama. Que la tiene del tamaño de un cacahuete.

Suelto un resoplido de risa e incredulidad.

Pero Lila sigue sin mirarme. Y está más ruborizada, si cabe.

—Pero él me respondió: «Te gustó y lo sabes». Y le dije...

Se interrumpe. Veo gente en el pasillo. En pocos segundos estarán dentro.

—¿El qué?

—Entiéndelo —se apresura a decir Lila—. Se enfadó mucho. Muchísimo. Y creo que por eso fue a por HEX.

—Lila, ¿qué le dijiste?

Cierra los ojos con fuerza. Su voz es casi un susurro.

—Que estuve pensando en ti todo el tiempo.

Menos mal que tiene los ojos cerrados. Menos mal que no me está viendo la cara.

Empieza a llegar gente. Nadja, Rachel y Chad son los primeros. Lila, todavía ruborizada, se lanza a darles instrucciones. Todos se ponen a acomodar las sillas.

Me las arreglo para fingir que estoy tranquilo y relajado. Al cabo de un rato entra Daneca con unos aperitivos.

No es culpa tuya, quiero decirle a Lila. Pero no se lo digo. No digo ni una palabra.

Sacamos un montón de fotos con la pizarra de fondo, donde se lee claramente REUNIÓN DE HEX. En algunas sale un alumno en el centro de un círculo de sillas, hablando con gesto efusivo. En otras, una chica sentada en el regazo de Greg y todos los demás partiéndonos de risa. En mitad de la sesión de fotos, Greg se espabila lo bastante para arrancarse los lápices de la nuca y subirse las gafas de sol. Nos mira a todos, confundido pero no alarmado.

—¿Qué pasa? —dice con voz pastosa.

Tengo ganas de partirle el pescuezo, de hacer que se arrepienta de haber nacido.

—Sonríe —dice Daneca. Greg esboza una sonrisa adormilada. Una chica le echa un brazo por los hombros.

Lila no deja de sacar fotos.

Al final Greg vuelve a quedarse dormido en el pupitre, con la cabeza entre los brazos. Lila, Daneca y yo vamos a la tienda de la esquina y usamos el fotomatón para imprimir todas las fotos de la tarjeta SIM.

Han quedado geniales. Son tan buenas que sería un crimen no enseñárselas a todos los alumnos de Wallingford.

La mayor parte de la gente no denuncia que ha sido víctima de un timo por tres motivos. El primer motivo es que los timadores no suelen dejar muchas pruebas. Si no sabes quién es el responsable, no tiene mucho sentido denunciarlo. El segundo motivo es que normalmente tú, la víctima, has accedido a hacer algo turbio. Si denuncias al timador, también te denuncias a ti mismo. Pero el tercer motivo es el más sencillo y el más decisivo. La vergüenza. Eres un primo que se ha dejado engañar.

Nadie quiere parecer tonto. Nadie quiere que lo tomen por un ingenuo. Por eso todos ocultan lo tontos e ingenuos que han sido. Los estafadores casi nunca se molestan en borrar las huellas de lo que hacen. De ello ya se ocupan las víctimas.

Greg Harmsford insiste en que las fotos están trucadas con Photoshop. Se lo dice a gritos a todo aquel que le hace caso. Se cabrea cuando cuestionan su versión. Finalmente las burlas consiguen sacarlo de sus casillas y le da una hostia a Gavin Perry.

Lo expulsan dos días del colegio. Y todo por no querer admitir que se la han jugado.

Durante la hora de estudio, mientras hago los deberes de Ética del Desarrollo en mi cuarto, suena mi móvil. Es un número desconocido, pero contesto.

—Tenemos que hablar. En persona. —Tardo un momento en darme cuenta de que estoy hablando con Barron. Su voz suena más fría de lo habitual.

—Estoy en el colegio. —No estoy de humor para escaquearme otra vez—. No puedo salir hasta el fin de semana.

—Qué coincidencia —dice Barron—. Yo también estoy en Wallingford.

Suena la alarma de incendios. Sam se levanta de un brinco y corre a calzarse.

—¡Salva la PlayStation! —me dice.

Niego con la cabeza mientras tapo el micrófono con la mano.

—Es una broma. Alguien ha activado la alarma. —Destapo el micrófono y digo, casi escupiendo—: ¡Serás idiota! Si querías que me escapara, ahora va a ser imposible. Harán un recuento. Se asegurarán de que todos hayamos vuelto a nuestra habitación.

Sam me ignora y empieza a desconectar la consola.

—Ya he hecho que tu supervisor se olvide de ti —dice Barron. Siento un escalofrío.

Salgo del edificio con Sam y los demás alumnos. Nos reunimos en el patio y todo el mundo levanta la mirada, esperando ver humo o llamas tras las ventanas. Me resulta muy fácil caminar de espaldas hasta alcanzar las sombras de la arboleda.

Nadie me está buscando. Nadie salvo Barron.

Su mano enguantada me cae pesadamente en el hombro. Nos alejamos del colegio por la acera, hacia unas casas bañadas por la luz azulada y titilante de los televisores. Son solo las nueve, pero parece mucho más tarde.

Demasiado tarde.

—He estado pensando en los Zacharov —dice Barron con un tono demasiado indiferente—. No son la única mafia de la ciudad.

No debería haber bajado la guardia.

—¿Qué quieres decir? —Me cuesta mirar a Barron, pero lo hago. Está sonriendo. El cabello moreno y el traje negro lo transforman en una sombra, como si hubiera conjurado un reflejo oscuro de mí mismo.

—Sé lo que me hiciste. —Aunque procura mantener un tono tranquilo, percibo la rabia subyacente—. Sé que te aprovechaste de los agujeros de mi memoria. Sé que, por mucho que insistas en hacer lo correcto, eres igual que Philip y que yo. Han venido a verme dos señores muy simpáticos del FBI: el agente Jones y el agente Hunt. Me han contado muchas cosas sobre mi hermano mayor… y sobre mi hermano pequeño. Philip les contó que me manipulaste para ponerme en su contra. Que me jodiste la mente para que no recordara que yo también formaba parte de su plan para que Anton fuera el nuevo líder de la familia Zacharov. Al principio no les creí, pero luego revisé mis cuadernos.

Mierda.

Existen verdaderos maestros de la falsificación, tipos que saben distinguir la tinta del siglo xvi de la del siglo xviii por sus componentes químicos. Son capaces de conseguir papeles y lienzos que pasen una prueba de datación por carbono. Pueden crear un craquelado impecable. Practican los giros y las florituras de las caligrafías ajenas hasta conocerlos mejor que los de la suya propia.

Huelga decir que yo no soy ningún maestro de la falsificación. La mayoría de las falsificaciones cuelan porque son lo bastante convincentes como para que nadie las analice. Cuando firmo con el nombre de mi madre en una autorización, solo necesito que parezca su letra; no van a llamar a un perito calígrafo.

Pero si Barron ha comparado el cuaderno que falsifiqué deprisa y corriendo con sus cuadernos anteriores, la falsificación saltará a la vista. Todos somos especialistas en nuestra propia caligrafía.

—Si sabes lo que te hice —digo, procurando no parecer nervioso—, entonces también sabes lo que me hiciste tú.

Consigo sacar su sonrisa torcida.

—La diferencia es que yo estoy dispuesto a perdonarte.

Me deja tan sorprendido que no sé qué responder. A Barron tampoco parece hacerle falta una respuesta, porque continúa:

—Quiero empezar de cero, Cassel. Y quiero empezar en la cima. Me paso a la familia Brennan. Y para eso te necesito. Seremos un equipo de asesinos imparable.

—No.

—Ay. —No parece demasiado contrariado por mi negativa—. ¿Te crees demasiado bueno para un trabajo tan sucio?

—Sí. Así soy yo. Demasiado bueno.

Me pregunto si de verdad Barron será capaz de excusar lo que le hice, si será capaz de considerar mi traición como una leve transgresión de un socio reacio. Me pregunto si se sentirá dolido.

Si es capaz de excusar lo que le hice, está claro que también justifica lo que me hizo a mí.

—¿Sabes por qué accediste a transformar a todas esas personas en objetos inanimados? ¿Por qué accediste a matarlas?

Inspiro hondo. No soporto oír esas palabras en voz alta.

—Pues claro que no. No recuerdo nada. Tú me robaste todos mis recuerdos.

—Nos seguías a Philip y a mí como un perrito. —Percibo el tono violento de la voz de Barron—. Nos suplicabas que te dejáramos trabajar con nosotros. Querías que viéramos que tenías el corazón negro y te diéramos una oportunidad. —Me clava un dedo en el pecho.

Retrocedo un paso. La ira me invade, repentina y casi abrumadora.

Yo era el hermano pequeño. Por supuesto que los idolatraba. Y ellos me trataban a patadas.

Barron sonríe.

—Reconozco que fue un truco bastante inteligente. Te hice creer que ya habías matado. ¡Nada más! Te hice creer que ya eras lo que yo quería que fueras. Y te encantaba, Cassel. Te encantaba ser un puto asesino.

—No es verdad. —Sacudo la cabeza, intentando acallar sus palabras—. Eres un mentiroso. Eres el príncipe de los embusteros. Y como no me acuerdo de nada, sabes que puedes decirme cualquier cosa. Sería un imbécil si te creyera.

—Bah, no me vengas con esas. Conoces tu propia naturaleza. Sientes que digo la verdad.

—No pienso hacerlo. Tú y los Brennan os podéis ir a tomar por culo.

Se echa a reír.

—Lo harás. Ya lo has hecho antes. La gente no cambia.

—No.

—Como te he dicho, los federales vinieron a verme. —Al ver que voy a interrumpirlo, Barron levanta la voz—. No les he contado nada importante. Pero podría haberlo hecho. Si les digo lo que eres, es cuestión de tiempo que aten cabos y deduzcan que tú eres el asesino que andan buscando.

—Jamás te creerían —contesto, pero me noto inestable. El mundo ya se está escorando. Siento que me estoy cayendo.

—Claro que sí. Puedo enseñarles un cadáver. El que dejaste en el congelador, en casa de mamá.

—Ah —digo con un hilo de voz—. Ese.

—Has sido descuidado —dice Barron—. Después de todo, fui yo quien te habló de él. ¿No pensaste que iría a ver si seguía allí?

—No sé lo que pensé. —Y es cierto.

—Si se lo cuento, los federales te harán la misma oferta de mierda que a Philip, conseguirán lo que quieren y te encerrarán durante un millar de años.

—Philip tenía inmunidad. Vi el acuerdo.

Barron se echa a reír.

—Yo también lo vi. Ojalá Philip me lo hubiera enseñado antes de venderles el alma. Estudiaba Derecho, ¿te acuerdas? Ese acuerdo es papel mojado. Los agentes del FBI no pueden conceder la inmunidad. Vale menos que el papel en el que estaba impreso. Era una farsa. Habrían podido detener a Philip cuando les diera la gana.

—¿Se lo dijiste?

—¿Para qué molestarme? Philip no quería saber nada del tema. Solo quiso despedirse antes de que lo mandaran al programa de protección de testigos.

No distingo si Barron miente o no. Tengo la angustiosa sensación de que esta vez está diciendo la verdad.

Lo que significa que no puedo fiarme de los federales.

Pero Barron acudirá a los agentes si no lo ayudo con los Brennan.

Y Zacharov me mandará matar sin despeinarse si se me ocurre trabajar para los Brennan.

No hay salida.

Recuerdo lo que dijo Zacharov en el funeral de Philip. *Hay personas muy cercanas a ti con las que vas a tener que lidiar tarde o temprano.*

Lo harás, ha dicho Barron. *Ya lo has hecho antes. La gente no cambia.*

Me vuelvo hacia mi hermano. Me sonríe con sorna.

—Ahora que te lo he explicado bien, la decisión no es tan difícil, ¿eh, Cassel?

La verdad es que no.

Capítulo trece

Barron me acompaña hasta la residencia. Entro antes de las once, cuando se apagan las luces. Al asomarse a nuestra habitación durante su última ronda, al supervisor parece sorprenderle que Sam tenga compañero de cuarto, pero no dice nada. Pensará que se está haciendo mayor, que empieza a olvidarse de cosas tan básicas como qué estudiantes tiene a su cargo. Empezará a pensar en la demencia, el alzhéimer y la falta de sueño. Es un truco que solo podría funcionar a comienzos de curso.

Y ha funcionado. Barron es muy listo.

—¿Dónde te has metido durante el simulacro? —me pregunta Sam, poniéndose una vieja camiseta de Drácula. Lleva un pantalón de chándal con un agujero en la rodilla.

—He ido a dar una vuelta —respondo mientras me quito los guantes—. A tomar el aire.

—¿Con Daneca?

Frunzo el ceño.

—¿Cómo?

—Sé que os habéis ido juntos en ese cochazo nuevo que tienes. La has metido en un lío, macho.

—Es verdad, lo siento. —Sonrío—. Pero tiene su gracia. A ver, Daneca nunca se porta mal, pero ahora se salta las clases, la encierran en un calabozo…

Sam no sonríe.

—Vas a tratarla como tratabas a Audrey, ¿verdad? Te da igual hacerle daño. Siempre he sabido que le gustabas a Daneca. Les gustas a las chicas, Cassel. Y tú no haces más que ignorarlas. Y eso hace que les gustes más.

—Oye, para el carro. Daneca se ha fumado la clase porque estaba hecha polvo por vuestra discusión. Hemos estado hablando de ti.

—¿Y qué ha dicho? —No sé si me cree, pero al menos he conseguido distraerlo.

Suspiro.

—Que eres un intolerante que no quiere salir con una obradora.

—¡No es verdad! —dice Sam—. No estoy enfadado con ella por eso.

—Ya se lo he dicho. —Le lanzo una almohada—. Justo antes de que se arrojara a mis brazos y nos comiéramos la boca como dos comadrejas el Día de San Valentín, como dos superimanes, como dos anguilas aceitosas...

—¿Por qué seré amigo tuyo? —se lamenta Sam, tumbándose de nuevo en la cama—. ¿Por qué?

Damos un respingo cuando llaman a la puerta, hasta que descubrimos que es el supervisor.

—¿Qué pasa aquí? Las luces se han apagado hace quince minutos. Bajad la voz y a dormir. Si no, los dos os ganaréis un castigo para el sábado.

—Perdón —murmuramos al unísono.

La puerta se cierra. Sam me sonríe y baja la voz.

—Vale, está bien. Ya lo pillo. Soy un inseguro. Pero mírame, soy un gordo friki. Las chicas no se pelean por mí precisamente, ¿sabes? Entonces conozco a una chica, pero creo que es demasiado buena para mí, así que tiene que haber gato encerrado. Pues resulta que sí lo había. Me está ocultando que es una obradora. No se fía de mí. No me toma en serio.

—Esto de ignorar a Daneca os está haciendo perder la cabeza. Metió la pata. Yo he metido la pata muchas veces. Eso no significa que no le gustes. Significa que quiere gustarte y pensó que necesitaba mentir para conseguirlo. Eso la hace menos perfecta, es verdad. Pero ¿no te deja más tranquilo?

—Sí —dice Sam en voz baja, con la boca medio tapada por la almohada—. Supongo que sí. A lo mejor debería hablar con ella.

—Bien. Necesito que seas feliz. Al menos uno de nosotros debería serlo.

Es un sueño. Estoy seguro de que es un sueño, pero vuelvo a estar en el sótano de la casa de mi abuelo, en Carney, encima de Lila. Le aferro los brazos con las manos y me cuesta concentrarme en algo que no sea el olor de sus cabellos y el tacto de su piel. Pero cuando bajo la mirada veo que tiene la vista clavada en el techo y el rostro pálido y desencajado.

Y en el sueño me inclino para besarla de todos modos, a pesar de que veo que tiene un corte en el cuello, la sonrisa del obrador, demasiado profunda y ensangrentada. A pesar de que está muerta.

De pronto estoy haciendo equilibrio en el tejado de mi residencia anterior; las tejas de pizarra se me clavan en las plantas de los pies. Oigo el susurro de las hojas en lo alto. Me inclino para mirar el patio desierto, como hice la primavera pasada.

Pero esta vez salto al vacío.

Me despierto con las sábanas empapadas de sudor, odiándome a mí mismo por el estremecimiento ardiente que me recorre todo el cuerpo. Oigo roncar levemente a Sam al otro lado del cuarto.

Busco mi teléfono móvil sin darme tiempo para recapacitar.

Para ya, le escribo a Lila.

¿Qué?, me responde un momento después. Está despierta.

Enseguida, abro la ventana y salgo furtivamente al patio en plena noche, en camiseta y calzoncillos. Es una estupidez, una estupidez tan grande como haberme ido del campus en coche sin un plan. Cualquiera diría que en el fondo quiero que me pillen, que alguien me detenga antes de que no me quede más remedio que tomar las decisiones hacia las que me estoy precipitando.

Hace tan solo un año, no habría imaginado lo fácil que era salir de un edificio y entrar en otro. Las puertas principales de las residencias ni siquiera están cerradas con llave. La puerta que da acceso a cada pasillo individual sí que está cerrada, pero las cerraduras no son nada del otro mundo. Ni un triste pestillo. Con un rápido giro y una pasada, avanzo por el pasillo y entro en la habitación de Lila, como si nada me importara menos que el peligro de que me vea alguien.

—Oye —digo en voz baja, pero no lo suficiente. Lila me observa con los ojos muy abiertos, arropada con la manta—. No dejo de tener sueños raros —susurro—. No vuelvas a hacerme soñar.

—¿Te has vuelto loco? —Lila rueda por la cama, aparta la manta de una patada y se incorpora. Solo lleva una camiseta de tirantes y la ropa interior—. Vas a conseguir que nos expulsen a los dos.

Abro la boca, pero de pronto me puede el desánimo. Soy como un autómata mecánico con los engranajes atascados.

Lila me toca el brazo, piel con piel.

—No te estoy induciendo ningún sueño. No te estoy obrando. ¿No crees que pueda haber una sola persona en tu vida que no esté intentando jugártela?

—No —contesto con demasiada sinceridad. Me siento en la cama y me llevo las manos a la cabeza.

Lila me toca la mejilla.

—Ha pasado algo grave, ¿verdad?

Niego con la cabeza.

—Son solo sueños.

No quiero que Lila se dé cuenta de que tenía la esperanza de que los sueños fueran cosa de ella; quería que fueran pistas que significaran algo, que fuera posible hacerlos desaparecer. No quería tener aún más pruebas de lo chunga que es mi mente.

Lila baja la mano y me mira con la cabeza ladeada. Durante un momento me invade la nostalgia de nuestra infancia, de mi enamoramiento sencillo y totalmente imposible.

—Cuéntamelo —me dice.

—No puedo. —Niego con la cabeza de nuevo.

Se oye un ruido en el pasillo, una puerta que se cierra y unos pasos. Lila me señala su armario con la mirada. Me dirijo hacia allí, pero entonces oigo una cisterna.

Suspiro y me apoyo en la pared.

—Ven aquí —susurra precipitadamente, separando las mantas—. Métete debajo. Si entra alguien, no te verá.

—No sé yo si es buena id...

—Chsssst —me interrumpe. Su sonrisa me dice que ni ella misma se toma en serio su propio argumento—. Ven. Deprisa.

No es que yo no sepa que es mala idea; es que últimamente las malas ideas son las únicas que tengo. Me meto bajo las mantas. Están calientes por el contacto con la piel de Lila y huelen a ella (a jabón con un toque de tabaco). Me echa un brazo sobre el pecho para que me pegue más a ella y obedezco.

Tiene la piel suave y ardiente en comparación con el aire frío de la noche. Enreda una pierna en las mías. Es tan agradable que tengo que contenerme para que no se me corte la respiración.

Es tan sencillo... Estará mal, pero es sencillo. Hay muchas cosas que quiero decirle, y todas son injustas. Por eso la beso, para ahogar contra su lengua lo que no puedo pronunciar: *Te quiero. Siempre te he querido.* La boca de Lila se abre con un gemido ahogado.

Cuando se quita la camiseta de tirantes y la tira al suelo, me siento hueco, vacío de todo salvo del odio que siento por mí mismo y que me reconcome. Cuando sus dedos desnudos se me enredan en el pelo, incluso esa sensación se desvanece. Ya solo queda ella.

—Se me da bien ser novia de mentira —me dice, como si fuera una broma que solo nosotros dos entendemos.

Deberíamos parar.

Todo se reduce a su piel, a su labio entre mis dientes, a la curva de su espalda desnuda. Mis manos se deslizan hasta sus caderas y tocan el borde de la ropa interior de algodón.

—Se te da muy bien —digo. Mi voz suena rara, como si hubiera estado desgañitándome.

La boca de Lila se detiene en mi hombro. La noto sonreír.

Le aparto el pelo de la mejilla con delicadeza. Siento el latido de su pulso en la garganta, midiendo los momentos que me quedan antes de perderla.

Desde el momento en que mi madre la obró, perdí a Lila. Cuando el maleficio se desvanezca, y será pronto, le dará vergüenza recordar lo que dijo y lo que hizo. Como esto. Por muy sólida que la sienta en mis brazos, está hecha de humo.

Debería parar, pero no tiene sentido que lo haga. Porque no soy tan fuerte. Tarde o temprano, no pararé.

Creía que la cuestión era si iba a hacer esto o no.

Pero no era esa en absoluto.

La cuestión era cuándo iba a hacerlo.

Porque sé que lo voy a hacer.

Solo es cuestión de tiempo. Es ahora.

Cuando Lila vuelve a besarme, incluso ese pensamiento se aleja volando. Cierro los ojos.

—Podemos hacer lo que tú quieras —le digo con un hilo de voz—. Pero tienes que decirme…

El sonido del cristal al romperse es increíblemente fuerte. Me incorporo de rodillas en la cama y el aire frío del exterior me espabila antes de que pueda entender lo que ha pasado. Pero entonces veo el panorama: el contorno dentado de lo que queda de la ventana, una piedra sobre los cristales resplandecientes del suelo y una chica que se da la vuelta para escapar.

Durante un momento, mi mirada se cruza con la de Audrey. Pero enseguida se pierde por el patio, hundiendo sus botas de lluvia en la tierra al correr.

Lila está inclinada sobre la piedra, con cara de perplejidad y un papel arrugado en la mano.

—Lleva una nota pegada. Dice: «Muérete, obradora de maleficios».

Mira por la ventana. Demasiado tarde. Audrey ya se ha ido.

Oigo pasos y golpes fuertes. Voces.

—Tienes que esconderte —susurra Lila. Sigue desnuda de cintura para arriba. Así no puedo concentrarme.

Echo un vistazo a la habitación en lugar de mirarla a ella. No hay dónde esconderse. Podría meterme bajo la cama o dentro del armario si solo fueran a asomarse un momento a la habitación, pero no va a ser el caso.

Lo único que se me ocurre es transformarme.

Nunca me he transformado a mí mismo (más allá de un leve cambio de mis manos), y si consigo concentrarme es solo gracias al miedo de que nos expulsen a ambos. Mi cuerpo se arquea al transformarse. El proceso es rápido; cada vez se me da mejor. Caigo al suelo a cuatro patas. Quiero gritar, pero lo que me sale de la boca es un maullido.

—¿Un gato negro? —dice Lila con sorna, agachándose. Me levanta, hundiéndome los dedos en el pelaje. Menos mal que me sujeta, porque el cambio de perspectiva me marea. Y no sé cómo poner las patas.

Alguien, seguramente la supervisora de su residencia, llama a la puerta.

—¿Qué ocurre ahí dentro? Señorita Zacharov, abra inmediatamente.

Lila se asoma entre los restos de la ventana y balancea mi nuevo cuerpo. Muevo la cola adelante y atrás sin saber cómo. El patio está muy lejos.

—Estamos demasiado altos —dice de pronto—. Te vas a hacer daño...

Se olvida de que dentro de un momento ya no pareceré un gato normal. Me revuelvo y retuerzo hasta darle un mordisco en la mano.

—¡Ay! —grita mientras me suelta.

El aire pasa silbando, demasiado deprisa para que pueda emitir sonido alguno. Procuro no agarrotar las patas, no tensarme antes del impacto, pero el choque contra el suelo es como un puñetazo en pleno pecho. Me quedo sin aire.

A duras penas consigo arrastrarme hasta los arbustos antes de que empiece la reacción.

Me duele todo. Levanto la cabeza y veo una luz rosada detrás de la arboleda, cerca de la pista de atletismo. Está amaneciendo.

Sigo siendo un gato.

Cuando tienes un tamaño menor de lo normal, la reacción es aún más rara. Todo parece irreal y extraño. Ninguna parte de tu cuerpo te pertenece. Incluso la perspectiva es diferente.

Y despertarme en un cuerpo desconocido es todavía más extraño.

Mis sentidos son tan agudos que me parece surrealista. Oigo a los insectos que corretean entre las briznas de hierba. Huelo a los ratones que roen la madera blanda. Me siento muy pequeño y asustado.

No sé si seré capaz de andar. Me levanto, moviendo una pata cada vez, y me balanceo hasta que consigo mantener el equilibrio. Luego avanzo una pata delantera y otra trasera y avanzo tambaleándome por el patio, bajo la luz del alba.

Me da la impresión de que tardo horas. Para cuando llego a mi ventana, estoy agotado. La ventana sigue tal y como la dejé, ligeramente separada del alféizar, pero no lo bastante como para que la brisa despierte a Sam.

Suelto un maullido optimista. Pero Sam, como era de esperar, no se entera de nada.

Cierro los ojos, preparándome para el dolor, y me transformo de nuevo. Me duele mucho, como si aún tuviera la piel tirante por la transformación anterior. Abro la ventana, entro de un salto y caigo al suelo con un ruido sordo.

—Mmm —dice Sam, adormilado, dándose la vuelta.

—Ayúdame —le suplico, levantando el brazo y tocando el somier metálico de su cama—. Por favor. La reacción. No me dejes hacer ruido.

Sam me observa con los ojos como platos. Y los abre todavía más cuando mis dedos empiezan a retorcerse como hiedras. Me tiembla la pierna.

—Cómo duele —digo, avergonzado por el tono lastimero de mi voz.

Sam ya se levanta y me tapa con el edredón. Me pone una almohada a cada lado de la cabeza para que no pueda sacudirme demasiado. Ya está totalmente espabilado por la adrenalina y me observa con una expresión de puro horror.

—Lo siento —logro decir antes de que mi lengua se vuelva de madera.

Noto que me pinchan en un costado. Me giro a duras penas y parpadeo hasta ver al señor Pascoli.

—Levántese, señor Sharpe. Va a llegar tarde a clase.

—No se encuentra bien —oigo decir a Sam.

Las mantas me envuelven como una crisálida. El solo hecho de moverme ya me cuesta, como si el aire se hubiera vuelto semisólido. Suelto un gemido y vuelvo a cerrar los ojos. Nunca me había sentido tan cansado. No sabía que dos reacciones seguidas pudieran dejarme así.

—¿Qué hace en el suelo? —dice Pascoli—. ¿Ha estado bebiendo, señor Sharpe?

—Estoy enfermo —contesto con voz pastosa, tomándole prestada la excusa a Sam. Mi mente no está en condiciones para inventarse otra explicación—. Creo que tengo fiebre.

—Entonces será mejor que vaya a la enfermería. Casi ha terminado la hora del desayuno.

—Ya lo acompaño yo —se ofrece Sam.

—Quiero una copia del informe de la enfermera, señor Sharpe. Y más le vale pedírselo. Si descubro que ha estado bebiendo o drogándose, por muchos problemas familiares que tenga, me aseguraré de que lo echen de mi residencia. ¿Ha comprendido?

—Sí. —Asiento con la cabeza. Ahora mismo diría cualquier cosa con tal de que Pascoli se largase.

—Vamos —dice Sam, levantándome por las axilas y dejándome en mi cama.

Me cuesta mantenerme erguido. Se me vence la cabeza. No sé ni cómo me las apaño para ponerme unos vaqueros, los guantes y las botas (después de varios intentos infructuosos, decido dejármelas desatadas).

—Quizá deberíamos llamar a alguien —susurra Sam cuando Pascoli sale de nuestro cuarto—. ¿A la señora Wasserman?

Frunzo el ceño, intentando concentrarme en sus palabras.

—¿Por qué?

—Anoche estabas hecho mierda. Y hoy… estás fatal.

—Solo estoy cansado.

Sam niega con la cabeza.

—Nunca había visto…

—Es la reacción —lo interrumpo, negándome a oír cómo describe Sam lo que ha visto—. No te preocupes.

Sam entorna los ojos, pero espera a que me levante y luego me sigue por el campus. Voy atontado y arrastrando los pies.

—Necesito una cosa más —le digo—. Cuando lleguemos a la enfermería.

—Claro, tío. —Pero me parece que no está convencido. Está empezando a asustarse.

—Cuando entremos, voy a ponerme a toser como un loco. Entonces te ofreces a traerme un vaso de agua. Pero tienes que traer agua caliente, lo más caliente que salga del grifo. ¿Vale?

—¿Para qué? —pregunta Sam. Me esfuerzo por sonreír.

—Es la forma más sencilla de fingir que tienes fiebre.

Incluso medio desmayado me quedan fuerzas para un timo pequeñito.

Horas después me despierto en el despacho de la enfermera, babeando sobre la almohada de la camilla. Me muero de hambre. Al levantarme, me doy cuenta de que llevo las botas puestas. Me las ato y salgo a la sala principal de la enfermería.

La enfermera del colegio es rechoncha y canosa. Va de acá para allá por la enfermería de paredes blancas con carteles anatómicos. Su aire de determinación se debe a que está convencida de que todos los problemas de los alumnos se pueden solucionar con (a) una siestecita en la camilla, (b) un par de aspirinas o (c) un poco de pomada y una venda. Por suerte, yo no necesito nada más.

—Hola —le digo—. Ya me encuentro mejor. ¿Puedo volver ya a mi habitación?

La enfermera Kozel le está dando unas pastillas a Willow Davis.

—Cassel, ¿qué tal si primero te sientas y te tomo la temperatura? Antes tenías bastante fiebre.

—Vale. —Me dejo caer en una silla.

Willow se traga el medicamento con un sorbito de agua de un vaso desechable, mientras la enfermera Kozel se va a buscar el termómetro al otro lado de la sala.

—Es mejor que te tumbes un rato hasta que te hagan efecto las pastillas —le dice Kozel—. Enseguida iré a ver cómo estás.

—Madre mía, qué resaca —me susurra Willow.

Le muestro la sonrisa cómplice de los que suelen ir a la enfermería para pasar la resaca.

Willow se mete en el despacho mientras la enfermera me pone el termómetro bajo la lengua. Mientras espero, pienso por primera vez en lo que ha pasado (y en lo que no ha pasado) con Lila.

Solo es cuestión de tiempo.

Incluso a la luz del día, la idea sigue pareciéndome igual de cierta.

Las tentaciones tientan. Me gusta el Mercedes-Benz nuevo y reluciente; me gusta que el jefe de una familia mafiosa me invite a cenar en un restaurante de lujo; me gusta que los federales nos dejen tranquilos a mí y a mi madre. Me gusta que Lila me bese como si tuviéramos futuro. Me gusta que diga mi nombre como si yo fuera la única persona que existe en el mundo aparte de ella.

Me gusta tanto que creo que sería capaz de cualquier cosa con tal de conseguirlo.

Ignorar que en realidad Lila no me quiere. Matar a mi propio hermano. Trabajar como asesino a sueldo. Cualquier cosa.

Yo creía que nunca sería capaz de traicionar a mi familia, que nunca obraría a un ser querido, que nunca mataría a nadie, que nunca sería como Philip, pero cada día me parezco más a él. La vida te ofrece muchas oportunidades para tomar decisiones pésimas que te hacen sentir bien. Y después de la primera, las demás son mucho más fáciles.

Capítulo catorce

Lo bueno de tener el día libre por enfermedad es que resulta muy fácil salir del colegio. Y eso hago. Podría ir en coche, pero no quiero que noten que no está. No puedo correr más riesgos.

Además, ahora mismo prefiero no estar cerca de las cosas que me gustan.

Me he despertado con renovada determinación. Se acabaron los riesgos estúpidos. Se acabó lo de pedir a gritos que me pillen. Se acabó lo de dejar las cosas al capricho del destino. Se acabó lo de esperar a que me caiga la hostia. Me alejo del campus una distancia prudencial y llamo a un taxi con el móvil.

Barron no quiere tener que acudir a los federales. Si lo cuenta todo, se acabaron sus posibilidades con los Brennan. Pero si se convence de que no pienso ceder a sus exigencias, es posible que me delate, y necesito atar los cabos sueltos antes de que eso pase. Sobre todo porque yo sé algo que él no puede saber: en la casa vieja no solo hay pruebas de mis crímenes. También del crimen de nuestra madre.

Lo primero es lo primero: hay que deshacerse de esas pruebas.

Soy su hijo. Mi deber es protegerla.

Espero al taxi entre los árboles de la acera, delante de una urbanización de casas muy bonitas. Con jardín y columpio. Una señora de cabello cano me sonríe mientras se agacha para sacar el correo de un reluciente buzón de latón.

Le devuelvo la sonrisa sin pensar. Apuesto a que esos pendientes de perlas tan gordos son de verdad. Si se lo pidiera con educación, seguramente me dejaría esperar al taxi en su porche. Hasta me prepararía un bocadillo para el camino.

Me ruge el estómago, pero lo ignoro. Al cabo de un momento la mujer vuelve a entrar en casa y la puerta mosquitera se cierra, cercenando mis posibilidades de comer algo.

Una racha de viento repentina sacude los árboles; unas cuantas hojas de arce, aún verdes, caen a mi alrededor. Empujo una con el pie. No lo parece, pero ya está muerta.

El taxista frunce el ceño al verme. Me subo y le indico cómo llegar a la casa vieja. Por suerte no me pregunta por qué está recogiendo a un chico a tres manzanas de un instituto. Seguramente ha visto cosas mucho peores.

Cuando me deja delante de la casa, le pago con el dinero de varias apuestas recientes. Ando corto de pasta y estoy gastando un dinero que en realidad no me pertenece. Si alguien gana una apuesta inesperada, podrían dejarme limpio.

Subo por la pendiente en dirección a la casa vieja. Incluso de día ofrece un aspecto funesto. Los listones de madera están grises por la falta de mantenimiento y una de las ventanas de la planta superior (la del antiguo dormitorio de mamá) está rota y tapada con una bolsa de plástico.

Seguro que Barron cuenta con la posibilidad de que venga aquí. Me ha dicho que sabe dónde está el cadáver, así que también supone que intentaré esconderlo. Pero si me ha obsequiado alguna sorpresita, tiene que estar en el sótano, porque la cocina está tal y como la dejé el domingo. La taza de café a medio beber sigue en el fregadero, y el líquido tiene un aspecto sospechosamente enmohecido.

El abrigo sigue donde lo puse, al fondo del armario, enrollado alrededor de la pistola. Me arrodillo y saco el bulto, solo para asegurarme.

Me imagino a mi madre clavándole el cañón del arma en el pecho a Philip. Seguro que mi hermano no se creyó que fuera a disparar a su primogénito. Quizás incluso se haya echado a reír. O quizá Philip no fuera tan ingenuo como yo. Quizás haya visto, por la expresión de mi madre, que no había amor que valiera tanto para ella como su libertad.

Pero cuanto más intento imaginármelo, más me veo en su lugar; siento el tacto frío del cañón, noto los labios mal pintados de mi madre tensándose en una mueca. Un escalofrío me recorre la espalda.

Me levanto, saco un cuchillo del taco de la cocina y una bolsa de plástico de debajo del fregadero. Tengo que dejar de pensar. Empiezo a cortar los botones del abrigo. Voy a quemarlo, así que debo guardar en la bolsa todas las piezas sólidas, además de la pistola. Después de eso, la idea es meterle unos ladrillos para darle peso y tirarla al embalse de Round Valley, cerca de Clinton. El abuelo me contó una vez que la mitad de los delincuentes de Nueva Jersey se han deshecho de algo en ese embalse, el más profundo del estado.

Pongo los bolsillos del revés para ver si hay monedas.

Unos guantes de cuero rojo caen al suelo de linóleo. Y algo más, algo sólido.

Un amuleto que ya he visto antes, partido por la mitad. Cuando lo veo, ya sé quién mató a Philip. Todo encaja. Mi plan cambia.

Dios, pero qué idiota soy.

La llamo desde una cabina, tal y como me enseñó mi madre.

—Deberías habérmelo contado —le digo, aunque en el fondo entiendo que no lo haya hecho.

Mientras vuelvo al colegio en taxi, Audrey me envía un mensaje.

Hubo un tiempo en que eso me emocionaba. Ahora, en cambio, abro el móvil con un suspiro.

Destrucción mutua asegurada. Nos vemos en la biblio mañana a la hora del almuerzo.

He estado demasiado preocupado con mis problemas más inmediatos como para decidir a quién le cuento (si es que debo contárselo a alguien) que Audrey rompió la ventana de Lila de una pedrada, pero Audrey me plantea algo interesante. Si la delato, ella dirá a su vez que estuve en la habitación de Lila. No sé cuál de las dos infracciones será considerada más grave, pero no quiero que me expulsen de Wallingford en mi último curso, ni siquiera si yo no soy el único expulsado.

Y sé perfectamente de cuál de los dos se fiará más Northcutt.

Le respondo: *Allí nos vemos.*

Estoy hecho polvo. Solo me quedan fuerzas para volver a rastras a la habitación y zamparme los Pop-Tarts que se ha dejado Sam. Me tumbo vestido en la cama y me quedo dormido. Por segunda vez en lo que va del día, ni me molesto en descalzarme.

El miércoles por la tarde, Audrey me espera sentada en la escalinata de la biblioteca, con el cabello pelirrojo revuelto por el viento y las manos (lleva unos guantes de color verde claro) entrelazadas sobre la falda plisada de Wallingford.

Al verla me vienen a la mente cosas malas. La historia que me contó Zacharov sobre Jenny. El mensaje pegado a la piedra. Los trozos de cristal que brillaban a los pies de Lila.

—¿Cómo pudiste? —me escupe Audrey en cuanto me acerco, como si fuera ella la que tuviera derecho a estar enfadada.

Me deja perplejo.

—¿Qué dices? Tú nos tiraste una piedra…

—¿Y qué? Lila me lo ha quitado todo. Todo. —Tiene el cuello cubierto de manchitas rojas, como siempre que se altera—. Y tú estabas en su cuarto en plena noche, como si te diera igual que os vieran. ¿Cómo pudiste hacer eso después de lo que ella… de lo que ella…?

Le caen lágrimas por las mejillas.

—¿Qué? ¿Qué hizo?

Audrey se limita a negar con la cabeza; el llanto no la deja hablar.

Suspiro y me siento a su lado en las escaleras. Un momento después, le echo un brazo por los hombros y atraigo su cuerpo tembloroso hacia mí. Ella reposa la cabeza en mi cuello e inhalo el olor floral de su champú. Sé que Audrey probablemente me odiaría si supiera lo que soy y lo que puedo hacer, pero fuimos novios. Claro que me importa.

—Oye —le digo en voz baja—. No pasa nada. Sea lo que fuere.

—Sí que pasa —replica Audrey—. La odio. ¡La odio! Ojalá le hubiera chafado la cara con esa piedra.

—No lo dices en serio.

—Consiguió que expulsaran a Greg, y sus padres no lo dejaban volver a casa. —Suelta un sollozo—. Vieron esas fotos de mierda que le sacaron tus amigos. Tuvo que suplicarle a su madre p-para que se dignara a escucharlo desde el otro lado de la puerta. —Llora tanto que parece que tiene hipo al respirar. Se esfuerza por hablar entre sollozo y sollozo—. Al final lo llevaron a hacerse la prueba. Y cuando confirmaron que no era un obrador, lo matricularon en la academia Southwick.

Audrey deja de hablar. Es como si la tristeza la poseyera, como si ya no manejara su propio cuerpo.

La academia Southwick es un colegio famoso por su política antiobradores. Está en Florida, cerca de la frontera con Georgia, y exige que todas las solicitudes de nuevos alumnos incluyan una prueba hiperbatigámmica. Una prueba con un resultado negativo concluyente.

En caso de aceptar al estudiante, el médico del centro vuelve a hacerle la prueba personalmente.

Enviar a Greg a Southwick significa que su reputación (y presumiblemente la de sus padres) está a salvo. Me daría lástima si no creyera que se lo va a pasar en grande en un colegio donde todo el mundo piensa igual que él sobre los obradores.

—Terminamos el instituto en menos de un año —le digo—. Volverás a verlo.

Momentos después, Audrey se separa de mí y me mira con ojos enrojecidos. Sacude la cabeza.

—Me contó lo de Lila antes de irse. Que me engañó con ella. Que Lila lo obró para obligarlo a…

—Eso no es verdad.

Audrey inspira hondo, temblando. Luego se seca las mejillas con los guantes verdes.

—Entonces es aún peor. Te gusta a ti y le gusta a Greg. No le hizo falta obligaros a nada. Y encima ni siquiera es maja.

—Greg tampoco.

—Antes, sí. Conmigo lo era. Cuando estábamos a solas. Pero supongo que da igual. Lila ha hecho que no significase nada.

Me levanto.

—No, eso no es verdad. Mira, entiendo que estés cabreada. Incluso entiendo que le rompieras la ventana, pero ya está bien. Se acabaron las piedras. Y los insultos.

—También te engañó a ti —dice Audrey. Niego con la cabeza sin decir nada—. Vale. —Se pone de pie y se sacude la falda—. Si no le cuentas a nadie lo que hice, yo tampoco diré que estuviste en su habitación.

—¿Y dejarás en paz a Lila?

—Te guardaré el secreto. Por esta vez. Pero no te prometo nada más.

Audrey baja las escaleras y se aleja por el patio sin girarse a mirarme ni una sola vez.

Todavía noto la camisa húmeda por sus lágrimas.

Las clases van tan bien como de costumbre. Últimamente no doy una. Emma Bovary y su cestita de albaricoques se me mezclan con la información asimétrica y los mercados incompletos. Cierro los ojos en una clase y, al abrirlos, estoy en otra.

A la hora de cenar, voy a la cafetería y me lleno el plato de comida. Hoy tenemos enchiladas de pollo con salsa verde. Tengo el estómago tan vacío que el olor de la comida ya lo hace rugir. Llego pronto, así que dispongo de unos minutos a solas en la mesa. Y los aprovecho para engullir como un condenado.

Al rato, Sam se sienta delante de mí. Me sonríe.

—Ya pareces un poco menos moribundo.

Suelto un resoplido, pero casi toda mi atención está puesta en Lila, que entra y va a buscar una bandeja. Al mirarla, los recuerdos hacen que me ruborice. Me avergüenzo de mí mismo y quiero volver a tocarla. Las dos cosas a la vez.

Daneca y ella se sientan con nosotros. Daneca mira a Sam, pero él no levanta la vista del plato.

—Hola —digo con el tono más neutro posible.

Lila me señala con el tenedor.

—He oído un rumor sobre ti.

—¿Ah, sí? —No sé si es una broma, pero no sonríe.

—He oído que estás aceptando apuestas sobre mí. —Lila se aparta el flequillo de la frente con la mano enguantada. Parece cansada. Supongo que anoche no durmió mucho—. Sobre lo que hice con Greg. Sobre si estoy loca. Sobre si estuve en una cárcel moscovita.

Miro de reojo a Sam, cuya expresión de sorpresa es casi cómica. Él me ha estado ayudando a llevar al día el cuaderno de apuestas desde que tuvo que sustituirme al frente del negocio durante una temporada, así que sabe muy bien lo que entra y lo que sale. Sabe que Lila nos ha pillado.

—Pero no por gusto —me defiendo—. Si no aceptaba, me daba miedo que la gente empezara a preguntarse por qué. Saben que yo acepto apuestas sobre absolutamente cualquier cosa.

—¿Sobre qué alumnos son obradores, por ejemplo? —pregunta Lila—. También estás ganando dinero con eso, ¿no?

Daneca me mira con los ojos entornados.

—Cassel, ¿es verdad?

—No lo entendéis —digo, volviéndome hacia ella—. Si de pronto me pongo a elegir las apuestas que acepto, dará la impresión de que tengo información privilegiada e intento beneficiar a alguien. Y siempre me siento con vosotros tres, así que todos darían por hecho que estoy favoreciendo a alguno de vosotros. Por no hablar de que la gente dejaría de contarme las cosas que pasan, los rumores. Y ya no podría difundir habladurías por mi cuenta. No podría hacer nada.

—Sí, y también tendrías que dejar claro de parte de quién estás —dice Lila—. La gente podría llegar a pensar que tú eres un obrador. Y sé que eso no te gustaría nada.

—Lila, te juro que cada vez que llega alguien nuevo a Wallingford, corren rumores estúpidos. Nadie se los traga. Si no aceptara esas apuestas, estaría confirmando que Greg y tú... —Me atropello con las palabras y vuelvo a empezar; no quiero cabrearla más—. Todo el mundo creería que el rumor es cierto.

—Me da igual —dice Lila—. Eres tú el que me está convirtiendo en el hazmerreír.

—Lo siento... —empiezo a decir, pero me interrumpe:

—No intentes mentirme. —Mete la mano en el bolsillo y estampa contra la mesa cinco billetes de veinte dólares. Los vasos tiemblan por el golpetazo—. Cien pavos a que Lila Zacharov y Greg Harmsford echaron un polvo. ¿Cuáles son las probabilidades?

Lila no sabe que Greg ya no va a volver a Wallingford. No sabe que Audrey la odia a muerte. Miro de reojo hacia la mesa donde solía sentarse Greg, rezando por que Audrey no esté oyendo nuestra conversación.

—Son buenas —digo entre dientes—. Ganarías bastante.

—Al menos así sacaré algo de esto —concluye Lila. Se levanta y sale a zancadas del comedor.

Apoyo la frente en la mesa y me tapo la cabeza con los brazos. Está claro que hoy no es mi día.

—Devolviste todo el dinero de esas apuestas —me dice Sam—. ¿Por qué no se lo has dicho?

—No todo. No quería que Lila supiera que estaban apostando sobre ella, así que aceptaba los sobres que me daban cuando ella andaba cerca. Y es verdad que he aceptado apuestas sobre quiénes son obradores. Creía que estaba haciendo lo correcto. Tal vez Lila tenga razón. Tal vez solo esté intentando salvarme el culo.

—Yo también he aceptado las apuestas sobre los obradores —dice Sam—. Tenías razón. Era nuestra única opción para tratar de controlarlas. —Parece más convencido que yo.

—¿Cassel? —dice Daneca—. Escucha un momento.

—¿Qué? —La voz de Daneca suena rara y vacilante. Levanto la vista.

—Lila no debería haber sido capaz de hacer eso —dice Daneca—. Acaba de echarte la bronca.

—Puedes querer a una persona y aun así discutir con... —empiezo a decir, pero me interrumpo.

Porque esa es la diferencia entre el amor de verdad y un maleficio. Cuando quieres de verdad a una persona, eso no te impide ver cómo es en realidad. Pero el maleficio hace del amor algo enfermizo y simple.

Miro hacia la puerta por la que acaba de irse Lila.

—¿Crees que puede estar... recuperándose? ¿Que el maleficio se ha disipado?

La esperanza que brota en mi interior es aterradora.

Quizá. Quizá Lila no me odie cuando se libre del maleficio. Quizás incluso pueda perdonarme. Quizá.

Sam y yo cruzamos el patio para volver a la habitación. Sonrío a pesar de todo. A pesar de que conozco mi suerte. En mis sueños soy lo bastante listo como para salir airoso de todos mis problemas. Son los sueños de un ingenuo. Y los timadores suelen aprovecharse de esa clase de sueños.

—Bueno... —dice Sam en voz baja—. ¿Siempre te pasa eso... cuando te transformas?

Parece que ha pasado una eternidad desde ayer por la mañana. Recuerdo la cara de terror de Sam mientras me veía despatarrado en el suelo. Aún noto la reacción trepándome por la espalda. Quiero fingir que nada de eso ha ocurrido; en esos momentos me siento más desnudo que nunca en toda mi vida. Tan desnudo que era como si me pusiera del revés.

—Sí —contesto, mirando las polillas que revolotean en torno a las tenues luces que iluminan el camino. La luna no es más que un tajo en el cielo—. Más o menos. Esa fue peor de lo normal porque me obré a mí mismo dos veces en una noche.

—¿Dónde estabas? ¿Qué pasó? —Guardo silencio—. Cassel —insiste Sam—. Solo quiero saber si es grave.

—Estuve en la habitación de Lila.

—¿Fuiste tú quien le rompió la ventana? —Debería haber imaginado que la historia ya estaría circulando por todo el campus. Todos saben lo de la piedra y el mensaje de amenaza.

—No. La persona que lo hizo no podía saber que yo estaba allí.

Sam me mira fijamente y una arruga le aparece sobre el puente de la nariz, justo entre las cejas.

—¿Entonces sabes quién fue? ¿El que le rompió la ventana?

Asiento con la cabeza, pero no le digo que fue Audrey. Decírselo a Sam no sería lo mismo que decírselo a Northcutt, pero aun así siento que debo guardar el secreto.

—Las desgracias nunca vienen solas —me advierte Sam.

Mientras entramos en la residencia, me vibra el móvil. Lo abro apoyándomelo en la barbilla y me lo llevo a la oreja.

—¿Diga?

—¿Cassel? —dice Lila en voz baja.

—Hola. —Sam se gira, me mira con gesto cómplice y luego sigue caminando mientras yo me siento en las escaleras del segundo piso.

—Siento haberte gritado.

Se me cae el alma a los pies.

—¿De verdad?

—Sí. Entiendo por qué aceptaste esas apuestas. No sé si me gusta, pero lo entiendo. No estoy enfadada contigo.

—Ah.

—Creo que me asusté un poco. Después de lo de anoche. No quiero que lo nuestro sea solo de mentira. —Habla en voz tan baja que apenas distingo sus palabras.

—No lo es. —Tengo que arrancarme las palabras del pecho—. Nunca lo ha sido.

—Ah. —Guarda silencio un rato. Luego, cuando vuelve a hablar, noto por su voz que está sonriendo—. De todas formas tienes que pagarme por haber ganado la apuesta. De esa no te vas a librar con palabras bonitas.

—Tan terca como siempre —contesto, mirando fijamente las escaleras y sonriendo de oreja a oreja. Alguien ha tirado un chicle y lo han pisado. Ahora es una mancha de color grisáceo.

Soy un imbécil.

—Te quiero. —Más vale que se lo diga ahora que ya no importa lo que haga. Me he decidido. Sin darle tiempo a contestar, cierro el teléfono para cortar la llamada.

Apoyo la cabeza en el frío pasamanos de hierro. Quizás el maleficio se disipe con el tiempo, pero nunca sabré con certeza si ha desaparecido del todo. Mientras le guste a Lila, nunca sabré si sus sentimientos son voluntarios. Los maleficios son algo muy sutil. Se supone que los maleficios emocionales se desvanecen con el tiempo, pero ¿cómo sabes cuándo ha ocurrido? Tengo que estar seguro, y no lo estaré nunca.

Aquí no hay opción correcta.

Llamo al agente Jones. He perdido su tarjeta, así que llamo al número general de la agencia de Trenton. Después de que transfieran la llamada un par de veces, me pasan con su contestador automático. Le digo que necesito más tiempo, solo un par de días más, hasta el lunes, y que entonces les entregaré al asesino.

Una vez que has decidido que debes hacer algo, casi sientes alivio. Esperar es más difícil que actuar, incluso cuando no soportas lo que estás a punto de hacer.

Cuanto más me esfuerzo por buscar alternativas, más negras me parecen esas opciones.

Tengo que aceptar lo que hay.

Soy mala persona.

He hecho cosas malas.

Y seguiré haciéndolas hasta que alguien me lo impida. ¿Y quién me lo va a impedir? Lila no puede. Zacharov no quiere. Solo hay una persona capaz de hacerlo, y ha demostrado que es bastante impredecible.

Cuando entro, Sam está en la habitación, hojeando *Otelo*. Tiene el iPod conectado a nuestros altavoces; la música de los Öbra Morthal hace temblar las ventanas.

—¿Estás bien? —me grita para hacerse oír sobre la voz gutural del cantante.

—Sam, ¿te acuerdas de que a principios del semestre me dijiste que habías saqueado una tienda de efectos especiales? ¿Que estabas listo para cualquier cosa?

—Sí… —responde con suspicacia.

—Quiero que incrimines a una persona por el asesinato de mi hermano.

—¿A quién? —pregunta, bajando el volumen. Ya debe de estar acostumbrado a que diga barbaridades, porque se ha puesto serio—. Y otra cosa: ¿por qué?

Inspiro hondo.

Para incriminar a alguien, hacen falta varias cosas.

Lo primero es encontrar a una persona que resulte creíble como villano. Viene muy bien que ya haya hecho cosas malas, y mejor aún si la acusación es parcialmente cierta.

Y como ha hecho cosas malas, no te sientes fatal por elegirla como cabeza de turco.

Pero el detalle final es que la historia tenga sentido. Las mentiras funcionan cuando son sencillas. Normalmente funcionan mucho mejor que la verdad. La verdad es compleja e imperfecta. Es lógico que la gente prefiera una mentira.

Y tanto mejor si esa preferencia juega a tu favor.

—A Bethenny Thomas.

Sam frunce el ceño.

—Espera, ¿qué? ¿Y esa quién es?

—La novia del mafioso muerto. La de los dos caniches grandes. La deportista. —Pienso en Janssen dentro del congelador. Creo que estaría de acuerdo con mi elección—. Ella encargó el asesinato de su novio, así que se puede decir que ya ha matado a alguien.

—¿Y eso cómo lo sabes?

Me estoy esforzando muchísimo por ser sincero con él, pero contarle toda la historia a Sam sería pasarme de la raya. El problema es que estos fragmentos aislados suenan ridículos.

—Me lo dijo ella. En el parque.

Sam pone los ojos en blanco.

—Porque os caísteis superbién, ¿no?

—Supongo que me confundió con otra persona. —Me asusta lo mucho que me parezco a Philip al hablar. Hasta hablo en tono amenazante.

—¿Con quién? —pregunta Sam sin amilanarse.

Me obligo a volver a hablar con normalidad.

—Con, eh… con la persona que lo mató.

—Cassel. —Sam gruñe y sacude la cabeza—. No te preocupes, no te voy a preguntar por qué te confundió con esa persona. No quiero saberlo. Tú cuéntame el plan.

Me siento en la cama, aliviado. Creo que no soportaría otra confesión, a pesar de todas las cosas que aún me quedan por confesar.

De pequeño solía vigilar con mi padre las casas donde quería entrar a robar. Estudiábamos las rutinas de la gente. Cuándo se marchaban a trabajar. Cuándo volvían. Si cenaban siempre en el mismo sitio. Si se acostaban a la misma hora. Cuanto más invariable era su horario, más limpio era el robo.

Sin embargo, lo que mejor recuerdo son los largos ratos sentados en el coche, con la radio encendida. El aire se enrarecía, pero mi padre no me dejaba bajar las ventanillas lo suficiente para que entrara la brisa. Los refrescos se calentaban y acababa meando en una botella porque no podía salir del coche. Las vigilancias solo tenían dos cosas buenas. La primera era que mi padre me dejaba elegir el aperitivo que quisiera en la tienda de la gasolinera. La segunda, que me enseñó a jugar a las cartas. Al póquer. Al trile. Al reloj. Al ocho loco.

A Sam se le dan bastante bien las cartas. Nos pasamos la noche del viernes vigilando el bloque de apartamentos de Bethenny y apostando ganchitos de queso mientras jugamos. Descubrimos que el portero sale un par de veces a echarse un cigarrillo cuando no hay nadie. Es un tipo corpulento que ahuyenta al mendigo que pide limosna delante del portal. Bethenny sale a correr con sus perros por la tarde y los saca a pasear dos veces más antes de marcharse por la noche. Al amanecer llega otro portero para sustituir al primero. El nuevo es delgaducho. Se zampa dos dónuts y lee el periódico antes de que empiecen a bajar los vecinos. Estamos a media mañana del sábado y Bethenny todavía no ha vuelto, así que recogemos los bártulos y nos vamos.

Dejo a Sam en su casa sobre las once y duermo unas horas en la casa vieja. Me despierto cuando el teléfono inalámbrico me empieza a sonar en el oído. Había olvidado que me lo había traído a la habitación hace días. Está enredado en las sábanas.

—¿Diga? —gruño.

—¿Podría hablar con Cassel Sharpe? —pregunta mi madre con su voz más cantarina.

—Soy yo, mamá.

—Ay, cielo, qué rara tienes la voz. —Hace mucho que no la oía tan contenta. Me incorporo bruscamente y me siento en la cama.

—Estaba durmiendo. ¿Va todo bien? —Mi miedo instintivo es que se haya metido en un lío. Que los federales se hayan cansado de esperar y la hayan detenido—. ¿Dónde estás?

—Todo va de maravilla. Te echaba de menos, cariño. —Se ríe—. Es que he estado ocupada con muchas cosas nuevas. He conocido a gente simpatiquísima.

—Ah. —Me apoyo el teléfono en el hombro. Debería sentirme mal por haberla considerado sospechosa de asesinato. Pero más bien me siento mal por no sentirme mal—. ¿Has visto a Barron últimamente? —Espero que no. Espero que no tenga ni idea de que mi hermano me está chantajeando.

Oigo el siseo de un cigarrillo al encenderse. Le da una calada.

—Hace un par de semanas que no lo veo. Me dijo que tenía un trabajo importante. Pero mejor hablemos de ti. Ven a verme y te presentaré al gobernador. El domingo celebra un *brunch*, creo que te gustaría. Deberías ver los pedruscos que llevan algunas señoras. Y la cubertería de plata es geniaaaal. —Arrastra la última sílaba, como si estuviera llamando a un perro con un hueso en la mano.

—¿El gobernador Patton? No, gracias. Prefiero comer cristal molido que almorzar con él. —Me llevo el teléfono a la planta de abajo y vacío la cafetera. Pongo agua fresca y café molido. El reloj marca las tres de la tarde. No tengo mucho tiempo.

—Oh, no digas eso —dice mi madre.

—¿Cómo puedes quedarte callada mientras habla y habla sobre la propuesta 2? De acuerdo, reconozco que como víctima es muy tentador. Me encantaría que lo timaran, pero no vale la pena, mamá. Se te podría ir de las manos. Un solo error y...

—Tu madre no comete errores. —La oigo exhalar el humo—. Cielo, sé lo que hago.

El café va cayendo gota a gota mientras la cafetera suelta vapor. Me siento a la mesa de la cocina. Intento no pensar en cómo era mi madre cuando yo era pequeño. La recuerdo sentada justo donde estoy yo ahora, riéndose de alguna ocurrencia de Philip o revolviéndome el pelo. Casi puedo ver a mi padre en la mesa, enseñándole a Barron a hacer bailar una moneda con los nudillos mientras mi madre preparaba el desayuno. Casi huelo los puritos de mi padre y el beicon requemado. Me pican los ojos.

—Soy yo el que ya no sabe lo que hace —le digo. Pensaréis que estoy loco por decirle eso. Pero es que es mi madre.

—¿Qué te pasa, cariño? —Su tono de preocupación es lo bastante sincero como para partirme el corazón.

No puedo decírselo. No puedo. No puedo contarle lo de Barron. Ni lo de los federales. Ni que he llegado a pensar que es una asesina. Y mucho menos lo de Lila.

—El colegio —contesto, apoyándome la cabeza en las manos—. Supongo que estoy un poco abrumado.

—Cielo —dice con un susurro feroz—. En este mundo hay mucha gente que intentará pisotearte. Para sentirse grandes, necesitan hacerte sentir pequeño. Que piensen lo que quieran, pero asegúrate de conseguir lo que es tuyo. Mira por ti.

¿De verdad me está hablando a mí? Oigo una voz masculina de fondo.

—¿Hay alguien contigo?

—Sí —responde con voz melosa—. Espero que te animes a venir el domingo. ¿Qué tal si te doy la dirección y te lo piensas?

Finjo que anoto la dirección del dichoso *brunch* de Patton, pero en realidad me estoy sirviendo una taza de café.

Capítulo quince

Cuando uno se despierta en pleno día siempre se queda algo desubicado, como si hubiera estado ajeno al paso del tiempo. La luz que entra por las ventanas no es como debería ser. Noto el cuerpo muy pesado mientras me obligo a levantarme y a vestirme.

Paro en la tienda para comprar más café y una cosa más. Luego voy a casa de Daneca. Cruzo el lozano jardín hasta la puerta recién pintada, entre dos setos bien cuidados. Todo es tan bonito que parece sacado de un cuadro.

Cuando toco el timbre, responde Chris.

—¿Qué quieres? —Lleva pantalones cortos, sandalias y una camiseta varias tallas más grande. Parece aún más joven de lo que es. Tiene una mancha de algo azul en el pelo.

—¿Puedo pasar?

Me abre la puerta.

—Haz lo que te dé la gana.

Suspiro y entro sin mirarlo. El vestíbulo huele a abrillantador de limón; en la sala de estar hay una chica pasando la aspiradora. No sé por qué, pero nunca se me había cruzado por la cabeza que en casa de Daneca hubiera servicio doméstico. Pues claro que lo hay.

—¿Está la señora Wasserman? —le pregunto a la chica. Esta se quita los auriculares y me sonríe.

—¿Cómo dices?

—Perdón. Me preguntaba si sabes dónde está la señora Wasserman.

La chica señala con el dedo.

—En su despacho, creo.

Cruzo la casa, dejando atrás los cuadros y las antigüedades de plata. Llamo al marco de una puerta con paneles de vidrio y la señora Wasserman me abre; lleva el pelo rizado recogido en un moño improvisado, sujeto con un lapicero.

—¿Cassel? —Viste un pantalón de chándal con manchas de pintura y tiene una taza de té en la mano.

Le tiendo las violetas que he comprado en la tienda de jardinería. No sé mucho sobre flores, pero me ha gustado su aspecto aterciopelado.

—Quería darle las gracias por lo del otro día. Por sus consejos.

Un regalo es algo muy útil para un timador. Los regalos crean una sensación de deuda, una molesta angustia de la que el agasajado ansía librarse devolviéndote el favor. Tan ansioso suele ponerse que a menudo te ofrece algo más valioso a cambio, solo para deshacerse de ese peso. El obsequio espontáneo de una simple taza de café puede hacer que alguien se sienta tan agradecido como para aguantar una charla sobre religión que le trae sin cuidado. Una florecilla marchita puede lograr que hagas un donativo a una organización benéfica que nunca te ha gustado. Los regalos suponen una carga tan pesada que ni siquiera tirándolos a la basura consigues librarte. Aunque te dé asco el café, aunque no quieras la dichosa flor, una vez que aceptas el presente, sientes que debes dar algo a cambio. Y lo más importante, sientes que debes deshacerte de esa obligación.

—Ay, gracias —dice la madre de Daneca, sorprendida pero complacida—. No fue ninguna molestia, Cassel. Si alguna vez quieres hablar, aquí me tienes.

—¿Lo dice en serio? —A lo mejor me estoy pasando de la raya, pero necesito presionarla un poco. Esta es su oportunidad de devolverme el gesto. Y sé de buena tinta que su debilidad son los dramas humanos.

—Pues claro —me responde—. Lo que te haga falta, Cassel.

Bingo.

Prefiero pensar que su generosidad se debe a la gratitud, pero supongo que nunca lo sabré. Es lo que tiene no confiar en la gente: nunca llegas a descubrir si te habrían ayudado de todas formas.

Daneca está con el ordenador cuando entro en su cuarto. Me mira con gesto sorprendido.

—Hola. Me ha dejado entrar tu hermanito.

Ya estoy faltando un poco a la verdad al no mencionarle que acabo de hablar con su madre, pero estoy decidido a que esa sea la única mentira. Ya me odio bastante sin necesidad de timar a una de los pocos amigos que tengo.

—Chris no es mi hermano —dice Daneca enseguida—. Creo que ni siquiera es legal que viva aquí.

Su habitación es tal como me la imaginaba. La colcha es de estampado batik y está decorada con aros plateados. Ha colgado unos chales con flecos encima de las cortinas de lino. Las paredes están llenas de carteles de cantantes de folk, poemas y una gran bandera de los derechos de los obradores. En la estantería, junto a varias obras de Ginsberg y Kerouac y *El manual del activista*, hay una hilera de caballitos blancos, castaños, moteados y negros, colocados como si formaran un coro.

Me apoyo en el marco de la puerta.

—Vale. Un chaval que siempre deambula por aquí me ha dejado pasar. Y ha sido bastante borde, por cierto.

Daneca esboza una media sonrisa. En la pantalla veo que está redactando un trabajo de clase; las letras son como hormiguitas negras.

—¿Qué haces aquí, Cassel?

Me siento en su cama e inspiro hondo. Si logro hacer esto, podré con todo lo demás.

—Necesito que obres a Lila. —Las palabras me vienen con facilidad a los labios, pero me duele el pecho al decirlas en voz alta—. Tienes que hacer que deje de amarme.

—Fuera de aquí —dice Daneca. Niego con la cabeza.

—Tienes que hacerlo. Por favor. Por favor, escúchame. —Me da miedo que se me quiebre la voz. Que Daneca se dé cuenta de lo mucho que me duele todo esto.

—Cassel, tus motivos me dan igual. Nada puede justificar que le quites a alguien su libre albedrío.

—¡Ya se lo han quitado! ¿Recuerdas que te dije que estaba intentando mantenerme alejado de Lila? Pues he dejado de intentarlo. ¿No te parece un buen motivo?

Daneca no se fía de mí. Seguro que entiende que yo tampoco me fíe de mí mismo.

Su mirad rebosa desprecio.

—De todas formas yo no puedo hacer nada. Ya lo sabes. No puedo quitarle el maleficio.

—Óbrala para que no sienta nada por mí —insisto. Se me nubla la visión. Me froto los ojos con furia para secármelos—. Haz que no sienta nada. Por favor.

Daneca me mira con una expresión rara y perpleja. Habla en voz baja:

—Creía que el maleficio se estaba desvaneciendo. Puede que ya haya desaparecido.

Niego con la cabeza.

—Todavía le gusto.

—A lo mejor es que le gustas, Cassel —dice Daneca con cautela—. Sin el maleficio.

—No.

Guarda silencio un rato.

—¿Y qué hay de ti? ¿Cómo te sentirás cuando Lila...?

—Lo mío es lo de menos. La única forma de que Lila (o cualquiera) sepa con seguridad que el maleficio se ha disipado es que deje de quererme.

—Pero…

Si supero esto, ya nada podrá hacerme daño. Seré capaz de cualquier cosa.

—Hay que hacerlo así. De lo contrario, me inventaré algún motivo para convencerme de que me quiere, porque es lo que me gustaría. No me puedo fiar de mí mismo.

—Sé que estás muy angustiado…

—No me puedo fiar de mí mismo. ¿Lo entiendes?

Daneca asiente una sola vez.

—Vale. Vale, lo haré —dice Daneca. Suelto todo el aire de una sola vez, en una bocanada que me deja mareado—. Pero solo por esta vez. No volveré a hacer esto nunca. No volveré a hacer nada parecido. ¿Me has oído?

—Sí.

—Y ni siquiera estoy segura de cómo hacerlo, así que no te garantizo nada. Además, la reacción me dejará rara y sensiblera, así que tú serás el responsable de vigilarme hasta que se me pase. ¿Vale?

—Sí.

—Dejarás de importarle. —Daneca ladea la cabeza, como si me viera por primera vez—. Para Lila solo serás un tío al que conocía. Todo lo que siente por ti, todo lo que ha sentido alguna vez… desaparecerá.

Cierro los ojos y asiento con la cabeza.

Lo primero que hago al volver a casa es bajar al sótano y abrir el congelador. Janssen está donde lo dejé: blanco como la leche, con los párpados hundidos y el pelo escarchado. Parece una estatua de mármol demencial, la efigie de un asesino asesinado. Toda la sangre debe de haber ido descendiendo lentamente hacia la espalda antes de congelarse. Si le doy la vuelta, seguro que tiene la piel violácea.

Me quito el guante derecho y le pongo la mano en el pecho, apartando el tejido acartonado de la camiseta y apoyando los dedos en su piel gélida.

Le transformo el corazón en cristal.

El cambio tarda solo un momento, pero recuperarme me lleva más tiempo. Cuando se me pasa la reacción, me froto el chichón que me ha salido al golpearme la cabeza contra el suelo. Me duele todo, pero ya estoy acostumbrado.

Luego salgo del sótano, saco la pistola de la bolsa de plástico, cierro los ojos y disparo dos tiros al techo del salón. Una lluvia de polvo cubre la habitación con una densa nube, y casi me descalabra un trozo de yeso que se desprende del techo.

Los timos no son algo glamuroso. Hay que sacar la vieja aspiradora del armario, cambiar la bolsa y aspirar prácticamente todo el polvo. Hay que barrer el sótano para disimular que me he estado revolcando por el suelo después de la transformación. Hay que desmontar la pistola siguiendo las instrucciones que encuentro en Internet y borrar cuidadosamente todas las huellas con un paño ligeramente engrasado, antes de envolverlo todo con papel de cocina. Hay que conducir un par de kilómetros hasta una carretera desierta, empapar el abrigo y los guantes de la asesina con líquido inflamable y quemarlos hasta reducirlos a cenizas. Hay que esperar para asegurarse de que efectivamente se reducen a cenizas y luego dispersar dichas cenizas. Hay que desmenuzar a martillazos los botones del abrigo y tirarlos (junto con la bolsa de la aspiradora y cualquier pieza metálica) en varios contenedores, lejos de donde he quemado la ropa. La clave de un timo está en los detalles.

Para cuando termino, ya es la hora de llamar a Sam y poner en marcha la siguiente parte del plan.

Mi madre es muy purista en lo que a estafar a la gente se refiere. Tiene su propio estilo y es bastante eficaz. Ropa elegante, un toquecito y casi cualquiera está dispuesto a obedecerla. Pero yo nunca me había planteado en serio el tema de los disfraces y el atrezo hasta que conocí a Sam. En mi ordenador he abierto la página web de Cyprus View. Ofrecen ejemplos de la disposición de sus apartamentos para que los consulten posibles inquilinos. Me vienen muy bien.

Sam me muestra una herida falsa fabricada sobre una tira de silicona gomosa.

—Oye, tú mismo dijiste que ese portero quería hacerse el héroe —me dice Sam.

A lo mejor es verdad que lo dije. No me acuerdo. Dije un montón de cosas mientras vigilábamos, sobre todo observaciones aburridas sobre el edificio o pronósticos totalmente exagerados sobre la paliza que le iba a dar a Sam a las cartas.

—Pero entonces necesitamos a otra persona —replico—. Es un trabajo para tres.

—Pídeselo a Lila.

—Está en la ciudad —le digo, aunque poco convencido. La idea de volver a verla por última vez antes de perderla es perniciosamente tentadora.

—Daneca y yo aún estamos… no sé. Además, ella no es muy buena actriz.

—Lo hizo de fábula en la gala benéfica de Zacharov. —Recuerdo cómo le sonrió a mi hermano justo antes de pasarme discretamente una bolsa de sangre falsa.

—Me pasé todo el camino dándole ánimos —me confiesa Sam—. ¿Y si llamo yo a Lila?

Sin decir nada, le paso mi móvil. Quiero que Lila venga. Si aguanto esto, creo que me quedaré sin resistencia.

Vamos a buscar a Lila a la estación de tren con el coche de Sam. Él se pone a trabajar con ella en la parte de atrás mientras yo toqueteo la radio, nervioso, y me como un trozo de pizza.

—¿Te falta mucho? —pregunto, consultando el reloj del salpicadero.

—No le metas prisa al artista —dice Lila. Su voz me traspasa como un cuchillo, dejando una herida tan limpia que sé que no me dolerá hasta que lo saque.

—Ya. Perdona, Sam.

Finalmente Lila pasa al asiento delantero. Tiene un moratón falso en la mejilla, aunque parece auténtico, medio oculto por los rizos de una larga peluca rubia.

Acerco la mano sin pensar para tocarle la cara, pero la aparto rápidamente.

—No me estropees el maquillaje —dice ella con una sonrisa traviesa.

—¿Nos vamos ya? —le digo a Sam.

—Un segundo —contesta—. Tengo que ponerme este arañazo en la boca. No se pega bien.

Lila se inclina hacia mí, nerviosa y decidida.

—Lo que me dijiste antes de cortar la llamada… —dice, casi en un susurro—. ¿Iba en serio? —Asiento con la cabeza—. Yo creía que estabas fingiendo… —Se interrumpe y se muerde el labio, como si le faltara valor para formular el resto de la pregunta por miedo a mi respuesta.

—Fingía que fingía —digo en voz baja—. Cuando te dije que mentía, estaba mintiendo. No se me ocurría otra forma de convencerte de que no podíamos estar juntos.

Lila frunce el ceño.

—Espera. ¿Y por qué me lo dices ahora?

Mierda.

—Porque están a punto de devorarme unos caniches —bromeo—. No me olvides, amor mío.

Por suerte, Sam escoge ese momento para asomarse a los asientos delanteros.

—Vale, todo listo.

—Esto es lo que me has pedido —dice Lila, sacando una botella de cristal verde de la mochila. Va envuelta con una camiseta—. ¿La vas a dejar en su casa?

Procuro no tocar el cuello de la botella. Se me hace raro pensar que este objeto tan pequeño es lo que Lila se llevó de la casa de Philip. Y se me hace aún más raro pensar que en otro tiempo fue una persona viva.

—No. El plan es más misterioso todavía.

Lila pone los ojos en blanco.

Me calo la gorra de repartidor de pizzas y arranco el coche.

El plan es bastante sencillo. Primero esperamos a que Bethenny Thomas salga del edificio sin sus perros. Eso es lo más impredecible, porque no sabemos si decidirá pasar la noche del sábado en casa, viendo la tele.

A las diez se sube a un taxi y pasamos a la acción.

Entro en el edificio cargado con tres cajas de pizza. Llevo ropa de calle y la gorra (con el ajetreo de la pizzería, no me ha costado mucho robarla mientras pedíamos las pizzas). Al pasar por delante de las cámaras de seguridad, agacho la cabeza. Anuncio que traigo un pedido para los Goldblatt. Los hemos elegido porque, de todos los residentes del bloque que hemos podido identificar gracias a las páginas blancas de Internet, ellos fueron los primeros que no contestaron cuando los llamamos.

El portero grandullón alza la mirada y gruñe. Levanta el auricular del teléfono y pulsa un botón. Me esfuerzo mucho por aparentar que estoy más aburrido que una ostra, cuando en realidad tengo tanta adrenalina que no me llega la camisa al cuerpo.

Sam surge de la oscuridad bramando y se choca contra la pared de cristal del vestíbulo, como si no la hubiera visto. Se pone a gritar y a señalar los arbustos.

—No te acerques. ¡No te acerques, joder!

El portero se pone de pie. Aún tiene el teléfono en la mano, pero ya no le presta atención.

—¿Qué leches pasa? —pregunto yo.

Lila llega corriendo por el sendero, directa hacia Sam. Le da una bofetada tan fuerte que incluso desde el vestíbulo oigo el chasquido del cuero contra su piel. Espero sinceramente que Sam le haya enseñado algún truco de teatro, porque de lo contrario eso le ha tenido que doler bastante.

—¡La estabas mirando! —aúlla Lila—. ¡Te voy a arrancar los ojos!

Si fuera otra persona, quizás el portero se limitaría a llamar a la policía. Pero cuando lo vi echar al mendigo el martes por la noche, me quedó claro que él no es de los que llaman si creen que pueden solucionar el problema por su cuenta.

Ahora solo me queda confiar en haber acertado.

Cuando deja el auricular del teléfono en la mesa, se me escapa un suspiro; estaba conteniendo la respiración sin darme cuenta. Menuda manera de aparentar indiferencia.

—Espera un segundo —me dice—. Voy a echar a esos mocosos de aquí.

—¡Tío! —protesto, intentando sonar lo más exasperado posible—. Tengo que entregar las pizzas. Garantizamos la entrega en quince minutos.

El portero apenas se vuelve a mirarme mientras avanza hacia la puerta.

—Lo que tú digas. Sube.

Cuando subo al ascensor, oigo que Lila le grita al portero que no se meta donde no le llaman. Sonrío mientras pulso el botón.

La puerta del apartamento de Bethenny es idéntica a todas las demás: puertas blancas en un pasillo blanco. Pero cuando introduzco la ganzúa en la cerradura, los perros se ponen a ladrar.

La cerradura es sencilla, pero la puerta también tiene un cerrojo que me lleva más tiempo. Un vecino está friendo pescado y otro escucha música clásica a todo volumen. No sale nadie al pasillo. Si aparece alguien, le preguntaré por un número que esté en otra planta y volveré al ascensor. Por suerte, consigo entrar en el piso de Bethenny sin necesidad de dar rodeos.

En cuanto pongo un pie dentro, los perros se me echan encima. Cierro la puerta del apartamento, me lanzo hacia el dormitorio y les cierro la puerta en el hocico. Se ponen a rascar la madera, gimoteando; espero que no dejen marcas muy profundas. Doy gracias en silencio a la comunidad de vecinos por poner en Internet los planos de sus apartamentos.

Ya en el dormitorio, dejo las cajas de pizza en el parqué y las abro. La primera tiene restos de pizza. Las pocas porciones que no nos hemos comido llevan pepperoni y salchicha; en caso de apuro, me servirán para distraer a los perros.

La segunda contiene la pistola, envuelta en papel de cocina, unas bolsitas de plástico para cubrirme los pies, unas toallitas húmedas con lejía y unos guantes desechables.

En la tercera caja de pizza está mi atuendo de huida: un traje de chaqueta, unas gafas y un maletín de piel. Me cambio de ropa enseguida y me equipo.

Mientras me ato las bolsas de plástico en los pies, aprovecho para echar un vistazo a la habitación. Las paredes son de color azul marino y hay varias fotos enmarcadas de Bethenny en diversos entornos tropicales. Me sonríe, cóctel en mano, desde un centenar de fotos que se reflejan un millar de veces en los espejos exteriores del armario. No puedo evitar ver también mi reflejo, con el pelo sin lavar tapándome la cara. Parece como si llevara semanas sin dormir.

Los perros dejan de gemir y empiezan a ladrar. Una y otra vez, formando un verdadero coro.

En el suelo, alrededor del armario, hay una resplandeciente montaña de vestidos; también veo zapatos tirados por toda la habitación. Encima de una cómoda blanca hay una maraña de cadenitas de oro que penden sobre un cajón lleno hasta los topes de sujetadores de satén.

No toco nada salvo el colchón. Levanto una esquina y me dispongo a colocar la pistola encima del canapé.

Ya hay otra pistola escondida ahí.

Me quedo mirando el gran revólver plateado. En comparación, la pistola que tengo en la mano parece de juguete.

Estoy tan perplejo que por un momento no tengo ni idea de qué hacer. *Ya guarda una pistola debajo del colchón.*

Una risa histérica me brota de la garganta. De pronto, la situación me supera. Es inevitable. Me acuclillo delante de la cama, respirando profundamente mientras lloro de risa. Me río tanto que ya no emito el menor sonido.

Me siento tan impotente como cuando me da la reacción, como cuando pierdes a alguien.

Finalmente consigo serenarme lo suficiente para meter la Smith & Wesson entre el colchón y el canapé, cerca de los pies de la cama. Me imagino que nadie va a buscar una pistola en esa zona, ni levanta el colchón demasiado alto para sacar la otra.

Luego rompo las cajas de pizza y meto los trozos en el maletín, junto con los vaqueros y la chaqueta que llevaba al entrar. También guardo dentro los restos de pizza, el papel de cocina y las toallitas. Me cambio de guantes y paso una toallita empapada en lejía por el suelo para eliminar cualquier resto de pizza, grasa o pelos. También la deslizo con el pie hasta la puerta, por si acaso.

Al otro lado de la puerta del dormitorio, los ladridos de los caniches son cada vez más desquiciantes. Me guardo la toallita en el bolsillo.

Oigo que uno de los perros embiste la puerta y de pronto, horrorizado, veo que el picaporte gira. Deben de haberlo movido con la pata. Al instante, los dos se lanzan dentro del dormitorio, ladrando furiosamente. Me subo de un salto a la cama justo a tiempo para evitar sus mordiscos.

Vale, ya sé lo que estáis pensando. Son caniches, ¿no? Pero estos bichos no son caniches enanos, peluditos y adorables. Los caniches estándar son enormes. Me enseñan los dientes blancos desnudos y gruñen cuando intento llegar al borde del colchón. Miro la lámpara de araña y me planteo la posibilidad de subirme de un salto y balancearme.

—Oye —dice una voz masculina—. ¿Beth? ¿Cuántas veces te tengo que decir que hagas callar a esos perros tuyos?

Oh, venga ya. Esto no puede estar pasando.

Pero claro, no estaría pasando si me hubiera acordado de volver a echar el cerrojo después de forzar la puerta. La clave de un timo está en los detalles. O los recuerdas o se te olvidan, no hay más.

—Como no los hagas callar, llamo a la policía —grita—. Y esta vez va en serio. Eh, ¿qué pasa aquí?

Se queda pasmado en el umbral, mirándome. El asombro lo ha dejado mudo. Va a gritar de un momento a otro. Va a volver corriendo a su piso para llamar a la policía.

—¡Oh, menos mal! —exclamo, adoptando mi mejor expresión de gratitud. Carraspeo—. Nos enviaron un informe… Un vecino presentó una queja. Había quedado aquí con…

—¿Quién cojones eres tú? ¿Qué haces en el piso de Bethenny?

El vecino tendrá unos cuarenta años. Se está quedando calvo y lleva bigote y una barba bastante poblada. Viste una camiseta vieja con el logotipo descolorido de una empresa de construcción.

—La administración del bloque me ha enviado a evaluar el problema de estos perros —grito para hacerme oír sobre los ladridos—. La puerta estaba abierta y he pensado que la señorita Thomas estaba dentro. No contestaba a mis llamadas, pero finalmente conseguí que accediera a una reunión. No esperaba que los perros me atacaran.

—Ya —dice el vecino—. Se ponen como locos. Y ella los ha malcriado. Si quieres que te dejen bajar de ahí, más vale que les des algo de comer.

—No llevo nada encima. —Decido que es mejor que me mueva si quiero convencerlo. Bajo de un salto de la cama, recupero el maletín y echo a correr hacia el vecino. Siento que unos dientes me muerden la pierna.

—¡Auch! —grito, tropezando.

—¡Ahí, quietos! —les grita el hombre a los caniches. Milagrosamente, se detienen el tiempo suficiente para que cerremos de un portazo.

Me agacho y me remango el pantalón. Me sangra un poco el tobillo izquierdo, mojándome el calcetín. Solo dispongo de un par de minutos antes de que la sangre se salga de las bolsas de plástico que llevo en los pies y manche el suelo.

—¡Esto es ridículo! —exclamo—. Me dijo que solamente podía quedar a esta hora, aunque a mí me supone una molestia tremenda. Y resulta que ni siquiera está en casa…

El vecino se gira hacia la puerta del piso.

—¿Te traigo una gasa o algo?

Niego con la cabeza.

—Me marcho inmediatamente al hospital para que fotografíen y archiven la herida como prueba. Ahora mismo es de suma importancia que la señorita Thomas no se entere de que la administración tiene intención de denunciarla. ¿Cuento con su discreción?

—¿Quieren echar a Bethenny? —me pregunta. Al ver su expresión, adapto mi respuesta:

—El primer paso será sugerir a la señorita Thomas que inscriba a sus perros en un curso intensivo de obediencia. Si eso no funciona, quizá nos veamos obligados a pedirle que los aloje en otra parte.

—Estoy harto de que hagan ruido —dice el vecino—. Si es verdad que no intentan echarla del piso, no le diré nada.

—Gracias. —Miro el suelo de reojo, pero no veo sangre. Genial. Camino hacia el pasillo.

—¿No eres un poco joven para trabajar para la administración? —pregunta el vecino, pero parece más curioso que suspicaz.

Me subo las gafas por la nariz con el dedo, como lo hace Sam.

—Me lo dicen siempre. Por lo visto tengo cara de niño.

Cruzo el vestíbulo cojeando. El cambio en mi forma de andar seguramente mejora mi disfraz, porque el portero apenas levanta la mirada.

Salgo del edificio mientras repaso todas las cosas que podría haber hecho mal. Camino con rigidez hasta la calle y me dirijo al aparcamiento del supermercado, donde me espera el coche fúnebre con el motor al ralentí.

Lila baja por el lateral y viene corriendo. Ya no lleva la peluca, tiene el moratón falso emborronado hasta la nariz y se ríe sin parar.

—¿Has visto qué actuación? Te has perdido cuando hemos convencido a Larry de que me había pegado sin querer. Al final nos ha pedido por favor que no lo denunciáramos.

Me echa los brazos al cuello. De pronto sus piernas me rodean la cintura y la levanto en vilo.

Me pongo a dar vueltas sobre mí mismo, oyendo su risa e ignorando el dolor del tobillo. Sam sale del coche sonriendo.

—Lila es una timadora de primera. Creo que es mejor que tú y todo.

—No te pases de listo —le digo. Dejo de girar, camino hasta el coche de Sam y dejo a Lila sentada en el capó—. Ya sé que es mejor que yo.

Lila sonríe de oreja a oreja sin soltarme la cintura con las piernas. En vez de eso, me atrae hacia ella y me da un beso que sabe a maquillaje y a remordimientos.

Sam pone los ojos en blanco.

—¿Qué tal si vamos a un restaurante? Larry nos ha pagado cincuenta pavos para que nos fuéramos.

—Claro —contesto—. Me muero de ganas.

Sé que nunca voy a volver a ser tan feliz como ahora.

Capítulo dieciséis

El lunes por la mañana aparco delante de las oficinas del FBI con mi reluciente Benz, cortesía de la mafia. Me siento genial: el GPS incorporado me informa que he llegado a mi destino, los asientos de piel me calientan el trasero y los altavoces envolventes reproducen la música de mi iPod a tal volumen que noto el ritmo hasta en los huesos.

Salgo, me echo la mochila al hombro, activo la alarma del coche con un botón y entro en el edificio.

Los agentes Jones y Hunt me esperan en el vestíbulo. Los sigo hasta el ascensor.

—Menudo coche —comenta el agente Hunt.

—Sí, no está mal —contesto.

El agente Jones resopla y dice:

—Vamos arriba, chaval. A ver qué nos traes. Más vale que esta vez tengas algo.

Salimos en la cuarta planta y en esta ocasión me conducen a una sala distinta. En esta no hay espejo. Pero seguro que hay micros. Los muebles son sencillos: una mesa y unas sillas de metal. Es la clase de habitación en la que pueden dejarte encerrado un buen rato.

—Quiero la inmunidad —les anuncio mientras me siento—. Por cualquier delito anterior.

—Claro —dice el agente Jones—. Escucha, es un acuerdo verbal. No eres más que un crío, Cassel. No nos interesa arrestarte por cualquier tontería que hayas…

—No —insisto—. Lo quiero por escrito.

El agente Hunt carraspea.

—Se puede hacer. No hay problema. Si así te sientes más cómodo... Danos un poco de tiempo y redactaremos un documento. Te garantizamos que cualquier cosa que nos cuentes no será utilizada para acusarte de nada. Tendrás un acuerdo. Queremos que estés de nuestra parte.

Meto la mano en la mochila y saco tres copias de un contrato.

—¿Qué es eso? —pregunta Jones. No parece nada contento.

Trago saliva. Me sudan los dedos y estoy ablandando los papeles. Espero que no se den cuenta.

—Mis condiciones. Y a diferencia del trato que hicieron con mi hermano, quiero que este acuerdo sea autorizado por un representante del Departamento de Justicia.

Los dos agentes se miran.

—Philip era un caso especial —dice el agente Hunt—. Tenía información que necesitábamos. Si nos propones un intercambio, primero tienes que darnos algo.

—Yo también soy un caso especial. Philip les dijo (o al menos les insinuó) que conocía la identidad de un obrador de la transformación, ¿verdad? Yo también sé quién es. Pero yo no soy un bobo como él, ¿vale? No quiero promesas vacías. Quiero que a este contrato lo firme un representante del Departamento de Justicia, no un par de payasos como ustedes. Luego se lo mandaré por fax a mi abogada. Cuando ella me dé el visto bueno, se lo contaré todo.

El agente Hunt parece un poco perplejo. No sé si habían deducido que el asesino era un obrador de la transformación, pero no puedo arriesgarme. Además, ya casi no me quedan cartas por jugar.

—¿Y si no podemos? —pregunta Jones. Ahora ya no parece tan simpático. Me encojo de hombros.

—Entonces imagino que nadie conseguirá lo que quiere.

—Podríamos detener a tu madre. ¿Crees que no sabemos lo que se trae entre manos? —pregunta Hunt.

—No lo sé ni yo —contesto con la mayor inocencia posible—. Pero si ha hecho algo malo, supongo que tendrá que pagar por ello.

El agente Jones se inclina hacia mí desde el otro lado de la mesa.

—Eres un obrador mortal, ¿verdad, chaval? Nos lo insinuaste la última vez que estuviste aquí. ¿Alguna vez metiste la pata antes de aprender a dominar bien tu poder? Son cosas que pasan. ¿Te crees que no podemos investigar si algún conocido tuyo desapareció cuando eras pequeño? Entonces será demasiado tarde para hacer tratos.

Creo que va a ser demasiado tarde para hacer tratos mucho antes de lo que se imagina.

¿Cómo sería trabajar para la familia Brennan? ¿Que sentiría al matar a alguien y recordarlo?

—Miren, he detallado mis condiciones en el documento que tienen delante. A cambio de la inmunidad, les daré el nombre completo y el paradero del obrador de la transformación, además de pruebas de uno o más delitos cometidos por esa persona.

—Es Lila Zacharov, ¿verdad? —dice el agente Hunt—. Eso ya lo sabemos. Menudo secreto de pacotilla. Lila desaparece y de pronto su padre consigue a un nuevo asesino.

Paso el dedo por el encabezado del documento, obligándome a no reaccionar. Finalmente levanto la mirada.

—Cada minuto que pasan hablando conmigo es un minuto menos hablando con el Departamento de Justicia. Y dentro de un par de minutos más me levantaré y me largaré de aquí con mi oferta.

—¿Y qué pasa si no te dejamos? —dice el agente Hunt.

—A menos que tengan pensado traer a un obrador de la memoria para que me revise el cerebro como si fuera una baraja de cartas, no pueden obligarme a aceptar ningún trato. Y seamos claros, si fueran a hacer eso, ya lo habrían hecho. Supongo que podrían retenerme aquí físicamente, pero nada más.

—Más te vale que la información sea buena —dice el agente Jones, levantándose—. No puedo prometerte nada, pero voy a hacer unas llamadas.

Me dejan a solas en la habitación. Creo que voy a estar aquí un buen rato. Por suerte, me he traído los deberes.

Cuando me devuelven el primer contrato, llamo a mi abogada. El problema es que todavía no sabe que es mi abogada.

—¿Hola? —dice la señora Wasserman.

—Hola, soy Cassel —contesto, dejando que se me note en la voz todo el miedo que siento. Los agentes me han dejado otra vez a solas en la habitación, pero estoy seguro de que lo están grabando todo—. ¿Recuerda que me dijo que podía hablar con usted si me hacía falta algo?

Titubea.

—¿Qué ha pasado?

—Necesito urgentemente una abogada. Y necesito que sea usted.

—No me cabe duda de que ahora mismo la señora Wasserman se está arrepintiendo de haber aceptado esas violetas.

—No sé... —dice, lo cual no es una negativa—. ¿Por qué no me cuentas lo que ha pasado?

—Es que no puedo explicárselo. —Para timar a una persona, es muy importante conocerla. Sé que la señora Wasserman quiere ayudar a los niños obradores, pero también le gusta tener información. No pasa nada por añadir un pequeño incentivo—. Es decir, quiero contárselo, pero si no es mi abogada... no debería ponerla en ese compromiso.

—Está bien —contesta enseguida—. Considérame tu abogada. Ahora explícame lo que pasa. Según mi teléfono, estás llamando desde un número oculto. ¿Dónde estás?

—En Trenton. Los federales están preparando un contrato para otorgarme la inmunidad si les doy el nombre de un obrador de la transformación. Un asesino —añado, no vaya a ser que empiece a darle lástima ese obrador anónimo—. Pero necesito que usted compruebe que el acuerdo de inmunidad no tiene trampa. Además, quieren que trabaje para ellos. Tengo que asegurarme de poder terminar el curso en Wallingford antes de empezar. Y otra cosa...

—Cassel, es un asunto muy grave. No deberías haber negociado un acuerdo como ese por tu cuenta.

—Ya lo sé —digo, contento de que me riña.

Tardamos varias horas y llamo a la madre de Daneca cuatro veces para hacer diversos cambios en el documento antes de que dé su visto bueno. Finalmente, lo firmo. El Departamento de Justicia lo firma. Y como sigo siendo menor de edad, la señora Wasserman nos envía una hoja con la firma falsificada de mi madre, la misma hoja que yo preparé de antemano y dejé en su escritorio el sábado (bocabajo, para que pareciera un papel en blanco). Por supuesto, ella no sabe que la firma está falsificada, aunque seguro que se lo imagina.

Entonces les cuento a los federales quién es el obrador de la transformación.

No se lo toman nada bien.

El agente Jones, irritado, tamborilea con los dedos en la mesa de aglomerado. La luz hace resplandecer la botella de cristal verde que tiene delante.

—Cuéntanoslo otra vez.

—Ya lo hemos repasado dos veces —protesto, señalando la hoja en la que el agente toma notas—. Y tienen mi declaración por escrito.

—Otra vez —dice Hunt.

Inspiro hondo.

—Mi hermano Barron es obrador de la memoria. Mi otro hermano, Philip, el que murió, era obrador físico. Trabajaba para un tipo llamado Anton. Anton organizaba los asesinatos. Nadie más sabía lo que estaba haciendo. Éramos su pelotón ejecutor privado. Yo transformaba a la víctima y luego Barron hacía que me olvidara de ello.

—¿Porque creía que tú no habrías estado conforme con ese acuerdo? —pregunta el agente Jones.

—Creo… creo que Philip pensaba que estaba haciendo lo mejor para mí. Que era solo un crío. Que si yo no era consciente de lo que estaba haciendo, entonces no era tan grave. —Se me quiebra la voz, cosa que detesto.

—¿Habrías matado a esas personas? —pregunta el agente Hunt—. ¿Las habrías matado sin coacción mágica?

Me imagino a mis hermanos viniendo a hablar conmigo y diciéndome que yo era importante, que me necesitaban. Que así entraría en su círculo, que formaría parte de la familia de verdad, que dejaría de ser un intruso. Que podría tener todo cuanto deseaba si les hacía un favor a cambio. Quizá Barron me conozca demasiado bien.

—No lo sé —contesto—. Ni siquiera sé si yo era consciente de que estaban muertos.

—Vale —dice Jones—. ¿Cuándo descubriste que eras un obrador de la transformación?

—Sospechaba que a mi memoria le pasaba algo raro, así que compré un par de amuletos y los llevaba siempre encima. Cuando transformé a alguien por accidente, comprendí lo que era. Gracias a los amuletos, Barron no pudo hacerme olvidar. Y Philip me contó el resto. —Resulta raro relatar esa historia de forma tan insulsa, sin todo el horror y la traición que la acompañaron. Tan solo los hechos.

—Entonces, cuando te trajimos a nuestras oficinas la primera vez, ¿ya sabías que estábamos hablando de las mismas personas a las que habías matado?

Niego con la cabeza.

—Pero lo deduje cuando leí los expedientes. Y conseguí recordar lo suficiente para encontrar esa botella.

—¿No sabes dónde están los demás cuerpos? ¿Y tampoco cuál de las víctimas es esta?

—Exacto. No lo sé. Ojalá lo supiera.

—¿Esta botella tiene algún significado especial? ¿Por qué la elegiste?

Vuelvo a sacudir la cabeza.

—Ni idea. Me vendría a la cabeza por cualquier motivo.

—Cuéntanos otra vez lo del asesinato de Philip. Dices que tú no disparaste a tu hermano, ¿verdad? ¿Estás seguro? Quizá no lo recuerdes.

—Yo no sé usar una pistola —le digo—. Además, sé quién disparó a mi hermano. Fue Henry Janssen. Entró en casa de mi madre e intentó matarme a mí también. Yo no llevaba guantes y… reaccioné por instinto.

—¿Y cuándo dices que pasó eso? —pregunta Hunt.

—El lunes 13.

—¿Qué hiciste exactamente? —dice Jones.

Tal y como dijo Sam, esto es como memorizar tu papel en una obra de teatro.

—Mi madre me había firmado una autorización para ir al médico y almorzar. Después tenía un poco de tiempo libre, así que me fui a casa.

—¿Tú solo? —pregunta el agente Hunt.

—Sí. Como ya les he dicho dos veces, fui solo. —Bostezo—. Habían echado abajo la puerta principal de una patada.

Pienso en Sam dándole un patadón a la puerta, calzado con un zapato varias tallas más grande, y astillando la madera en torno a la cerradura. Parecía satisfecho pero asustado, como si fuera la primera vez que le dejaban hacer algo tan violento.

—¿Y no te asustaste?

Me encojo de hombros.

—Supongo que sí, un poco. Pero la casa está bastante hecha polvo. Pensé que Barron y mi madre se habían peleado. Allí no hay gran cosa que robar. Supongo que me puse más alerta, pero ya les digo que no pensé que hubiera nadie dentro.

—¿Y luego? —Jones se cruza de brazos.

—Me quité la chaqueta y los guantes.

—¿Siempre te quitas los guantes en casa? —pregunta el agente Hunt.

—Sí —contesto, mirando a Hunt a los ojos—. ¿Usted, no?

—Vale, continúa —dice el agente Jones.

—Encendí el televisor. Mi idea era ver un rato la tele, comerme un bocadillo y volver al colegio. Calculaba que tenía alrededor de una hora libre.

El agente Hunt frunce el ceño.

—¿Por qué decidiste ir a casa? Ese plan suena bastante aburrido.

—Porque si volvía al colegio, habría tenido que hacer actividades extraescolares. Soy un vago.

Vuelven a intercambiar una mirada muy poco amistosa.

—De pronto entró un tío y me apuntó con una pistola. Levanté las manos, pero siguió acercándose. Empezó a contarme que Philip había intentado matarlo y que por eso había tenido que largarse en plena noche y dejarlo todo atrás. Por lo visto yo iba con Philip, aunque no lo recuerdo, así que también me culpaba a mí. No sé, supongo que tiene su lógica. Luego me dijo que él y su novia se habían cargado a Philip y que ahora era mi turno.

—¿Y te contó todo eso así como así?

Asiento con la cabeza.

—Supongo que quería asegurarse de asustarme.

—¿Y estabas asustado? —pregunta el agente Jones.

—Sí —digo, asintiendo de nuevo—. Pues claro que estaba asustado.

Hunt frunce el ceño.

—¿Janssen iba solo?

—Su novia entró con él. Beth, creo que se llama. Su foto salía en esos expedientes que me dieron. Por cómo se comportaba, no creo que sea una profesional. Supongo que por eso mismo la cámara la grabó sin que se diera cuenta.

—¿Por qué Janssen decidió volver después de tanto tiempo?

—Dijo que Zacharov ya no protegía a Philip.

—¿Y es verdad?

—No lo sé. Yo no trabajo para la mafia. Pero en ese momento me dio igual. Algo tenía que hacer, así que me abalancé sobre él.

—¿La pistola se disparó?

—Sí. Dos tiros al techo. Se puso todo perdido de yeso. Le toqué la piel y le transformé el corazón en cristal.

—¿Y luego qué? —pregunta Jones.

—La mujer soltó un grito y se lanzó a por la pistola. —Me sudan las manos. Me concentro en minimizar los gestos delatores. Pienso en la última vez que conté la historia y me aseguro de no usar las mismas palabras, para que no parezca un discurso ensayado—. Luego se fue corriendo.

—¿Te disparó?

Niego con la cabeza.

—Como acabo de decir, se fue corriendo.

—¿Y por qué crees que lo hizo? ¿Por qué no te disparó? Te tenía delante. La reacción te iba a dejar fuera de combate en cuestión de un minuto. Hasta le habría dado tiempo a abrirte en canal muy despacito. —No me tranquiliza que el agente Hunt sepa tantas cosas sobre la reacción de transformación, pero lo que más me preocupa es su tono complacido al hablar de lo que podría haberme hecho Bethenny.

—No tengo ni idea. Supongo que se acojonó. Quizá no supiera cómo funciona mi reacción. No les puedo contar nada nuevo. No lo sé, y por muchas veces que me lo pregunten, lo único que puedo hacer es conjeturar.

—¿Y lo metiste en el congelador? Da la impresión de que no era la primera vez que te deshacías de un cadáver. —Jones lo dice en tono de broma, pero no bromea.

—Veo mucho la tele —contesto, agitando la mano para restarle importancia—. Eso sí, los cadáveres pesan más en la vida real.

—¿Y luego qué? ¿Volviste al colegio como si nada?

—Sí, más o menos. Es decir, volví al colegio como si acabara de matar a un tío y meterlo en un congelador. Pero no sé si eso se me habrá notado en la cara.

—Tienes mucha sangre fría, ¿eh? —dice Hunt.

—Oculto mi dolor interior bajo un semblante estoico.

El agente Hunt parece morirse de ganas de chafarme el semblante estoico de un puñetazo. Entonces suena el móvil del agente Jones, que se levanta y sale de la habitación. Hunt lo sigue. La última mirada que me lanza es una mezcla de suspicacia y alarma, como si de pronto creyera que tal vez estoy diciendo la verdad.

Continúo haciendo los deberes. Me ruge el estómago. Según mi reloj, son cerca de las siete.

Tardan veinte minutos en regresar.

—Vale, chaval —dice el agente Hunt cuando entran—. Hemos encontrado el cuerpo en el congelador, tal y como has dicho. Una última pregunta: ¿por qué está en ropa interior?

—Ah. —Durante un momento se me queda la mente en blanco. Sabía que me había olvidado de algo—. Ah, sí. —Me encojo de hombros—. Tiré su ropa al río. Se me ocurrió que si la encontraban, pensarían que se había ahogado. Pero nadie la ha encontrado, creo.

Hunt me mira fijamente durante un rato y luego asiente con la cabeza.

—También le hemos hecho una visita a Bethenny Thomas y hemos encontrado dos pistolas en su casa, aunque hay que esperar a que el laboratorio de balística compare las balas. Y ahora, enséñanos cómo transformas algo.

—Ah, claro. El momento del espectáculo —digo, poniéndome de pie.

Me quito los guantes despacio y apoyo las manos en la superficie fría y seca de la mesa.

A las once de la noche, llamo a Barron desde mi Benz.

—De acuerdo. Ya me he decidido.

—En realidad no tenías elección —replica con arrogancia. Adopta un tono de hermano mayor, como si ya me hubiera advertido que no era buena idea que cruzara la calle yo solo y ahora me encontrara en la otra acera, con los coches pasando a toda velocidad y sin poder volver. Como si no tuviera mayor importancia. Me pregunto si de verdad Barron no se siente traicionado, si está tan hundido en la magia y en la violencia que le parece normal obrarse y chantajearse entre hermanos.

—Es verdad. No tenía elección.

—Muy bien —dice, risueño. Ahora parece relajado y nada receloso—. Les avisaré.

—No pienso hacerlo. Esa es mi decisión. No voy a trabajar para los Brennan. No voy a ser un asesino.

—Ya sabes que puedo ir a hablar con los federales —dice secamente—. No seas idiota, Cassel.

—Pues ve —le digo—. Adelante. Pero si hablas con ellos, tendrás que decirles lo que soy. Y entonces ya no podrás controlarme. Seré de dominio público. —Es muy fácil marcarme un farol ahora que los federales ya saben quién soy.

Se hace un largo silencio. Finalmente, Barron responde:

—¿Podemos hablarlo en persona?

—Claro. Puedo escaparme de Wallingford. Ven a recogerme.

—No sé yo... —dice con rencor—. No quisiera incitarte a caer en la delincuencia.

—Hay una tienda al lado del colegio —continúo—. Lo tomas o lo dejas.

—Estoy ahí en quince minutos.

Cuando corto la llamada, miro por la ventanilla del coche. Siento el pecho tenso y agarrotado, como suelen ponerse las piernas después de correr; es un dolor tan repentino que podría despertarme del más profundo de los sueños.

Y cuando te ocurre eso solo puedes hacer una cosa. Esperar a que se pase.

Como el Benz podría hacer que Barron dudase de mis lealtades, lo espero a pie, apoyado en la pared de cemento. El señor Gazonas, el dueño de la tienda de la esquina, me contempló con tristeza desde detrás del mostrador al verme entrar para pedir un café.

—Deberías estar en el colegio —me dijo antes de mirar el reloj de la pared—. Deberías estar durmiendo.

—Ya lo sé —le dije, dejando el dinero en el mostrador—. Tengo un problema familiar.

—Los problemas nunca se resuelven a estas horas de la noche. La medianoche es para reflexionar.

No me hace gracia pensar en eso mientras me bebo el café y jugueteo con los pulgares, pero cualquier otro asunto sobre el que podría pensar ahora me seduce aún menos.

Barron solo se retrasa media hora. Detiene el coche y baja la ventanilla.

—Bueno. ¿A dónde quieres que vayamos?

—A algún sitio tranquilo —contesto mientras me subo a su coche.

Conducimos un par de manzanas hasta que llegamos a un viejo cementerio. Barron aparca en el sendero de grava, ignorando la señal de PROHIBIDO EL PASO.

—Escucha —empiezo—. Ya sé que sabes muchas cosas sobre mí. Podrías irte de la lengua, contarle a alguien lo que soy y lo que he hecho. Joder, podrías gritarlo a los cuatro vientos. Me joderías la vida. Estaría acabado. —Barron frunce el ceño. No sé si está pensando en lo que le digo o si solo está maquinando—. El caso es que podría transformarme la cara y empezar de cero en otra parte. Solo me harían falta un nombre nuevo y un número de la Seguridad Social. Y creo que mamá me crio lo bastante bien como para que pudiera cometer un pequeño robo de identidad. —Barron parece asombrado, como si no se le hubiese pasado por la cabeza esa posibilidad—. No quiero ser un asesino —concluyo.

—No lo pienses así. —Se inclina sobre el posavasos y le da un largo trago a mi café—. Solo liquidaríamos a tipos que no son buena gente. Deja que te explique cómo lo haríamos. Los Brennan ni siquiera tendrían que conocerte. Solo hace falta que sepan cómo trabajas. Yo seré tu agente, tu cómplice y tu chivo expiatorio. Te ayudaría a planificar los crímenes y a proteger tu identidad.

—¿Y el colegio?

—¿Qué le pasa?

—No voy a irme de Wallingford.

Barron asiente y sonríe.

—A mí me parece que lo que no quieres es alejarte de Lila. Al final todo se reduce siempre a ella, ¿verdad?

Frunzo el ceño.

—¿Y por qué no podría hacerlo yo solo? ¿Dejarte al margen?

—Porque me necesitas para los preparativos. —Está claro que le alivia que le haya hecho una pregunta para la que sí tiene respuesta—. Yo me aseguraré de que encontremos a la persona correcta en la noche correcta. Y por supuesto, haré que los testigos no recuerden nada.

—Por supuesto.

—¿Qué me dices? ¡Venga! Ganaríamos mucha pasta. E incluso podría hacértelo olvidar si…

—No —lo interrumpo—. De eso nada. No quiero hacerlo.

—Cassel —insiste, desesperado—. Por favor. Escúchame, tienes que hacerlo. Por favor, Cassel.

Por un instante, dejo de estar seguro de todo esto.

—No. —El coche se me antoja pequeño, asfixiante. Quiero salir de aquí—. Llévame a Wallingford.

—Ya me han dado el primer encargo. Estaba convencido de que ibas a aceptar.

Me quedo helado.

—Vamos, Barron. No puedes manipularme así. No pienso…

—Solo esta vez. Una sola vez. Si no te gusta, si se va a la mierda, no volveremos a hacerlo nunca.

Titubeo. Después de falsificar los cuadernos de Barron, se convirtió en el hermano que siempre quise tener. Todo tiene un precio.

—¿Entonces a partir de ahora, en vez de quedar para cenar pizza, quedaremos para cometer asesinatos?

—¿Quieres decir que lo vas a hacer?

Siento náuseas. Durante un momento creo que voy a vomitar. Barron parece contentísimo ante la idea de que acepte.

—¿Quién? —pregunto, apoyando la cabeza en el frío cristal de la ventanilla—. ¿Quién es la víctima?

Barron agita la mano en el aire con displicencia.

—Se llama Emil Lombardo. No lo conoces. Un pirado.

Menos mal que he girado la cabeza para que no pueda ver mi expresión.

—Vale. Solo por esta vez.

Barron me da una palmada en la espalda justo en el momento en que un coche se detiene entre las columnas que tenemos detrás. Empiezan a parpadear unas luces rojas y azules, creando un extraño relieve estroboscópico en las lápidas.

Barron clava el puño en el salpicadero.

—La poli.

—Hay un cartel de PROHIBIDO EL PASO —le recuerdo, señalando el letrero. Barron se inclina y se quita un guante—. ¿Qué haces?

Enarca las cejas y esboza una sonrisa traviesa.

—Librarme de una multa.

El foco del coche patrulla se enciende de pronto, deslumbrándome. Mi visión se llena de motas danzarinas.

Miro por la luna trasera, nervioso. Uno de los agentes ha salido del coche y camina hacia nosotros. Inspiro hondo.

Barron baja la ventanilla, sonriendo de oreja a oreja.

—Buenas noches, agente.

Agarro a Barron por la muñeca antes de que pueda actuar. Mi hermano me mira, demasiado sorprendido para enfadarse, mientras el agente Hunt le apunta a la cara con su pistola.

—Barron Sharpe, sal del coche.

—¿Qué? —exclama mi hermano.

—Soy el agente Hunt. ¿Te acuerdas de mí? —Es la primera vez que veo contento a Hunt—. Tuvimos una agradable charla sobre tu hermano y nos contaste unas cuantas cosas que no terminan de cuadrar.

Barron asiente y me mira de reojo.

—Me acuerdo de usted, sí.

—Acabamos de escuchar la propuesta tan interesante que has hecho. —Por el retrovisor veo que el agente Jones también se baja del coche.

Jones abre la puerta de mi lado. Barron se gira hacia mí.

Hago lo único que se me ocurre: levantarme la camiseta para enseñarle el micrófono oculto.

—Lo siento —le digo—. Pero como querías obligarme a trabajar para otros, pensé que no te enfadarías mucho si yo te hacía lo mismo. Les he pedido que nos inscribieran a los dos en un programa.

A juzgar por su expresión, Barron no está muy conforme con mi razonamiento.

Me acuerdo del abuelo sentado en su jardín, contemplando el cielo y deseando que sus nietos hubiéramos tenido otra vida. Seguro que no era esto lo que imaginaba.

¿Qué más da que haya llevado al caballo directo al abrevadero?, pienso. *Yo no lo he obligado a beber.*

Los agentes esposan a Barron. Menos mal que el trato ya está cerrado, porque Hunt y Jones parecen tener muchas más ganas de encerrar a mi hermano en un agujero a oscuras que de trabajar con él. Reconozco esa mirada: es la misma que me echan a mí.

Capítulo diecisiete

Lo más difícil es asegurarme de que no me siguen. El agente Hunt me dejó en Wallingford, delante de mi coche, y eso me pone nervioso. Conduzco sin rumbo durante casi una hora, hasta que me convenzo de que no me está siguiendo nadie.

Las calles están casi desiertas. Alguien que sale a estas horas de la noche no puede tramar nada bueno.

Finalmente me dirijo al hotel. Aparco detrás, cerca de los contenedores de basura. El aire nocturno es como una bofetada. Es raro que la temperatura haya bajado tan bruscamente a estas alturas del año. O quizá siempre haga más frío de lo normal a las tres de la madrugada.

El hotel que ha elegido es de ladrillo, con un edificio central y un par de anexos que forman un semicírculo alrededor de la piscina verdosa. Todas las habitaciones dan al exterior, así que no hace falta pasar por ningún vestíbulo.

Está en la habitación 411. Arriba. Llamo tres veces. Oigo que se descorre el cerrojo y la puerta se abre.

La viuda de mi hermano parece menos demacrada que la última vez que la vi, pero sigue tan ojerosa como siempre. Lleva el pelo castaño rizado y sedoso, y un vestido negro y ceñido que no creo que se haya puesto para mí.

—Llegas tarde. —Me invita a pasar y cierra de nuevo. Luego se apoya en la puerta. Va descalza y sin guantes, así que tengo que recordarme que ella no es obradora.

Veo su maleta en un rincón, abierta; la ropa está desparramada por el suelo. Aparto un camisón de la única silla de la habitación y me siento.

—Perdona. Las cosas siempre se alargan más de lo que uno cree.

—¿Quieres una copa? —me pregunta Maura, señalando una botella de Cuervo y un par de vasos de plástico. Niego con la cabeza—. Sabía que lo descubrirías. —Maura echa un par de cubitos de hielo en un vaso y lo carga de tequila—. ¿Te cuento la historia?

—Mejor te la cuento yo —replico—. A ver si he acertado.

Maura se lleva el vaso a la cama y se tumba bocabajo. Sospecho que ya lleva unas cuantas copas encima.

—Tu relación con Philip tenía muchos altibajos, ¿no? Momentos buenos y malos. Muchos gritos. Mucha pasión.

—Sí. —Me lanza una mirada rara.

—Eh, no me mires así. Philip era mi hermano. Sé cómo era con la gente. En fin, quizá te cansaste de tantas discusiones, o quizá todo cambió cuando tuvisteis al bebé, pero en algún momento Barron se inmiscuyó. Empezó a hacerte olvidar las peleas que tenías con Philip. Te hizo olvidar que habías decidido cortar la relación.

—Y entonces tú me diste el amuleto. —Recuerdo que se lo di en la cocina del apartamento, mientras mi sobrino berreaba y el abuelo roncaba en una butaca del salón.

Asiento con la cabeza.

—A mí también me hizo olvidar muchas cosas. —Maura bebe un buen trago de su vaso—. Y tú ya habías empezado a sufrir unos efectos secundarios bastante graves. —La recuerdo sentada en lo alto de las escaleras, con las piernas colgando entre los barrotes y balanceando el cuerpo al ritmo de una canción que yo no oía.

—Lo dices por la música. La echo de menos, ¿sabes?

—Decías que era muy bonita.

—En secundaria tocaba el clarinete, ¿lo sabías? No se me daba muy bien, pero todavía sé leer partituras. —Se echa a reír—. He intentado escribir alguna parte, aunque solo sean unas notas, pero ha desaparecido. Tal vez no la vuelva a oír nunca.

—Era una alucinación auditiva. Yo tengo jaquecas. Alégrate de que ya no la oigas.

Maura hace una mueca.

—Qué explicación tan poco romántica.

—Ya. —Suspiro—. En fin. Te diste cuenta de lo que te estaban haciendo Barron y Philip y te largaste. Te llevaste a vuestro hijo.

—Tu sobrino tiene nombre —me dice Maura—. Se llama Aaron. Nunca lo llamas por su nombre. Aaron.

Me estremezco. Por algún motivo, nunca he relacionado al niño conmigo. Siempre ha sido el hijo de Philip, el hijo de Maura, pero no mi sobrino. No alguien con nombre propio, que cuando crezca será igual tan turbio como el resto de esta turbia familia.

—Te llevaste a Aaron —me corrijo—. Philip dedujo que yo había tenido algo que ver con eso, por cierto.

Maura asiente con la cabeza. Ahí detrás hay una historia, la historia de cómo fue comprendiendo lentamente hasta qué punto la habían traicionado. Del pequeño respingo que debió de dar al notar que el amuleto que llevaba escondido bajo la ropa se rajaba. De la rapidez de su mente para no soltar un grito, para seguir fingiendo, aunque debía de sentirse asfixiada de horror. Pero Maura no parece tener intención de contarme esa historia, y la decisión es suya. Fueron mis hermanos los que le hicieron todo eso. A mí no me debe nada.

—Debías de tener algún pariente, ¿verdad? O una amiga que se mudó al sur. Te dicen que puedes mudarte a Arkansas, que allí estarás a salvo. Te subes al coche y te marchas sin más. Quizá lo intercambias por otro vehículo por el camino. Usas tu apellido de soltera, y aunque te imaginas que Philip se pondrá hecho una furia al descubrir que te has llevado a su hijo, tú sabes muchas cosas de él. Estás tan segura de que le da miedo que acudas a la policía que ni se te pasa por la cabeza que Philip se te adelante.

»Eres precavida, pero no lo suficiente. Seguro que es difícil encontrarte, pero no imposible. Y cuando los federales llaman diciendo que te buscan, que tu marido va a entrar en el programa de protección de testigos y quiere que tú también entres, te asustas. Los federales te necesitan: Philip no va a darles lo que quieren hasta que hable contigo cara a cara, así que sospecho que tu opinión los trae sin cuidado. «Tu país te necesita», etcétera.

Maura asiente.

—Te das cuenta de que nunca conseguirás librarte de él. Legalmente, ahora que los federales lo están ayudando, podría conseguir la custodia compartida de vuestro hijo. Quizás incluso te obliguen a mudarte cerca de él… y un buen día te visitarán un par de sus amigos. Te obrarán o te darán una paliza, pero el caso es que sabes que puede vengarse de ti. Sabes que corres peligro. —Maura me observa como si yo fuera una serpiente, enroscada y lista para atacar—. Sabes dónde guarda Philip sus armas. Conduces hasta allí desde Arkansas y le disparas con una de sus pistolas.

Al oír el verbo «disparar», se estremece. Apura su vaso de tequila.

—Llevabas un abrigo holgado y esos guantes rojos tan bonitos. La empresa de seguridad acababa de instalar cámaras delante de los apartamentos. Por suerte para ti, solo saben que la persona que entró en el piso de Philip esa noche era una mujer.

—¿Qué? —Maura se incorpora y me mira como si por fin le sorprendiera algo de lo que digo. Se tapa la boca con las dos manos—. No. ¿Había una cámara?

—Tranquila. Después te deshaces del abrigo, los guantes y la pistola donde crees que no los encontrarán. En mi casa. Al fin y al cabo, mi madre ya ha salido de la cárcel. Das por hecho que pronto volverá a juntar basura. La verdad es que una casa como esa es un sitio estupendo para esconder pruebas: hay tanta mierda acumulada que ni siquiera la policía tendrá paciencia para revisarlo todo.

—Pero está visto que no soy ningún genio del crimen —dice Maura—. Tú encontraste las pruebas. Y no tenía ni idea de que me habían grabado.

—Solo hay una cosa que no entiendo —continúo—. Los federales me dijeron que te habían llamado a Arkansas y habían hablado contigo la mañana después del asesinato de Philip. Es un trayecto de veinte horas como mínimo. Es imposible que le dispararas y te diera tiempo de volver y hablar con ellos. ¿Cómo lo hiciste?

Maura sonríe.

—Me lo enseñasteis tu madre y tú. Los agentes llamaron a mi casa. Luego mi hermano me llamó a mí a un teléfono de prepago con prefijo de Arkansas y organizó una llamada a tres vías con los agentes. Sencillo. Los federales creyeron que yo les estaba devolviendo la llamada desde mi casa. Era lo mismo que hacía para ayudar a tu madre a hacer llamadas desde la cárcel.

—Me quito el sombrero. Sinceramente, pensaba que el abrigo, los guantes y la pistola eran de mi madre hasta que encontré el amuleto que te regalé. Te lo dejaste en el bolsillo.

—Cometí muchos errores. Ahora me doy cuenta —dice Maura, sacando una pistola de debajo de la colcha y apuntándome con ella—. Como comprenderás, no puedo permitirme cometer ninguno más.

—Oh, claro que no. Por eso mismo no creo que quieras cargarte al que acaba de incriminar a otra persona por el asesinato de su hermano.

La pistola le tiembla en la mano.

—No puede ser. ¿Por qué lo has hecho?

—Cuando Philip estaba vivo, intenté protegerlo. —Estoy siendo sincero, aunque seguro que Maura está acostumbrada a los embusteros sinceros—. Seguro que él no pensaba igual, pero es así. Y ahora que ha muerto, intento protegerte a ti.

—Entonces no se lo vas a contar a nadie —dice Maura.

Cuando me levanto, la pistola vuelve a apuntarme.

—Me llevaré el secreto a la tumba —digo, sonriendo. Ella no sonríe.

Entonces me doy la vuelta y me dirijo a la puerta.

Por un momento me parece oír un clic y mis músculos se tensan, esperando que llegue el balazo. Pero el momento pasa y sigo caminando, salgo de la habitación, bajo las escaleras y entro en mi coche.

Hay un mito griego sobre un fulano llamado Orfeo. El tipo desciende al Hades para recuperar a su mujer, pero vuelve a perderla porque, mientras salen del infierno, se da la vuelta para ver si ella lo sigue.

Así me siento ahora. Siento que, si me doy la vuelta, el hechizo se romperá. Moriré.

Cuando salgo del aparcamiento del hotel, por fin consigo volver a respirar.

No vuelvo a Wallingford. No me veo capaz. En vez de eso, conduzco hasta Carney y llamo a golpes a la puerta del abuelo. Ya es noche cerrada, pero al cabo de un rato me abre, vestido con una bata.

—¿Cassel? —me dice—. ¿Es que ha pasado algo?

Niego con la cabeza. Me invita a entrar con la mano sana.

—Bueno, pasa. Si te quedas en la puerta, entrará corriente.

Camino hasta el comedor. Veo el correo en la mesa, además de un ramillete de flores marchitas del funeral. Parece que fue hace una eternidad, pero en realidad no han pasado más que unas semanas desde la muerte de Philip.

En el aparador hay unas cuantas fotos, casi todas de sus tres nietos de pequeños, correteando entre los aspersores del jardín o abrazándonos y haciendo muecas. También hay otras fotos, fotos antiguas del abuelo con mi madre vestida de novia, del abuelo con la abuela, y otra del abuelo con Zacharov en lo que parece ser la boda de los padres de Lila. La alianza de aspecto caro que lleva Zacharov es bastante singular.

—Voy a poner la tetera —anuncia el abuelo.

—No hace falta, no tengo sed.

—¿Acaso te he preguntado? —El abuelo me mira con severidad—. Te voy a hacer un té, te lo vas a tomar y luego te prepararé la cama de la habitación de invitados. ¿Mañana tienes colegio?

—Sí —contesto, abochornado.

—Llamaré por la mañana. Les diré que vas a llegar un poco tarde.

—Últimamente me retraso bastante. Me he saltado muchas clases. Creo que voy a suspender Física.

—La muerte te deja tocado. Eso lo sabrán hasta en ese colegio tan fino. —Entra en la cocina.

Me siento a la mesa, a oscuras. Ahora que estoy aquí, me invade una calma inexplicable. Me apetece quedarme sentado frente a esta mesa para siempre. No quiero moverme de este lugar.

Al rato se oye un silbido metálico en la cocina. El abuelo regresa con dos tazas y enciende un interruptor; la luz eléctrica de la lámpara brilla tanto que me cubro los ojos con la mano.

El té negro sabe dulce. Me bebo casi la mitad de un solo trago sin darme cuenta.

—¿Quieres contarme lo que pasa? —me pregunta entonces—. ¿Qué haces aquí en plena noche?

—No me apetece hablar de ello —digo con toda la franqueza que puedo. No quiero perder esto. Me pregunto si el abuelo me dejaría siquiera poner un pie en su casa si supiera que trabajo para el gobierno, por no hablar de que he chantajeado a mi hermano para que hiciera lo mismo. Tampoco sé si los agentes federales tienen permiso para entrar en Carney, el pueblo de los obradores.

El abuelo bebe un sorbo de su taza y hace una mueca, como si en la suya no hubiera té.

—¿Te has metido en algún lío?

—Creo que no. Ya no.

—Ya veo. —Se levanta, se acerca y me pone la mano destrozada en el hombro—. Vamos, chaval. Creo que es hora de que te acuestes.

—Gracias —digo mientras me levanto.

Vamos a la habitación del fondo, la misma en la que dormía yo cuando pasaba los veranos en Carney. El abuelo me trae mantas y un pijama. Creo que es un pijama viejo de Barron.

—Sea lo que fuere lo que te esté reconcomiendo, te sentirás mejor por la mañana.

Me siento en una esquina del colchón y sonrío débilmente.

—Buenas noches, abuelo.

Se detiene en el umbral.

—¿Conoces al hijo mayor de Elsie Cooper? Nació mal de la cabeza. No puede evitarlo. Nadie sabe por qué salió así, pero es lo que hay.

—Sí —digo vagamente. Recuerdo que los vecinos de Carney comentaban que nunca salía de casa, pero no mucho más. Miro el pijama doblado. Noto las extremidades tan pesadas que la sola idea de ponérmelo ya me agota. No tengo ni idea de a dónde quiere ir a parar el abuelo con su historia.

—Tú siempre has sido bueno, Cassel —me dice mientras cierra la puerta—. No sé por qué saliste así, pero es lo que hay. Como con el hijo loco de los Cooper. No puedes evitarlo.

—No soy bueno. Engaño a todo el mundo. A todo el mundo. Constantemente.

El abuelo suelta un resoplido.

—La bondad no es gratis.

Estoy demasiado cansado como para replicar. El abuelo apaga la luz y me quedo dormido antes de meterme siquiera bajo las sábanas.

El abuelo llama al colegio para decirles que hoy no podré asistir a clases, así que me quedo vagueando en su casa toda la mañana. Vemos episodios viejos de *La banda de los proscritos* y el abuelo cocina un guiso de ternera con cúrcuma. Le sale bastante rico.

Me deja que me tumbe en el sofá con una manta de ganchillo, como si estuviera enfermo. Incluso comemos viendo la tele.

Cuando llega la hora, guarda una ración del guiso en una tarrina de nata vacía y me la da junto con una botella de refresco de naranja.

—Más vale que te vayas a estudiar Física.

—Sí.

Se detiene al ver el Benz nuevo y reluciente. Nos miramos en silencio, uno a cada lado del capó, pero lo único que dice es:

—Dile a esa madre que tienes que me llame.

—Se lo diré, abuelo. Gracias por dejarme pasar la noche aquí.

Frunce el ceño.

—Ni se te ocurra volver a decir una tontería como esa.

—Vale. —Sonrío y levanto las manos con un gesto de rendición. Subo al coche y el abuelo le da una palmada al capó.

—Adiós, chaval.

Salgo de Carney. Después de conducir unos veinte minutos, me bebo el refresco de naranja. Para cuando llego a Wallingford, ya he perdido la mayor parte del día. Entro durante el descanso que hay después de la hora de estudio, justo antes de que apaguen las luces.

Sam está sentado en el sofá de rayas de la sala común, al lado de Jeremy Fletcher-Fiske. En la tele, el presentador está hablando de fútbol. Varios chicos juegan a las cartas en una mesa plegable. Otro alumno de último curso, Jace, contempla una zanahoria que da vueltas en el microondas.

—Hola —digo, saludando con la mano.

—¡Tío! —me dice Sam—. Cuánto tiempo. ¿Dónde te has metido?

—Asuntos familiares —respondo, sentándome en el reposabrazos del sofá.

Mañana tendré que pedirles los deberes a los profesores. Voy a tener que hincar los codos si quiero aprobar todas las asignaturas de este semestre, pero supongo que no pasa nada si me relajo un poco esta noche.

En la pantalla, otro presentador empieza a dar las noticias locales. El domingo, el gobernador Patton celebró un *brunch* en el que hizo una declaración inesperada y polémica que indignó a sus votantes.

Ponen imágenes de un gran salón de baile repleto de mesas. Patton está subido a un podio, con un telón azul detrás; mi madre está cerca de él, al lado de un tipo trajeado. Se ha recogido el pelo en la nuca y lleva un vestido amarillo y unos guantes cortos de color blanco. Parece el estereotipo de la esposa de un político. Estoy tan ocupado descifrando su expresión que al principio no presto atención a lo que dice Patton:

— … *y lo que es más, después de haberlo considerado detenidamente, he comprendido que mi posición no era realista. Si bien el acceso a la información hiperbatigámmica sería muy cómodo para las fuerzas del orden, soy consciente de que el precio de esa comodidad es demasiado elevado. Los defensores de los derechos de los obradores aseguran que es muy poco probable que se mantenga la confidencialidad de esos datos. Como gobernador, no puedo consentir que se ponga en peligro la intimidad de los ciudadanos de Nueva Jersey, y menos cuando su vida y su sustento dependen de dicha intimidad. Aunque en el pasado he sido un incansable defensor de la propuesta 2, a partir de este momento le retiro mi apoyo. Ya no considero que este gobierno deba tolerar las pruebas obligatorias para los obradores, y aún menos dictarlas.*

Mi cara de horror tiene que ser un poema.

—Es de locos, ¿eh? —me dice Jeremy—. Todo el mundo dice que lo han sobornado. O que le han echado un maleficio.

Sam da un respingo.

—Oh, no exageres. ¿No puede ser que de pronto le remuerda la conciencia?

Ese es el mismo *brunch* al que mi madre me había invitado, el que decía que me iba a encantar. *Cielo, sé lo que hago.*

Un escalofrío me recorre la espalda. El telediario está dando la noticia de un terremoto, pero yo me he quedado atascado en la imagen de la cara de mi madre en ese vídeo. Alguien que no la conociera no se daría cuenta, pero estaba conteniendo la sonrisa.

Mi madre lo ha obrado. No tengo la menor duda.

Tengo ganas de gritar. No voy a poder sacarla de esta. Es imposible que no lo descubran.

Sam dice algo, pero oigo un zumbido en mi cabeza que eclipsa cualquier otro sonido.

Esa noche llamo a mi madre varias docenas de veces, pero no contesta. Me quedo dormido con el teléfono en la mano y me despierto por la mañana, cuando suena la alarma. Me arrastro de clase en clase. Voy fatal en todas las asignaturas. Balbuceo cuando me preguntan, suspendo un examen de Estadística y la cago en una traducción del francés, para regocijo general.

Cuando subo a mi habitación, encuentro a Daneca esperándome. Está sentada en la cama de Sam, dando pataditas distraídamente en el somier con los zapatos marrones. Tiene los ojos enrojecidos.

—Hola —la saludo—. No sé dónde está Sam. No lo he vuelto a ver desde que nos cruzamos en el pasillo cuando iba a Física.

Daneca se aparta una gruesa trenza del hombro y se yergue, como si estuviera reuniendo fuerzas para hacer algo desagradable.

—Ya se ha ido al ensayo de teatro. Todavía está raro conmigo, y además no vengo a verlo a él. Tengo que hablar contigo.

Asiento, aunque no tengo la cabeza para decir nada elaborado.

—Ya. Vale.

—Es por lo de Lila.

Parece que al final Daneca no ha sido capaz de hacerlo.

—No pasa nada —digo, restándole importancia—. Supongo que era una pésima idea.

—No, Cassel —dice Daneca—. No lo entiendes. La he cagado del todo.

—¿Qué? —Mi corazón es un tambor que retumba a destiempo. Lanzo la mochila sobre mi cama y me siento al lado—. ¿Qué quieres decir con que la has cagado?

Daneca parece aliviada al ver que ya empiezo a entender lo que pasa. Se acerca y se inclina hacia mí.

—Lila me pilló. Soy una idiota. Creo que era evidente lo que intentaba hacerle.

Me imagino a Daneca tratando de quitarse el guante sin que Lila se diera cuenta. Hasta ahora no me había parado a pensar en lo difícil que debe de ser eso. Daneca no sabe cómo rozar a alguien por accidente, que es lo que tienes que hacer cuando quieres obrar a alguien o robarle la cartera. No es una experta en prestidigitación.

—¿Entonces… no la obraste? —Siento un alivio tan intenso que casi me echo a reír.

Estoy contento. Horrible y asombrosamente contento.

Puedo aprender a convivir con la culpa. Me da igual ser bueno. Puedo aprender a convivir con cualquier cosa si estoy con Lila.

Daneca niega con la cabeza.

—Me obligó a contárselo todo. Cuando quiere da mucho miedo, ¿sabes?

—Ah. Sí, ya lo sé.

—Tuve que prometerle que no te contaría nada —dice Daneca en voz baja.

Miro por la ventana. Tengo tantas cosas en la cabeza que es como si no estuviera pensando en nada. Aun así, me obligo a sonreírle brevemente.

—¿Lila cree que no puedes romper una promesa? Hay que hacer algo con tu reputación, santurrona.

—Lo siento —dice Daneca, ignorando mi intento de hacerme el gracioso.

—No es culpa tuya. No debería habértelo pedido. Fui injusto contigo.

Se levanta y va hacia la puerta.

—Nos vemos en la cena —dice, mirándome con sorprendente afecto.

Cuando la puerta se cierra, me embarga una terrible oleada de emociones: el júbilo y el horror están tan enmarañados que no sé qué sentir primero.

He intentado obligarme a hacer lo correcto. Aunque quizá no le haya puesto suficiente empeño. Ahora mismo solo sé que quiero a Lila y que, durante un tiempo, ella también me querrá.

Encuentro a Lila cuando se dirige a la biblioteca. Lleva el cuello de la camisa abierto y una bufanda de seda blanca que ondea al viento. Cualquiera diría que está a punto de subirse a un descapotable.

—Hola —la saludo mientras la alcanzo al trote—. ¿Podemos hablar un momento?

—Cassel —dice, como si mi nombre le supiera amargo. Sigue andando.

—Ya sé que estarás muy cabreada por lo de Daneca —continúo, caminando de espaldas para poder mirarla a la cara mientras hablo—. Y tienes todo el derecho. Pero quiero explicártelo.

—¿Crees que puedes explicarlo? —Frena en seco—. No soy un juguete que puedas desconectar sin más.

—Ya lo sé.

—¿Cómo pudiste pensar que era buena idea obrarme? ¿En qué se diferencia de lo que me hizo tu madre? —Parece que siente un poco de lástima por mí, y también un poco de asco—. El maleficio se ha disipado. Y tú y yo hemos terminado.

—Ah…

Pues claro. Aprieto los dientes para reprimir un estremecimiento instintivo. No puedo evitar acordarme de lo que me dijo mi madre en Atlantic City: *Esa chica no te habría dado ni la hora, Cassel.*

—No tenías bastante con reírte a mi costa, fingiendo que me querías, fingiendo que no fingías… —Se interrumpe y cierra los ojos un momento. Cuando vuelve a abrirlos, brillan de furia—. El maleficio se ha desvanecido. Ya no voy a arrastrarme para que me prestes atención. Seguro que te lo has pasado en grande viendo cómo suspiraba por todas y cada una de tus sonrisas insensibles, pero ha sido la última vez.

—Yo no hacía eso… —Estoy atónito. A ojos de Lila, estos meses de dolor y de pánico se reducen a jactancia y regodeo.

—No soy débil, Cassel. No soy la clase de chica que llora por ti. —Le tiembla la voz—. No soy la clase de chica que hace todo lo que tú quieres siempre que quieras.

—Por eso le pedí a Daneca que... —Pero no consigo terminar la frase. Además, es mentira. Le pedí a Daneca que obrara a Lila porque estaba empezando a creerme la ilusión. Daneca intentaba salvarme de mí mismo.

—¿Querías que no sintiera nada por ti? Bueno, pues has conseguido algo aún mejor. Te odio. ¿Qué te parece? Te odio, y ni siquiera has tenido que hacer nada para obligarme.

—Vamos, no digas eso. —Noto que vuelve mi tono de autodesprecio—. He hecho de todo. —Perdí a Lila en el mismo momento en que mi madre le echó el maleficio. Todo lo demás ha sido solo un juego patético, un disfraz. Nada ha sido real.

La expresión de Lila flaquea, pero pronto se convierte en una máscara de indiferencia.

—Adiós, Cassel. —Se da la vuelta para marcharse. Al girar la cabeza se le debe de haber descolocado la bufanda, porque le veo una mancha roja en el cuello. Desde donde estoy yo, parece una quemadura.

—¿Qué es eso? —La sigo y me señalo el cuello.

—Estate quieto —me advierte Lila, levantando la mano enguantada. Pero en su rostro veo algo que antes no estaba: miedo.

Agarro el extremo de la bufanda, que se suelta de un solo tirón.

La piel pálida de su cuello tiene un corte de lado a lado, con costras recientes y oscurecidas con ceniza. La segunda sonrisa del criminal. Una reluciente gargantilla de sangre seca.

—Eres... —empiezo a decir. Pero en realidad siempre lo ha sido. La hija de un jefe mafioso. Una princesa de la mafia.

Y está hablando con un tío que acaba de firmar para hacerse agente federal.

—La ceremonia fue el domingo. Ya te dije que algún día iba a ser la jefa de la familia Zacharov. Pero nadie empieza desde lo alto. Me queda un largo camino por delante. Primero tengo que demostrar mi lealtad. Sí, incluso yo.

—Ah. —Lila siempre ha sabido quién era y lo que quería. Esa cicatriz representa algo rotundo y tajante como una puerta cerrada. A ella no le da miedo su futuro—. Qué valiente —digo, hablando totalmente en serio.

Durante un momento, parece que Lila quiere decirme algo más. Abre la boca, pero veo que se traga las palabras, fueran cuales fueren. Inspira hondo y dice:

—Como vuelvas a acercarte a mí, te arrepentirás de haber nacido.

No hay respuesta posible, así que no digo nada. Ya noto el entumecimiento que se me cuela en el corazón.

Lila sigue caminando por el patio.

La veo alejarse. Veo la sombra de sus pasos, su espalda erguida y su cabello resplandeciente.

Me recuerdo a mí mismo que esto era lo que yo quería. Pero al ver que no sirve de nada, me digo que puedo sobrevivir a base de recuerdos. El olor de la piel de Lila, el brillo travieso de sus ojos, su voz áspera. Me duele pensar en ella, pero no puedo parar. Y está bien que me duela.

Al fin y al cabo, se supone que en el infierno hace calor.

Agradecimientos

Varios libros me han sido muy útiles a la hora de crear el mundo de los obradores de maleficios, en particular *The Big Con*, de David R. Maurer; *How to Cheat at Everything*, de Sam Lovell; *Son of a Grifter*, de Kent Walker y Mark Schone, y *Speed Tribes*, de Karl Taro Greenfeld.

Estoy en deuda con mucha gente por sus aportaciones a este libro. Gracias a Cassandra Clare, Robin Wasserman, Sarah Rees Brennan y Delia Sherman, que siempre dejaban lo que estuvieran haciendo para ayudarme a resolver problemas durante nuestro retiro de escritura en México. Gracias a Libba Bray y a Jo Knowles por ayudarme tantísimo con el empujón final. Gracias a Justine Larbalestier por hablarme sobre los embusteros y a Scott Westerfeld por sus concienzudas notas. Gracias a Joe Monti por su entusiasmo y sus recomendaciones literarias. Gracias a Elka Cloke por sus conocimientos de medicina. Gracias a Kathleen Duey por animarme a pensar en los grandes problemas del mundo. Gracias a Kelly Link, Ellen Kushner, Gavin Grant, Sarah Smith y Joshua Lewis por leerse varios borradores que aún estaban muy verdes. Gracias a Steve Berman por ayudarme a desarrollar muchísimos detalles, sobre todo en el borrador final.

Y sobre todo, gracias a mi agente, Barry Goldblatt, por sus ánimos; a mi editora, Karen Wojtyla, que me empujó a crear un libro mucho mejor de lo que yo creía posible; y a mi marido, Theo, que me dio multitud de consejos sobre estafas y colegios privados, y permitió que le leyera el libro entero en voz alta.

Ecosistema digital

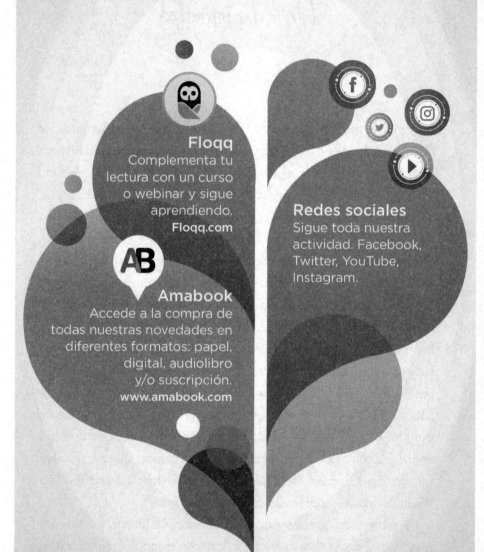

Floqq
Complementa tu lectura con un curso o webinar y sigue aprendiendo.
Floqq.com

Amabook
Accede a la compra de todas nuestras novedades en diferentes formatos: papel, digital, audiolibro y/o suscripción.
www.amabook.com

Redes sociales
Sigue toda nuestra actividad. Facebook, Twitter, YouTube, Instagram.